我们小时候

༄། །ང་ཚོ་ཆུང་དུས།(བོད་རྒྱ་ཤན་སྦྱར།)

ཉི་མོ་ཚོ།

ཕང་ཨན་ཡིས་བརྩམས།

青海人民出版社

དཀར་ཆག

སྐྱབ་རའི་སྐར་ཆེན། 1

ཤོག་རྐོ་མཁས་པ། 5

ཨལ་ཅེ་རི་ཡའི་གཞོན་ནུ་མ། 10

བཟའ་ཚང་འཁོར་བ། 14

ཞི་ལུ་ཚོ། 19

ཞི་མོ་ཚོ། 25

ཤིང་དུམ་རྩེད་ཆས། 35

ཆབ་རོམ། 58

དགུན་ཁའི་ལྷན་འཛོམས། 63

སྤྱི་སྤྱོད་ཁྲུས་ཁང་། 80

སློབ་རའི་སྐར་ཆེན།

སྐབས་དེར་ང་ཚོའི་སློབ་ཆུང་དུ་མཉམ་ལེན་ཚོགས་པ་ཞིག་ཡོད། མཁར་ཁྲུལ་དང་ཐ་ན་གྲོང་ཁྱེར་ནང་དུ་མིང་རིམ་བླངས་སྦྱོང་། སློབ་གྲྭས་རྟེན་འབྲེལ་མཛད་སྒོ་སྤྱིལ་ཐེངས་རེ་ལ་ཕོ་ཚོས་གར་སྟེགས་སྟེང་ནས་འཁྲབ་སྟོན་བྱེད་དགོས། ཚོགས་མི་ཕོ་མོ་གང་ཡིན་རུང་ཚེ་ལེན་དཀར་པོ་གྱོན་དགོས་ལ། སློབ་མ་བུ་ཡིས་རྐང་སྣམ་སྔོན་པོ་དང་སློབ་མ་བུ་མོས་སྨད་གཡོགས་ཁྲ་ཁྲ་གྱོན་དགོས། རྐང་འབོབ་དང་ལྷམ་དཀར་པོ་ཡིན་དགོས། ཚང་མ་རྗེ་སྐས་སྟེང་དུ་ལངས་ནས་མཉམ་ལེན་དང་རེས་མོས་ཀྱིས་གླུ་དབྱངས་བཞི་ལེན་དགོས། མཉམ་ལེན་ཚོགས་པར་ཞུགས་རྒྱུ་ནི་གཟི་བརྗིད་ཅིག་ཡིན་པས། མཉམ་ལེན་ཚོགས་པའི་ཚོགས་མི་ནི་ང་ཚོའི་སྐར་ཆེན་ཡིན་པར་གདོན་མི་ཟའོ།།

སྐར་ཆེན་དེ་དག་གི་ནང་དུ་ད་དུང་དེ་ལས་ཆེ་བའི་སྐར་ཆེན་ཞིག་ཡོད་དེ། སློབ་མ་བུའི་གཞས་སྣེ་པ་ཡིན། ཁོ་ནི་ང་ཚོ་ལས་ལོ་རིམ་དུ་མས་མཐོ་བ་སྟེ། ཐལ་ཆེར་ལོ་རིམ་བཞི་པའམ་ལྔ་པའི་ཡིན། ཁོ་ནི་ཆེས་དཔེ་མཚོན་གྱི་བྱིས་པའི་གདངས་ཉམས་ཅན་གྱི་རིགས་ཡིན་ལ། བྱ་ཕོ་ཆུང་ཆུང་ཞིག་དང་འདྲ་སྟེ་སྐད་ཕྲ་ཞིང་མཐོ་བ་དང་དྭངས་མོ་ཡིན། གཟུགས་བྱད་ཀྱང་དཔེ་མཚོན་གྱི་བཞིན་མཛེས་པོ་གསར་ཅན་ཡིན་ལ། གཟུགས་པོ་འབྲིང་ཙམ་

དང་ཤ་ཅུང་རིད་ཅིང་ངོ་ཚུགས་རིང་ལ་གདོང་པ་མཐོ། ལྤ་བ་གྲལ་དག་ཅིང་ཚི་ལེན་གཙང་མ་ཡིན་པ་དང་། ཐུར་ཁའི་སྨྲིག་གུ་ཡང་བརྒྱབ་ཡོད། ཚི་ལེན་གྱི་འདབས་ཀ་རྐང་སྣམ་ནང་དུ་བཙུག་ཅིང་། ཕུས་མོ་དང་མཉམ་པའི་རྐང་འཐོབ་ཡུག་རིང་ཞིག་གྱོན་ལ། ལྷམ་སྨྲིག་ཅན་གྱི་བྱིས་པའི་ཀོ་ལྷམ་ཁམ་ནག་ཅིག་གོན་འདུག ཁོ་སྐས་རིམ་མཉམ་ལེན་ཏུ་ཁག་གི་ཁྲ་བཅད་ཀྱི་གཤམ་དུ་ལངས་ནས། བག་ཡངས་ཀྱིས་སྤྲོ་སེམས་རྒྱས་པའི་གདངས་མཐོའི་གླུ་དབྱངས་བླངས་པ་ན། དེའི་ཡུལ་སྣང་ནི་ངོ་མས་སེམས་འགུལ་ཐེབས་པ་ཞིག་རེད།

ཁོས་ཚང་མའི་མིག་དབང་བཀུག་སོང་། འོན་ཀྱང་ཁོར་ཚོར་སྣང་ཅི་ཡང་མེད་པར་ཉམས་འགྱུར་བྱིས་པ་དཀྱུས་མ་ཞིག་ལས་གཉིས་སུ་མེད། སློབ་ཐུན་གྲོལ་སྐབས་ཚང་མ་དང་མཉམ་དུ་རྩེ་བ་དང་། ཐང་ཆད་པ་ན་མཉམ་དུ་སློབ་ཁང་དུ་རྒྱུགས་འགྲོ་བ་རེད། སློབ་ཆུང་ནི་རང་ཁྱིམ་དང་ཐག་ཉེ་སར་ཡོད་ལ་སློབ་གྲོགས་ཚང་མ་སྲང་ལམ་ཁུལ་གཅིག་ཏུ་ཡོད་པས། དུས་རྒྱུན་དུ་ཡང་ཁོ་ཕ་མ་དང་མཉམ་དུ་སྲང་ལམ་ནས་འགྲོ་བའམ་ཡང་ན། རང་གི་ལག་ཏུ་ཕ་མས་མངགས་ཉོ་བྱས་པའི་དངོས་པོ་ཞིག་བཟུང་ནས་འགྲོ་བ་མཐོང་ཐུབ། ཁོ་ནི་གཤིས་ཀ་འཇམ་པོ་ཞིག་ཡིན་པ་ཤེས་ཐུབ་ལ། གླུ་དབྱངས་ལེན་པ་ལས་གཞན་ཕྱོགས་གང་ཐད་ནས་ལྡོད་པོ་ཞིག་ཡིན། འདི་ཡང་ཁོ་དཀྱུས་མ་ཞིག་ཏུ་འགྱུར་བའི་རྒྱུ་རྐྱེན་ཡིན་ཤས་ཆེ། ཡིན་ནའང་འདིས་སྔར་ལས་ལྷག་པར་ཁོ་ལ་ཡིད་དབང་འགུག་ཤུགས་བྱིན་ཡོད།

མི་རྣམས་ཀྱིས་ཁོའི་སྤྱོད་ལམ་རེ་རེར་ཇི་ལྟར་ཡིད་འཇོག་བྱེད་པ་ཁོས་ག་ལ་ཤེས། ཐེངས་ཤིག་ལ་ང་ཚོའི་ཁྲིད་ཀྱི་སློབ་མ་བུ་མོ་ཞིག་གིས་ངར་

ལངས་ནས་བཤད་རྒྱུར། མོས་ཁ་ཉིན་ཁོ་མཐོང་བྱུང་། ཁོ་ཨ་མས་མངགས་ནས་སྨན་འཚོང་ཁང་དུ་དཀར་བཟོ་འདག་ཕྱེ་ཉོ་རུ་སོང་བ་ན། ཁོས་ཀྱང་སྨན་འཚོང་ཁང་དེ་ནས་ཚོང་སྒྲོམ་ནང་གི་སྨན་རྫས་ལ་བལྟ་བཞིན་ཡོད་པ་དང་། བལྟས་ཆོད་ལ་སྨན་གང་ཞིག་ཉོ་དགོས་པ་ཤེས་མེད་པ་འདྲ་ཟེར། ཡང་ཐེངས་ཤིག་ལ། ང་མཉམ་ལེན་རུ་ཁག་གི་ཨ་ཅེ་ཞིག་གི་རྗེས་དེད་ནས་དཔྱིད་ཀའི་ལྗོངས་རྒྱུ་ལ་སོང་། ཉིན་དེར་ཚ་བ་ཤིན་ཏུ་ཆེ། རྩ་རྡོ་ནས་སྐམ་ཆུ་ཚང་མ་འཐུང་ཚར་སོང་བས་འཁྱགས་དབྱུག་ཉོས་ནས་སྐམ་མི་སེལ་ཐབས་མེད་བྱུང་། ཡིན་ན་ཡང་འཁྱགས་དབྱུག་ཟོས་ཚེ་ཇེ་སྐམ་ནས་ཇེ་སྐམ་དུ་འགྲོ་བ་རེད། མཇུག་མཐར་ཕྱིར་ཡུལ་དུ་ལོག་སྐབས། ང་སྐམ་ནས་ཁ་ལྕེ་སྐྲབ་པར་གྱུར། དེ་དུས་སློབ་གྲོགས་མང་ཆེ་ཤོས་ཀྱི་སྐམ་ཆུ་ཚང་མ་འཐུང་ཚར་འདུག ཁོན་ཀྱང་ཁོ་གཅིག་པུར་ད་དུང་སྐམ་ཆུ་དམ་བའི་ཕྱེད་ཀ་ཙམ་ལྷག་འདུག སྐབས་དེར་ཡང་ཁོ་ནི་ཙུང་རང་གཙུན་ཡོད་པའི་བྱིས་པ་ཞིག་ཡིན་པ་ཤེས་ཐུབ། མོས་ཁ་དོག་ཅིང་ཞབས་ལྡིར་ལ་ཁ་གཅོད་དཀར་པོ་ཡིན་པའི་འགྲིག་དེམ་སྟོན་པོ་ཞིག་ཡིན་པ་དང་། ཁོས་ཕྲག་ཏུ་གསེག་ཁུར་བྱས་ནས་དཔེ་ཁུག་དང་བསྟོལ་ཡོད་པ་དྲན་ཐུབ་ཟེར། ཉིན་གཅིག་གི་སྒྲོ་གསེང་མཇུག་རྫོགས་རྗེས། ཁོའི་བཟོ་ལྟ་སྔར་བཞིན་བྲ་འགྲིག་པ་དང་བཟའ་བཏུང་ལ་ལྷག་མ་ཡོད་ལ། ཁ་སྐམ་པ་དང་ཐང་ཆད་པའི་ཚུགས་ཀ་ཅི་ཡང་མེད། ང་དང་ཨ་ཅེ་ཡིས་ད་ཅི་ནས་ཁོའི་རྒྱུ་དེམ་ལ་སྐྱིག་ལྟ་བྱས་ཤིང་སེམས་ནས་སྤོབས་པ་ཆེར་བསྐྱེད་ཀྱིས་ཁོ་ལ་རྒྱུ་རྐྱབ་གང་བསླང་ན་ཅི་འདྲ་བསམ། མཇུག་མཐར་ང་ཚོས་བསམ་ཚུལ་དེ་དོར། ངའི་ཨ་ཅེ་མཉམ་ལེན་རུ་ཁག་གི་རུ་མི་ཞིག་ཡིན་ཡང་། ཁོ་ལ་བཀུར་ཞིང་སྐྲག་པའི་སེམས་ཁམས་ཡོད་པ་

རེད།

ཡིན་ཡང་། མ་བསམ་དེ་བྱུང་ཞིག་ལ་ང་ཚོའི་སློབ་གྲྭ་ནས་ཡང་བསྐྱར་སྐར་ཆེན་ཞིག་བྱུང་ཞིང་། བྱ་བ་ཧྲིལ་བོ་གློ་ཡུལ་ལས་འདས་པ་ཞིག་རེད། གློག་བརྙན་ཁང་དུ་གཟབ་རྒྱུས་དང་བྲིས་པའི་གློག་བརྙན་ཞིག་སྟོན་བཞིན་ཡོད་ལ། དེ་ནི་སྐད་གྲགས་ཅན་གྱི་བྲིས་པའི་རིག་གཞུང་རྩོམ་པ་པོ་ཀྲང་ཐེན་དབྱི་ཡི་སྒྲུང་གཏམ་གཞིར་བཟུང་ནས་འཁྲབ་གཞུང་བསྒྲིགས་པའི་《ནོར་བུ་ཀ་པད་ཀྱི་གསང་བ》ཞེས་པ་དེ་ཡིན། དེའི་ནང་དུ་འཁྲབ་བྱེད་མི་སྣ་ཞིག་ཡོད་པ་ནི་ང་ཚོའི་སློབ་གྲྭའི་སློབ་བུ་ཞིག་གིས་འཁྲབ་པ་ཡིན། དེ་ནི་འཁྲབ་རོགས་པ་ཞིག་ཡིན་ཞིང་མགོ་ནས་མཇུག་བར་དུ་བསྡོམས་པས་འཁྲབ་ཚིག་གཉིས་མ་གཏོགས་མེད། འོན་ཀྱང་དེ་འདྲ་ཡིན་རུང་ང་ཚོས་ད་དུང་བསམ་བློ་འཁོར་མི་ཐུབ། སློབ་བུ་དེའི་སྐྱེ་འབྲས་དེ་འདྲ་མི་ལེགས་ཤིང་སྒྲུངས་འབྲས་ཀྱང་མི་བཟང་ལ། ད་དུང་པྲ་ཚག་ཡིན་པ་མ་ཟད་སློབ་གྲྭའི་ནང་གི་འཁྲབ་སྟོན་སྒྱུ་རྩལ་གང་ལའང་ཞུགས་མི་ཐུབ། ཡིན་ཡང་ཁོ་རྒྱལ་ཡོངས་སུ་མིང་གྲགས་ཆེ་བའི་གློག་བརྙན་ཅིག་ནང་གི་འཁྲབ་བྱེད་མི་སྣ་རུ་གྱུར། ང་ཚོའི་སློབ་གྲྭས་སློབ་མ་རྩ་འཛུགས་བྱས་ནས་གློག་བརྙན་དེ་ལ་བལྟས་པ་དང་། ཁོའི་འཁྲབ་སྟོན་ལ་རོལ་སྨྱོང་བྱས། དེར་བརྟེན་མི་རྣམས་ཀྱིས་ཁོ་ལ“ཁྲོས་ཁྲོན་པའི་ཚེ་ལེན་དྲ་མིག་ཅན་དེ་སུའི་རེད”ཅེས་དྲིས་པ་དང་། ཁོས་མགོ་བོ་ཡང་མ་བཀུག་པར“ཨ་ཕྱིའི་རེད”ཅེས་ལན་བཏབ། ལྟོས་དང་། ཁོས་འདི་ལྟར་ང་ཚོ་སྐར་ཆེན་རྗེས་སྙེག་པའི་བརྗེ་རྡུང་ལ་གུས་མེད་ཀྱི་ལྟ་སྟངས་འདི་འདྲ་བཟུང་བ་རེད།

ཤོག་སྐོ་མཁས་པ།

ང་ཚོའི་སློབ་ཆུང་ནང་དུ། དུས་སྐབས་ཤིག་ལ་ཤོག་བུ་དཔར་སྐོ་བྱེད་པའི་སྲོལ་ཞིག་དར། སློབ་མ་བུ་བུ་མོ་སུ་ཡིན་རུང་སློབ་གསེང་གི་དུས་སུ་ཅོག་ཙེའི་ཐོག་ཏུ་སྦྲུར་ནས་གཞར་གྲིས་ཤོག་བུ་དཔར་སྐོ་བྱེད། ཤོག་སྐོ་བྱེད་ན་ཐོག་མར་ཤོག་བུའི་མ་དཔེ་དགོས་ཏེ། གསལ་པོར་བཤད་ན་མ་དཔར་ཆ་ཚང་ཞིག་དགོས། ཐོག་མར་ཤོག་བུའི་མ་དཔེ་དེ་སྙོམས་པོར་འདིང་བ་དང་། དེའི་ཐོག་ཏུ་ཤོག་བུ་ཞིག་སྙོམས་པོར་འདིང་དགོས། དེ་ནས་ཞ་སྨྱུག་ཆུ་སྙོམ་དུ་བཟུང་ནས་དལ་མོས་སྐྱ་ཐིག་འབྲི་དགོས། ངེས་པར་དུ་སྙོམས་ཤིང་ཞིབ་ཚགས་ཡོང་བར་ཡིད་འཇོག་བྱེད་དགོས། ཞ་སྨྱུག་གིས་ཤོག་བུ་གང་པོར་སྐྱ་ཐིག་བྲིས་ཚར་རྗེས། ཤོག་བུའི་མ་དཔེའི་རྒྱུན་རིས་འཆར་བ་ཡིན། ལས་རིམ་དེར་སུན་མེད་ངང་རིང་ཡིན་དགོས་ཤིང་། སྨྱུག་རིམ་གཅིག་གིས་མ་འཁྲིག་ནའང་རྒྱུན་རིས་ལ་ཆད་ལྷག་ཤོར་ནས་དཔར་བསྐོ་བྱེད་དཀའ། ང་ཚོའི་ཁྲོད་དུ་མ་ཤོག་འདིང་བར་མཁས་པའི་སློབ་གྲོགས་ཤིག་ཡོད་མོད། འོན་ཀྱང་ཁེངས་དྲེགས་ཆེ་བས། ཁོའི་བཟང་ས་ཚོར་མ་གཏོགས་ཚབ་ལས་མི་བྱེད། མ་ཤོག་བཏིང་ཚར་རྗེས། དཔར་སྐོའི་མགོ་བཙམས་ཆོག

རྒྱུན་དུ་དཔར་སྐོ་ལ་བཀོལ་བའི་ཤོག་བུ་ནི་ཆོན་ཤོག་སྲབ་མོ་ཡིན་ཏེ།

མ་གཞིར་བཟ་ཁྱབ་དཔར་བར་བཀོལ་བ་ཡིན། དམར་པོ་དང་སྔོན་པོ། སེར་པོ་བཅས་སྣ་ཁ་དུ་མ་ཡོད་ཅིང་། ཁ་དོག་ཙུང་ནག ཤོག་བུའི་རྒྱུ་སྤུས་ཚགས་ཕྱོད་རྩིང་པོ་ཡིན་པས། མདུན་ངོས་ཀྱི་ཁ་དོག་རྒྱབ་ངོས་སུ་སིམ་འདུག ཤོག་བུ་རིགས་འདི་ཙུང་སྲབ་ཅིང་སྙི་མོ་ཡིན་ལ་རལ་སླ་མོད། འོན་ཀྱང་བཀྲོ་འབྲུ་བྱེད་བདེ། ཁྱིམ་ཚང་གི་ཆ་རྐྱེན་བཟང་བའི་སློབ་གྲོགས་ཡིན་ན། སྐབས་འགར་ཤོག་བུ་སྲབ་ཚིལ་མ་ཉོ་བ་ཡིན། དེའི་ཚོས་མདངས་ལེགས་ཤིང་སྣུམ་ཞག་ལྡན་པ་དང་། ཤོག་ངོས་འཇམ་པོ་ཡིན་པ་མ་ཟད་རིགས་སྣ་མང་། ཤོག་བུ་སྲབ་ཚིལ་མ་རལ་མི་སླ་མོད། འོན་ཀྱང་ཤོག་རྒྱུ་མཐུག་སྟེ་བཀྲོ་འབྲུ་བྱེད་དུས་ཤེད་བཀོལ་དགོས་པས། བདེ་མྱུར་ཞིག་མིན། ད་དུང་ཤོག་བུ་རིགས་ཤིག་ཡོད་དེ། སྲབ་ཅིང་རལ་མི་སླ་ལ་རྒྱ་ཁྱོན་ཡང་ཆེ་བས། དཔར་བཀྲོ་བྱེད་པར་ཤིན་ཏུ་འཚམ། ཧ་ལམ་ཤོག་བུ་བཟོ་གྲྭའམ་པར་འདེབས་ཁང་གི་མ་རྒྱུའི་ཤོག་བུ་ཡིན་པས། ཉོ་མི་ཐུབ། ཤོག་བུ་དེ་ཡོད་པའི་སློབ་གྲོགས་ཤིན་ཏུ་ཉུང་ལ་གཟི་བརྗིད་ཆེ། ཕོ་ཚོས་རྩ་ཆེན་ཞིག་ཏུ་བརྩིས་ནས་སྲས་འདུག་ལ། སྐབས་འགར་ཕོ་ཚོའི་རློམ་ཐུབ་ལ་རེ་འགའ་སྟེར་སྲིད།

གྲི་ནི་རྒྱུན་པར་བེད་སྤྱོད་ཅིང་རིན་གོང་སྐར་མ་བཞི་ཡིན་པའི་ཞན་གྱི་ཡིན། སྲིད་ལ་ཐིན་གཅིག་དང་ཞེང་ལ་ཐིན་གཉིས་ཡོད། ལྕག་གར་ལག་གཟུང་བསྙན་ཡོད། གྲི་འདི་ཤིན་ཏུ་རྣོ་ཞིང་སྣེ་གཉིས་ཀ་དྲང་ཟུར་ཡིན། དཔར་བཀྲོའི་ཁྲོད་དུ“བྲུ་བ”དང“བཀྲོ་བར”བཀོལ་བ་ཡིན་མོད། འོན་ཀྱང་ལག་པ་གཤགས་སླ། སློབ་གྲོགས་ཤིན་ཏུ་ཉུང་ཤས་ཤིག་ལ་བཀྲོ་གྲི་ངོ་མ་ཡོད་དེ། ཡུ་བ་རིང་ཞིང་སྲབ་ལ། ཞིང་ཚད་རིམ་བཞིན་ཇེ་ཆེ་ཡིན། གྲི་

དངོ་སྐར་ཡང་ཇེ་ཕྲ་རུ་སོང་འདུག་པས། གསེག་ཟུར་ཞིག་གྲུབ་འདུག་དོན་དངོས་སུ། འདི་ནི་ཤིང་བཟོ་གྲི་ཡིན་ཏེ། གྲི་དངོ་ཙུང་མཐུག་པས་ཤོག་བུའི་དཔར་བཟོ་རུ་མི་འཚམ། ཆེས་འཚམ་པ་ནི་སྐྲ་གྲི་ཡིན་མོད། འོན་ཀྱང་དེ་ནི་དངོ་གཉིས་གྲི་ཡིན་པ་མ་ཟད། ཤིན་ཏུ་སྲབ་པས་ཉེན་ཁ་ཆེ། གལ་སྲིད་ཆག་གྲུམ་བྱུང་ཚེ་དངོ་གང་རུང་གིས་ཀྱང་ལག་པ་གཤགས་ཐུབ། བྱང་ཆ་ལྡན་པའི་ཆེད་ལས་པ་ཡིན་ན་ད་གཟོད་དེ་བེད་སྤྱོད་བྱེད་ཐུབ།

སློབ་མ་ཞི་ལུ་དང་ཞི་མོའི་ཤོག་བུ་དཔར་བཟོ་བྱེད་པའི་སྒྲོ་སྣང་མི་འདྲ། ཞི་མོའི་ཁྲིད་དུ་དར་ཆེ་བ་ནི་མེ་ཏོག་དང་སྲོག་ཆགས། མིའུ་ཚུང་སོགས་ཡིན་ལ། ལྗིབ་གྲངས་ཙུང་ཉུང་ཞིང་། གྲི་རྩལ་ཙུང་སྟབས་བདེ་ཡིན། སྐབས་དེར་ང་ཚོའི་སློབ་གྲྭ་རུ་དཔར་བཟོའི་ཐད་དུ་ཞི་མོ་ཚོར་འཛིན་ནུས་ཁྱད་དུ་འཕགས་པ་ཞིག་མ་ཐོན་མོད། འོན་ཀྱང་ཕོ་ཚོས་ཐབས་ལམ་གསར་པ་བཏོད་པ་སྟེ། ཤོག་བུའི་དཔར་བཟོ་ལས་སྒྱུ་རྩལ་གཞན་ཞིག་མཆེད་འཕྲོ་བྱུས། དེ་ནི་ཤོག་བུའི་མ་དཔར་ཞིག་ཤོག་དཀར་གྱི་ཐོག་ཏུ་བཏིང་རྗེས། ཆུ་ཚོན་རྒྱུ་ཆ་ཐིགས་པ་གཅིག་ཇ་ཕོར་དུ་བཏིག་ནས་སྦྲ་བར་བཟོ་བ་དང་། སོ་ཤད་ཚོན་ཆུ་རུ་བསྲེས་ནས་མཛུབ་མོས་སུ་ཤད་དྲིད་དེ། ཚོས་ཆུ་ཤོག་བུའི་ཐོག་ཏུ་གཏོར་བ་རེད། དེ་ནས་ཤོག་བུའི་མ་དཔར་བླངས་ན“ཚོན་གཏོར་རི་མོ”ཞིག་གྲུབ་ཡོད། ཡིན་ནའང་ངས་ད་ལྟའི་བར་དུ་ད་དུང་རྟོགས་དཀའ་བ་ནི། ཞི་ལུ་ཚོས་གང་ཞིག་ནས་ནང་དོན་རྒྱ་ཆེ་བའི་དཔེ་རིས་ཤིག་བཙལ་ཡོང་བ་དེ་ཡིན། དེ་ལས་མང་ཆེ་བ་ནི“རྒྱལ་ཁབ་གསུམ་གྱི་གཏམ་རྒྱུད”ཀྱི་དམག་འཁྲུག་གི་འཐབ་ར་ཡིན་ལ། དེའི་ནང་གི་མི་སྣ་ཚང་མའི་མིང་འབོད་ཤེས་པ་རེད། མི་སྣ་དེ་དག་གི་བཟོ་ལྟ་ནི་ཐ་མག་ཚོང་རྟགས་ཀྱི་

ཁྱད་ཆོས་ལྟ་བུ་ཞིག་ཡིན་ཏེ། ངོ་གདོང་རེངས་པོ་ཡིན་ལ་སྣོ་དཀར་སྣོ་ངན་དང་རྟུལ་ཕོད་དཔེ་སློག་གི་དབྱེ་བ་གསལ། གལ་ཆེ་བ་ནི་མི་སྣའི་འདོགས་ཆ་དང་རྨོག་ཁྲབ། མཚོན་ཆ། དར་ཆ། དམག་རྟ། རྟ་སྒ། འཆིབ་རྟ་སོགས་ལྷག་པར་རྙོག་འཛིང་ལྡིད་རྫོབ་ཅིག་ཡིན། ཐིག་སྐུད་བརྒྱ་འཛིང་བྱས་ནས་བཀྲམ་ཡོད་པས་ཤིན་ཏུ་ལྟ་ན་སྡུག དེ་ལྟ་བུའི་ཤོག་བུའི་དཔར་བརྐོ་ཞིག་ཉིན་དུ་མ་དགོས་ལ། ཐ་ན་གཟའ་འཁོར་དུ་མ་འགོར་ན་ནད་གཞོད་འགྲུབ་ཐུབ།

ཁོ་ཚོའི་ཁྲོད་དུ། ཤོག་བུའི་དཔར་བརྐོ་རྒྱལ་པོ་ཞིག་ཡོད་དེ། ཁོས་ཆེས་ཉེན་ཁ་ཆེ་བའི་གྲི་ཆས་ཏེ་སྒྲ་གྲི་བཀོལ་མཁན་ཡིན། ཁོའི་ཤོག་བུའི་དཔར་བརྐོ་ནི་ཤོག་བུའི་མ་དཔར་བྱས་ནས། ཞི་ལུ་ཚོའི་ཁྲོད་དུ་རྒྱུག་ཆེ། ཁོའི་མིང་ཡང་དེ་དང་བསྟུན་ནས་གྲགས་ཆེ་རུ་ཕྱིན། ཁོ་ནི་སྐད་ཆ་ཉུང་བའི་ཞི་ལུ་ཞིག་ཡིན་པ་ལས། ཕྲ་ཚག་ཅིག་མིན། ཤོག་བུའི་དཔར་བརྐོའི་མཐོ་རླབས་ཁྲོད་དུ། ཁོ་ཤོག་གྲིའི་ནང་དུ་ཟུག་འདུག་པས། མིང་རྟོན་འགོད་མི་སྣར་གྱུར་པ་རེད།

བརྐོ་གྲིས་ཅོག་ཙེ་ལ་གཏོར་བརླག་ཐེབས་པ་ཤིན་ཏུ་ཚབས་ཆེན་ཡིན་པ་མ་ཟད། སློབ་གྲོགས་ལ་ལས་སློབ་ཁྲིད་ཀྱི་སྐབས་སུའང་ཤོག་བུའི་དཔར་བརྐོ་བྱེད་པས། སློབ་གྲྭས་དེའི་ཆེད་དུ“ཤོག་བུའི་དཔར་བརྐོའི་ལེགས་ཆ་དང་ཉེན་ཆ་གླེང་བ”ཞེས་པའི་བགྲོ་གླེང་ཞིག་འཚོགས། བགྲོ་གླེང་བྱས་པའི་མཐའ་འབྲས་ནི་འོས་འཚམ་གྱིས་ཤོག་བུའི་དཔར་བརྐོ་བྱེད་དགོས་པ་དེ་ཡིན། དེར་བརྟེན། ཤོག་བུའི་དཔར་བརྐོའི་མཐོ་རླབས་རིམ་བཞིན་ཞོད་འཇགས་སུ་སོང་ཞིང་། དགའ་ཕྱོགས་ལའང་གཞན་འགྱུར་བྱུང་། དཔར་

བརྐོའི་རྒྱལ་པོ་དེས་ཀྱང་ལག་གི་བརྐོ་གྲི་བསྐྱུར་བ་རེད། ཉིན་ཞིག་ལ། མི་ཞིག་གིས་ཁོ་སྲང་མདོ་རུ་ཙོག་པུར་བསྡད་ནས། ས་སྨྱུག་གིས་སྐོམས་ཤིང་གྲུ་བཞི་རུ་བཅད་པའི་ཨར་འདམ་ལིང་ཚེའི་ངོས་སུ་རི་མོ་འབྲི་བ་མཐོང་། ཆེས་ནང་རིམ་གྱི་ལིང་ཚེ་ནས་འབྲི་མགོ་བཙམས་ཏེ། རིམ་བཞིན་ཕྱི་ཕྱོགས་སུ་འབྲི་བ་རེད། བརྗོད་གཞི་ནི་སྔར་བཞིན“རྒྱལ་ཁབ་གསུམ་གྱི་གཏམ་རྒྱུད”ཡིན་ལ། ཆེ་ཆུང་ནི་ཤོག་བུའི་དཔར་བརྐོ་ལས་ལྷབ་བཅུ་ལྷག་གིས་ཆེ། ཤོག་ལྷེབ་ཀྱི་ཚད་བཀག་མེད་པས་བྲིས་པ་རང་དབང་ཡིན་ཞིང་། དམག་རྟ་མཉམ་སྐྱོད་བྱེད་ལ། དམག་མིས་རལ་གྲི་དགྱུང་ལ་འཕྱུར་ཡོད། འཁྲིམས་ཚུལ་དུ་ཆ་འགྲིག་ཅིང་དོ་མཉམ་པ་རྒྱུན་འཛིན་བྱས་ཡོད། ཁོས་མགྱོགས་པོར་ལིང་ཚེ་ཚང་མའི་ནང་དུ་གང་བྲིས་ཤིང་། ས་སྨྱུག་གཡུགས་ནས་ལག་པའི་ཐོག་གི་ས་རྡུལ་སྤྲུགས་སྤྲུགས་བྱས་ཏེ། ཁ་ཕྱིར་འཁོར་ནས་ནང་དུ་འཛུལ་བ་རེད།

ཨལ་ཅེ་རི་ཡའི་གཞོན་ནུ་མ།

ང་ཚོའི་སློབ་ཚུང་ལ་དུས་རྒྱུན་དུ་ཕྱི་མགྲོན་སྣེ་ལེན་བྱེད་པའི་ལས་འགན་ཡོད། ལས་འགན་འདི་དག་ནི་གཏན་འཁེལ་གྱི་སློབ་གྲོགས་སྐོར་ཞིག་གིས་ཁུར་ཡོད། ཁོ་ཚོ་བཞིན་རས་མཛེས་པ་དང་གཤིས་ཀ་གྲུང་པོ་ཡིན་ལ་ཁྱིམ་ཚང་གི་འཁྱེར་སོ་ཤིན་ཏུ་བཟང་ཞིང་། ངོ་སོ་ཆེ་བའི་གྱོན་གོས་ཡོད། ལས་འགན་དང་ལེན་བྱེད་པའི་ཉིན་དེར་ཁོ་ཚོས་མཛེས་ཆས་རབ་ཏུ་སྤྲས་ནས། ཕྱི་དྲོའི་སློབ་ཐུན་གཉིས་པར་ཞུགས་མི་དགོས་པར། འགན་ལེན་དགེ་རྒན་གྱིས་ཁྲིད་ནས་གཞོན་ནུའི་ཕོ་བྲང་དུ་འགྲོ་དགོས། དེ་ནི་མི་སེར་སྐྱོལ་ལུགས་ཀྱི་གཞིས་ཀ་ཆེན་པོ་ཞིག་སྟེ། ཧྲང་ཏེ་ཐན་ནས་དབང་ཐང་རྒྱས་པའི་ཡུག་ཐེ་པ་ཞིག་གི་རྒྱུ་ནོར་ཡིན། ཕྱིས་སུ་རྒྱལ་ཁབ་ཀྱིས་གཞུང་བཞེས་བྱས་པ་རེད། དེ་ན་ཁོ་ཚོས་ཕྱི་མགྲོན་ལ་མེ་ཏོག་གི་ཕྲེང་བ་འབུལ་དགོས་ཤིང་། མེ་ཏོག་གི་ཕྲེང་བ་ཕུལ་རྗེས་སྐུ་མགྲོན་གྱི་ལག་པ་ནས་བསྐྱར་ཏེ་ཕྱོགས་སོ་སོར་ལྟ་སྐོར་དུ་ཁྲིད་པ་དང་། འཁྲབ་སྟོན་ལ་བལྟ་དགོས། མཇུག་མཐར་ཕྱི་མགྲོན་རླངས་འཁོར་སྟེང་དུ་བསུ་དགོས། ཐེངས་རེ་གཉིས་ཤིག་ལ་ཚགས་པར་གྱི་སྟེང་ནས་ཁོ་ཚོའི་འདྲ་པར་བཀོད་ཡོད་པ་དང་། ཁོ་ཚོ་ལྷུན་ཆགས་ཀྱིས་ཕྱི་མགྲོན་ཚོའི་འཁྲིས་སུ་ལངས་ཡོད་ཅིང་གདོང་ལ་འཛུམ་གྱིས་ཁེངས་འདུག

ད་དུང་སྔེ་ལེན་གྱི་ལས་འགན་ཞིག་ཡོད་པ་ནི་ཅུང་གཟབ་རྒྱུས་ཆེ་སྟེ། གཞོན་ནུའི་ཕོ་བྲང་གི་ལྷས་རའི་བར་འཁྱམས་ཀྱི་ཕོགས་གཉིས་ནས་ལངས་ཏེ། ལག་བརྡས་བསུ་མ་བྱེད་པའམ་སྐྱེལ་མ་བྱེད་རྒྱུ་དེ་ཡིན། དེ་ལྟར་ན་སློབ་ཆུང་སློབ་མ་ཅུང་མང་པོ་ཞིག་དགོས་པ་དང་། འདེམས་པའི་ཆ་རྐྱེན་ཡང་ཅུང་གུ་ཡངས། རྒྱུན་དུ་འཛིན་གྲྭ་ཞིག་གི་སློབ་མ་མང་ཤོས་ཡིན་ལ། སྔེ་ལེན་ཁྲིད་ཀྱི་མང་ཚོགས་ཀྱི་ཚབ་ཡིན། ཕོ་ཚོའི་དགའ་འཐོད་ཀྱི་ཁྲིད་ནས་བསུ་མཁན་གཙོ་བོ་ཚོས་རེ་རེ་བཞིན་ཕྱི་མགྲོན་གྱི་ལག་པ་ནས་སྐྱོར་བ་རེད།

ང་ནི་མང་ཚོགས་ཀྱི་ཚབ་བྱེད་པ་ཡིན་ལ། བར་འཁྱམས་ཀྱི་ཕོགས་ནས་ལག་བརྡས་བསུ་མ་བྱས། སྐབས་འགར་ཕྱི་མགྲོན་གྱིས་གོམ་མཚམས་བཞག་ནས། སྙིང་རྗེ་པོ་ཡོད་པའི་བྱིས་པའི་གམ་ནས་ལངས་ཏེ་མགོ་ལ་བྱིལ་བྱིལ་བྱེད། ངའི་གཟུགས་པོ་ནི་ན་ཚོད་མཉམ་པའི་བྱིས་པ་ཚོ་ལས་རིང་ཞིང་། བལྟས་ཚོད་ཀྱིས་བྱིས་པ་ཆེ་བ་ཞིག་དང་འདྲ་བས་བྱིས་པ་དེ་ང་ཡིན་མི་སྲིད། ཐེངས་ཤིག་ལ། ཕྱི་མགྲོན་བསུ་དུས་མི་གྲངས་སྟོམ་རྩིས་བྱས་པ་ཡང་དག་མིན་པས་མི་མང་འདུག་པ་དང་། ཧུ་དཔུང་ཅུང་འཚང་ཁ་ཆེ། ཆེས་མཇུག་མཐའི་སྐབས་སུ་ཐོན་པས་དགེ་རྒན་སྐྱེས་མ་ཞིག་ཡོང་ནས་ཧུ་དཔུང་དག་སྒྲིག་བྱས། འཚུབ་ཆ་ལངས་པའི་རྐྱེན་གྱིས་མོས་རྩུབ་པོའི་ངང་ང་ལ་ཕུ་རྒྱུག་བྱས་ནས་མི་ཚོགས་ཀྱི་རྒྱབ་ཏུ་དེད་དེ། “ཁྱོད་ཀྱི་གཟུགས་རིང་བས་ནམ་ཡིན་ཡང་མཐོང་ཐུབ”ཅེས་ཟེར། དེ་ནི་ངས“ཕྱི་མགྲོན་མཐོང་ཐུབ”པའི་དོན་ཡིན་ནམ“ཕྱི་མགྲོན་གྱིས་ང་མཐོང་ཐུབ”ཅེས་པའི་དོན་གང་ཡིན་པ་མི་ཤེས། གང་ལྟར་ང་གཅིག་པུ་ཧུ་དཔུང་གི་ཕྱི་ཧུ་དེད་པ་རེད།

ལོ་དེའི་དབྱར་གནང་གི་སྐབས་སུ། སྟབས་ལེགས་པ་ཞིག་ངའི་ཐོག་ལ་

འཁོར་བྱུང་། སློབ་གྲོགས་ཤིག་ལ་སྐབས་ཐོག་ཏུ་ན་ཚ་བྱུང་བས་ངས་ཁོའི་ཚབ་བྱས་ནས་སྐྱེ་ལེན་གྱི་ལས་འགན་དུ་ཞུགས། སྐྱེ་ལེན་ཐེངས་འདིའི་ངོ་བོ་ནི་རིགས་དེ་གཉིས་ཀྱི་བར་དུ་ཡོད་པ་དང་། གཟབ་རྒྱས་ཤིག་དང་ཁེར་བསུ་ཅན་ཡིན་པས། ང་ཚོ་མི་རེ་རེས་ཕྱི་མགྲོན་རེ་བསུ་ཐུབ། དེ་ནི་འཚམ་འདྲི་ཚོགས་པ་ཆེ་གྲས་ཤིག་ཡིན་ལ། ཚོགས་མི་ཚང་མ་ཕྱིས་པ་ཡིན་ཞིང་ཨ་ལ་ཅེ་རི་ཡའི་སྔོན་གཤེགས་དཔའ་བོའི་བུ་སྲུན་སློབ་གྲྭ་ཞིག་གི་རེད།

ཕྱི་དྲོར། ང་ཚོ་གཞོན་ནུའི་ཕོ་བྲང་དུ་འདུས་ནས་མི་འཁོར་འབབ་ཚུགས་བྱེད་མ་ཐུ་ཆས་པ་དང་། འབབ་སྟེགས་ཀྱི་མཐའ་ནས་གྲལ་ཤར་གཅིག་ཏུ་བསྒྲིགས་ཏེ། མི་འཁོར་འབབ་ཚུགས་སུ་འགྱུར་བར་སྒུག དགེ་རྒན་གྱིས་ང་ཚོར་མགྲོན་པོ་རྣམས་མི་འཁོར་ལས་བབས་ནས་འབབ་སྟེགས་སུ་ཐོན་པ་ན། འཚང་ཁ་ཤིག་ཤིག་གིས་བརྒྱུགས་ནས་ཁོ་ཚོའི་ལག་པར་འཇུས་ཏེ་འབབ་ཚུགས་ཕྱིའི་རླངས་འཁོར་སྟེང་དུ་འཁྲིད་དགོས་པའི་རེ་འདུན་བཏོན། ང་ཚོས་ཡིད་སེམས་སྐྱོད་ལ་འབབ་མ་ཐུབ་པར་སྒུག་མཐར་མི་འཁོར་འགྱུར་བྱུང་། དུ་བ་དཀར་པོ་ཞིག་འཕྱུར་བ་དང་མཉམ་དུ་མདུན་ཕྱོགས་ནས་སྐྱོད་ཡོང་། མི་འཁོར་བསྡད་པ་དང་བྱིས་པ་ཚོ་ཡང་མི་འཁོར་ལས་བབས། ང་ཚོ་འཚང་ཁ་ཤིག་ཤིག་གིས་བསུ་རུ་སོང་།

ངས་སློབ་མ་བུ་མོ་ཞིག་ལ་དམིགས་ནས་རྒྱུགས་སོང་བ་དང་། མོའི་གཟུགས་པོ་ང་ལས་མཐོ་ལ་ཤ་ཡང་ང་ལས་རྒྱགས་པ་ཞིག་ཡོད། བལྟས་ཚོད་ཀྱིས་ཁོ་མོ་ནི་གཞོན་ནུ་མ་ཞིག་ཏུ་གྱུར་ཡོད། ངས་བརྩེ་སེམས་ཚད་མེད་ཀྱིས་མོའི་ལག་གི་ཀོ་ཁུག་བླངས་པ་ན། མོས་བདེ་སྨྲུར་གྱིས་ཀོ་ཁུག་གི་ལག་པ་བརྗེས་ཤིང་ལག་པ་ཡ་གཅིག་གིས་ང་འཇུས་པ་རེད། ང་ཚོ་ནི་ཐལ་ཆེར་

ཆ་སྒྲིག་ཨང་དང་པོ་ཡིན། ང་རང་ཁེངས་དྲག་གིས་མི་ཚོགས་ཀྱི་ཁྲིད་ནས་ཕར་སོང་བ་དང་། སྐབས་འགར་གཞུག་ལ་བལྟས་ཤིང་སྐབས་འགར་ཕན་ཚུན་ལ་བལྟ་རེས་བྱས་ཏེ་འཛུམ་དམུལ་བསྟན། ལམ་བར་དུ་ད་དུང་ལམ་ལོག་ལ་སོང་ཞིང་ཉེ་མཚེས་ཀྱི་འབབ་སྟེགས་སུ་སོང་ནས་ཕྱིར་ལོག་པ་ཡིན། མཇུག་མཐར། ངས་མོ་རང་ས་ཚུགས་ཕྱིའི་ལྷངས་འཁོར་དུ་སྐྱེལ་ཐུབ་སོང་། ཁོ་མོ་སྣེའུ་ཁྲུང་ལ་ཁེན་ཡོད་པ་དང་ངས་ལྷངས་འཁོར་གྱི་ཕྱི་ནས་དགའ་མགུ་ཡི་རང་གིས་ལག་བརྙ་བཏང་། ང་ཚོ་ནི་ཙུང་སྦྲ་མོ་ནས་སློབས་པ་ཡིན་པས་ལྷངས་འཁོར་དུས་ཡུན་རིང་པོ་ཞིག་ལ་བསྡད། ཡིན་ཡང་ང་ལ་དུས་ཚོད་འགོར་བའི་ཚོར་བ་མ་བྱུང་ཞིང་། དུས་ཚོད་སྐར་མ་གང་ལ་ཡང་མཚམས་མ་བྱས་པར་ལག་བརྙ་བཏང་། ཐེངས་ཤིག་ལ་མོས་ང་ལ་ལག་གཡུག་བྱས་ནས་ཕོས་པ་དང་། ང་ཚོས་སྣེའུ་ཁྲུང་ལས་ཕན་ཚུན་ལ་ལག་འཇུས་བྱས། ང་ཕྱིར་རུ་དཔུང་དུ་ཐོན་པ་ན་མི་རྣམས་ཀྱིས་ང་ལ་ཡིད་སྨོན་འཚོར་ནས་བལྟས་འདུག

དགུང་མོར། ང་ཚོས་མཉམ་དུ་བྱིས་པའི་ཟློས་གར་ཁང་ནས་ཟླ་ཤི་སེར་ཇོ་རྐོལ་བྱེད་པའི་དམག་འཁྲུག་ཁྲོད་ཀྱི་བྱིས་པ་ཞིབ་འབྲི་བྱས་པའི་གཏམ་བརྗོད་ཟློས་གར《ལག་འཐོམ་ཨང་གསུམ་པ》ཞེས་པར་བལྟས། ང་ཚོ་དང་ཁོ་ཚོ་ཁ་ཁ་བྱས་ནས་ཟློས་གར་ཁང་དུ་བསྡད་ཡོད་པས། ངས་ཁོ་མོ་མཐོང་མི་ཐུབ་ཙང་། ཁོ་མོ་ཡང་ཟློས་གར་ཁང་འདི་རུ་ཡོད་པ་ཤེས་ཚེ་དགའ་བ་འབུམ་གྱིས་ཁེངས་སོང་།

བྱིས་པ་ཆོའི་དུས་ཚོད་ནི་ནམ་ཡང་ཆེར་བསྐྱེད་པ་ཞིག་ཡིན། དེའི་ཕྱིར། ང་ཚོ་ལོ་རིམ་ལྔ་པ་ཡིན་དུས། སློབ་གྲྭར་ཞུགས་མ་ཐག་གི་སློབ་མ་གསར་བ་ལ་བལྟ་བ་ཡིན་ཏེ། ཕོ་ཚོ་ངོ་མ་ལོ་ན་ཕྲ་བར་འདོད། མལ་ཁང་གིས་མི་འདང་བའི་ང་ཚོའི་སློབ་ཆུང་འདིར། སློབ་ཁང་ཚང་མའང་གཅིག་གོ་ཉིས་ཚོད་བྱེད་དགོས། ང་ཚོ་འཛིན་གྲྭའི་ཁང་པ་དེར་མཚོན་ན། ཉིན་གུང་སློབ་གྲྭ་གྲོལ་རྗེས། ལོ་རིམ་དང་པོའི་སློབ་མའི་ཟ་ཁང་དུ་གྱུར་པ་རེད། བསྡོམས་པས་ཧ་ལམ་སློབ་མ་ཉི་ཤུ་ལྷག་ཡོད་ལ། ཉིན་གུང་ཁྱིམ་དུ་མི་མེད་པས་སློབ་གྲྭ་ནས་གུང་ཇ་འཐུང་དགོས། འཕྲོད་བསྟེན་དགེ་རྒན་གཅིག་གིས་སྲུང་བར་གྱི་ཟ་ཁང་ནས་ཟ་མ་ཉོས་ཡོང་སྟེ། ང་ཚོར་བགོ་བ་རེད། འཕྲོད་བསྟེན་དགེ་རྒན་ཞེས་པ་ནི་སློབ་གྲྭའི་སྨན་བཅོས་ཁང་གི་སྨན་པ་ཞིག་ཡིན་ལ། བདེ་སྲུང་གི་རྒྱུན་ཤེས་རགས་རིམ་ཙམ་ཤེས། གཙོ་བོ་སློབ་མར་འཕྲལ་སྐྱུར་གྱི་བྱུར་རྐྱེན་བྱུང་ན་དེར་སྨན་བཅོས་བྱེད་པ་ཡིན་ཏེ། གཞན་ད་དུང་ལས་ཀ་ཙག་ཙིག་ཀྱང་གཅིག་ལྕོགས་བྱེད་དགོས། དགེ་རྒན་འདི་ནི་ལོ་ཚོད་དར་མ་ཞིག་ཡིན་ལ། མིག་ཤེལ་ཞིག་གོན་ཡོད་པས། ལག་ལས་ཀར་བྱང་མ་ཞིག་མིན། ཐེངས་རེ་རེར་རྔུལ་ཆུ་ཁྲིམ་ཁྲིམ་དུ་བཞུར་བ་དང་། མིག་ཤེལ་ཡང་གདོང་ཁུག་ཏུ་ལྷུང་ཞིང་སྐྲ་འཁྲམ་པའི་ངོས་སུ་འགྱུར་འདུག ལྷག་པར་དུ་ཚོད་མ་བགོ་སྐབས། མིག་གིས་གསལ་པོར་མི་རིག་པས་ཐོར་བ་

ལ་ལར་མང་ལ་ཕོར་བ་ལ་ལར་ཉུང་བ་རེད། དེ་ནས་ལྷག་མ་ཉུང་འདུག་པར་བརྩིས་པས། ཉུང་བ་མང་བར་གྱུར། མཐར་ཐུག་ཏུ་ཆ་སྙོམས་པོར་བགོས་རྗེས། མོས་ཕུར་ཐུང་དཔུང་རྩར་བརྗེས་ཏེ་ཁྲིད་སྟེགས་ཀྱི་སྟེང་ནས། བྱིས་པ་ཚོས་ཟ་མ་བཟའ་བར་ལྟ་རྟོག་བྱེད་པ་རེད། བྱིས་པ་ཚོས་མགོ་སྒྲུར་ནས་འབད་ཐག་གིས་ཟ་མ་ཁ་ནང་དུ་དེད་ཅིང་། ཤེད་ཀྱིས་ལྡུད་པ་ཡིན་མོད། ཁོ་ཚོ་ལོ་ན་ཆུང་བས་ཐུར་མ་ཡང་བདེ་མོ་ཞིག་འཛིན་མི་ཐུབ་ལ། ཚོད་མའང་ཁོ་ཚོར་འཕྲོད་མིན་མི་ཤེས། ཡིན་ནའང་ཁོ་ཚོས་དུས་བཅད་ཀྱི་ནང་དུ་ཚད་ངེས་ཅན་གྱི་ཟ་མ་བཟའ་ཚར་བ་ཡིན།

སློབ་གྲྭ་གྲོལ་རྗེས། ང་ཚོ་རྒྱུན་དུ་ཡུལ་ལ་འགྲོ་རྒྱུར་བྲེལ་བ་མི་ལངས་པར། སྐེའུ་ཁྱུང་ཁར་རུབ་ནས་བྱིས་པ་ཚོའི་ཟ་མ་བཟའ་བར་བལྟས་པ་ཡིན། དེའི་འཕྲོར། ཡུན་གྱིས་ཡུན་གྱིས་ང་ཚོ་ཁོ་ཚོའི་སློབ་ཁང་དུ་འཛུལ་ནས་ཟ་མ་བགོ་རོགས་བྱས། དགེ་རྒན་དེས་ང་ཚོའི་རང་འདོད་ཀྱིས་ལས་རོགས་བྱས་པར་མ་མཐོང་ཁུལ་བྱེད། ལོས་ཡིན་ཏེ་ཁོས་ང་ཚོར་ལས་བཅོལ་བྱེད་དཀའ་ཞིང་། ང་ཚོའི་རོགས་རམ་ཡང་མོར་ཕན་ཐོགས་ལ། མོའི་དཀའ་ངལ་སེལ་བ་རེད། ཐེངས་ཤིག་ལ། མོས་རང་འགུལ་གྱིས་བྱིས་པ་ཚོའི་ཟ་མ་ལས་མེད་པའོ་གཅིག་ང་ཚོར་བྱིན་ནས་ཟ་རུ་བཅུག་སྟེ། ང་ཚོར་བཀའ་དྲིན་ཞུ་བ་རེད། དེར་བརྟེན། དེ་ནས་རིམ་བཞིན་དུ་ང་ཚོས་སྔར་ལས་ལྷག་པར་བྱིས་པ་ཚོར་ཟ་མ་བྱིན་པ་ཡིན། ང་ཚོར་དགེ་རྒན་ལྟ་བུའི་ཐེལ་ཙུགས་མེད་པས། ང་ཚོ་དང་ཁོ་ཚོ་ནི་དགེ་རྒན་དང་བསྟུར་ན་ཅུང་སྙིང་ཉེ་པོ་ཡིན། ཁོ་ཚོས་ང་ཚོར་ཨ་ཅེ་ཟེར་ཞིང་རེ་བ་བཅངས་ནས་ང་ཚོར་བལྟ་བ་རེད། ང་ཚོས་བྱིས་པ་འདི་ལ་ཟ་མ་བླུད་ན་བྱིས་པ་དེས་ཕྲག་དོག་བྱེད་པ་རེད། དེའི་

ཕྱིར། ང་ཚོ་བྲེལ་བ་ཤིན་ཏུ་ཆེ་ཞིང་རྒྱུན་དུ་ཡུལ་ལ་ཟ་མ་ཟ་རུ་འགྲོ་རྒྱུར་དལ་འགོར་བྱུས།

ང་ཚོས་ཟ་མ་བླུད་པ་ཆེས་མང་བ་ནི་ཞི་མོ་ཞིག་ཡིན། མོའི་གཟུགས་པོ་ཤིན་ཏུ་རིང་སྟེ། ན་ཚོད་མཉམ་པའི་ཞི་ལུ་ཚོ་ལས་ཀྱང་མགོ་བོ་ཙམ་གྱིས་མཐོ། ཤ་རྩ་ཤིན་ཏུ་དཀར་ཞིང་ངོ་ཚུགས་རིང་། མ་ནི་འབིག་ཅིང་སྐྲ་ཐུང་། བལྟས་ཚོད་ཀྱིས་ཅུང་ཆེ་བ་འདྲ་སྟེ། ཆུང་དུས་ནས་མཛེས་མའི་ཉམས་འགྱུར་ཡོད་པ་ཅན་དེའི་རིགས་ཡིན། མོས་ཟ་མ་ཟོས་ན་ཤིན་ཏུ་དལ་ཞིང་ཡི་ག་མེད་པར་ཝུ་ཚུགས་ཀྱིས་ཟ་བ་ལྟ་བུ་ཞིག་ཡིན་པས། རྒྱུན་དུ་ཟ་མ་ཟས་ནས་མི་ཚར། མོར་ཟ་མ་ལྷུད་རྒྱུ་ཡང་དཀའ་མོ་ཞིག་ཡིན་ཏེ། མོས་ཁ་མི་ལེན་པ་མིན་པར་དེ་ལས་ལྡོག་སྟེ། ཤིན་ཏུ་མཉམ་ལས་བྱེད། ཟས་ཁེམ་བུ་གང་བྱིན་ན་མོས་ཁ་ཆེས་ཆེར་གདང་བ་དང་། དེ་ནས་ལྷད་མགོ་རྩོམ་པ་རེད། མོས་ལྷད་པའི་དུས་ཡུན་ཤིན་ཏུ་རིང་ཞིང་བར་མཚམས་སུ་ཐེངས་འགར་མེད་རུང་། ཟས་མེད་པར་མི་འགྲོ་ལ། མཇུག་མཐར་སྐེ་བསྒྲིངས་ནས་ཐད་ཀར་མིད་པ་ཡིན་པས། དེ་མཐོང་ཚེ་ཅུང་བཟོད་དཀའ་བར་འདུག ཐེངས་འགའ་ཞིག་ལ་ང་ཚོར་བཟོད་སེམས་མེད་པར་གྱུར་ནས། མོ་བསྐྱུར་ཏེ་བྱིས་པ་གཞན་དག་ལ་ཟ་མ་བླུད་པ་ཡིན། སྐབས་འདིར་ང་ཚོས་མོའི་མིག་མདངས་མཐོང་ལ། མོས་ཞུ་བ་བྱེད་པའི་མིག་མདངས་བསྟན་ནས་ང་ཚོར་བལྟས་འདུག དེ་དུས་ང་ཚོས་ད་གཟོད་མོར་རོགས་རམ་བྱེད་དགོས་པ་ཤེས།

དལ་འགྱུངས་ཀྱི་ཟ་མ་ལྷུད་པའི་གོ་རིམ་ཁྲིད། ང་ཚོས་མོར་གནད་དོན་ཁ་ཤས་དྲིས་པ་ཡིན། མོས་ང་ཚོས་ཁོ་མོ་སྐྱུར་འགྲོ་བར་སྐྲག་ནས་ང

ཚོར་འགྲོགས་འདོད་པའི་བསམ་པ་བསྟན་ཞིང་། ང་ཚོའི་དྲི་བ་རེ་རེར་ལན་བཏབ་པ་ཡིན། མོའི་སྐད་གདངས་ཕྲ་ཞིང་མཐོ་ལ། སྒྲ་མས་སྐད་ངག་བཙེས་མས་སྒྲ་ལེན་པ་ཞིག་དང་འདྲ་བ་མ་ཟད། ཤིན་ཏུ་མགྱོགས་ཏེ། འོན་པས་རང་གི་སྐད་མ་གོ་བར་སྐད་གདངས་ལ་ཚོད་འཛིན་བྱེད་མ་ཐུབ་པ་ཞིག་དང་འདྲ། འདིའི་ཐད་ནས་བལྟས་ན། མོས་སྐད་ཆ་བཤད་ནས་མི་གཞན་པ་དང་འབྲེལ་འདྲིས་བྱེད་རྒྱུ་ཤིན་ཏུ་ཉུང་བ་ཤེས་ཐུབ། མ་གཞི་ནས་འབྲེལ་བ་ཆེར་མེད་པའི་སྐད་ཆ་ཚོ་མེད་དག་ཡིན་པས། གླེང་གཞི་ཅང་མེད་པར་འདོད། དོན་དག་གཟབ་ནན་ཞིག་ཏུ་འགྱུར་བ་སུས་ཤེས་ཐུབ། ཕལ་ཆེར་མོའི་ཨ་མ་དྲིས་བྱུང་བ་འདྲ། མོའི་དྲིས་ལན་ལ་སློ་བུར་དུ་རྟོགས་དཀའ་ཞིག་བྱུང་། ཕལ་ཆེར་ཨ་མ་དང་ཁ་བྲལ་སོང་བ་འདྲ། ཁ་བྲལ་བའང་སྲིད་བཏང་གི་ཁ་བྲལ་བ་ཞིག་མིན་པར། དེའི་ནང་དུ་ད་དུང་ནང་དོན་གཞན་ཁ་ཤས་འདུས་ཏེ། མོར་ནམ་གུང་གཉིད་ལས་དཀྲོགས་ཤིང་། དུ་བའི་ཐལ་གཞོང་ཞིག་གིས་དངོས་པོ་གཞན་གཅིག་བཅག་སོང་བ་འདྲ། ད་དུང་ཉིན་ཞིག་ལ་ཤ་ཉེ་ཡིན་ཟེར་བ་ཞིག་ཁྱིམ་དུ་ཐོན། དེ་ནས་དུ་བའི་སྐད་ཀྱང་ཐོས་བྱུང་། མཇུག་མཐར། ཉིན་ཞིག་ལ་མོ་བྱིས་སྐྱོང་ཁང་ནས་ཡུལ་དུ་ལོག དེ་དུས་ཁོ་མོ་བྱིས་སྐྱོང་ཁང་གི་ལོ་ཆེ་འཛིན་གྲྭ་རུ་ཡོད། ལམ་བར་དུ་ཨ་ཕས་མོར་ཨ་མ་བུད་སོང་ཞེས་བཤད། མོས་འདི་དག་བཤད་དུས་ཁ་ནང་དུ་ནམ་ཡང་ཟ་མ་གང་བཙུག་ནས། ཕལ་ཆེར་སེམས་འཚུབ་པའི་ངང་ནས་སྐད་གསེང་སྟེ་མགྱོགས་པོར་བཤད་པ་རེད། ང་ཚོས་ཁོ་ལ་དལ་མོ་བྱས་ནས་ཤོད་ཅེས་དང་། ཡང་ན་ཟ་མ་མེད་རྗེས་ཤོད་ཅེས་བཤད་སྐབས། མོས་མ་ཉན་པར་མུ་མཐུད་དུ་བཤད་པ་རེད། དེའི་འཕྲོར། མིག་ཆུ་ཕྲ་ཞིང་

རིང་བ་ཞིག་མོའི་ཡག་ཅིང་གཟུར་བའི་གདོང་ཟུར་ནས་ཡུན་གྱིས་བཞུར་ཡོང་། ཟ་མ་འཁྱགས་འདུག་ལ་དུས་ཚོད་ཀྱིས་ཀྱང་མི་འདང་། དགེ་རྒན་ཡོང་ནས་དཀར་ཡོལ་དང་སྡེར་མ་ཚང་མ་བསྡུ་རུབ་བྱས་སོང་། ང་ཚོས་མོར་སེམས་ཁུར་བྱས་པ་ཡིན་ཏེ། ཕྱི་དྲོ་གསུམ་པ་སྟོགས་ན་ཇི་ལྟར་བྱ་འདོད། མོས་སྐྱོན་མེད། ང་ལ་སྤྲང་གོར་ཡོད་ཟེར་ཞོར་དུ། དཔེ་ཁྲུག་ལས་ཧ་ཡང་གི་ཟས་སྣོད་ཅིག་བླངས་ཏེ་ང་ཚོར་བསྟན། ཟས་སྣོད་དེ་འཁྱིག་སྐྱུད་ཅིག་གིས་བསྡམས་ཡོད་ལ། དེའི་ནང་དུ་བུལ་ཏོག་སྤྲང་གོར་གྲལ་འགྲིག་མོར་གང་བཞག་ཡོད། མོས་བཤད་ན་མོའི་ཨ་ཕས་བཞག་པ་ཡིན་ཟེར། དེ་ལས་ང་ཚོས་ཨ་ཕ་ཞིག་གི་བརྩེ་སེམས་ཀྱི་ལག་ཟུང་མཐོང་བྱུང་། མོས་ཟས་སྣོད་ཀྱི་ཁ་བརྒྱབ་ནས་ཡང་བསྐྱར་འཁྱིག་སྐྱུད་ཀྱིས་བསྡམས་ཏེ་དཔེ་ཁྲུག་ཏུ་བཙུག་རྗེས། སློབ་ཁང་ལས་ཕྱིར་བུད། དགེ་རྒན་དེས་ང་ཚོར་བཤད་རྒྱུར། "ཁྱོད་ཚོས་མོར་འདྲི་རྒྱུ་དེ་འདྲ་མ་མང་། མོའི་ཨ་ཕ་དང་ཨ་མ་བཟའ་འཁོར་བྱས་སོང་"ཟེར། "ཅིའི་ཕྱིར། " ང་ཚོས་དེ་ལྟར་དྲིས། དགེ་རྒན་གྱིས་ཤབ་བེ་ཤོབ་བེའི་ཚིག་འགའ་བཤད་པ་ལས་རྒྱུ་མཚན་གང་ཡིན་མི་བཤད་པར། སླར་ཡང་"ད་འདྲི་རྒྱུ་མ་མང་"ཞེས་ནན་བཤད་བྱས།

ཉིན་འགའ་འགོར་རྗེས། གཟའ་མཇུག་གི་ཉིན་ཞིག་ལ། ཕྱི་དྲོ་དེར་སློབ་ཁྲིད་མེད། དྲོས་ཇ་འཐུང་རྗེས་ཁྱིམ་བདག་ཚོས་རང་རང་གི་བྱིས་པ་ཡུལ་ལ་ཁྲིད་སོང་། དེར་བརྟེན་ང་ཚོས་མོའི་ཨ་ཕ་རིག་པ་སྟེ། རྣམ་འདུག་ཅིང་གཞུང་དྲང་ཡིན་ལ། སྐྱོ་སེམས་ཀྱིས་ཁེངས་པའི་སྐྱེས་པ་ཞིག་དང་། ངོ་ན་འཛུམ་ཅེ་ཡང་མེད་མོད། འོན་ཀྱང་ཞི་འཇམ་གྱིས་ཞི་མོ་ལྷུགས་རྟའི་འཕང་དུ་བཞག་སྟེ། བདེ་མྱུར་དང་ལྷུགས་རྟར་ཞོན་ནས་བུད་སོང་།

ཞི་ལུ་ཆོ།

སྐབས་དེའི་ང་ཚོའི་སློབ་གྲྭའི་ཞི་ལུ་ཆོ་ནི་སྐྱེས་གཟུགས་རྣམ་པ་སྣ་ཚོགས་ཤིག་ཡིན། ཁོ་ཚོ་ནི་བྱ་ཕྲུག་དམར་རྗེན་ཞིག་ལྟར། བ་སྤུ་རྒྱས་མ་ཐག་ཡིན་པ་ལས་ད་དུང་ཡོངས་སུ་ཁེབས་མེད་ཅིང་། ཞག་ཚོལ་གྱིས་ཀྱང་མི་འདང་བས། བལྟས་ཚོད་ཀྱིས་སྤུ་གཟེང་ཞིང་སྐམ་པོ་ཞིག་ཡིན་པ་མ་ཟད། ཤ་རིད་འདུག་མོད། འོན་ཀྱང་སྤོབས་པ་རྒྱས་ཤིང་སྤྱམ་པོ་ཞིག་ཡོད་ལ། ལུས་རྩལ་ཐོར་རིག་རྣ་སྐྱེས་ཡོད་པ་དང་འདྲ་བར། གནས་ཚུལ་དང་འཕྲད་ཚེ་སྔུར་དུ་གཟེང་ཡོང་། ཧ་ཅང་བཙོག་ཅིང་ཐོག་ཐུག་གཏོང་དཀའ་མོད། འོན་ཀྱང་རང་གཤིས་ཡོད་པ་ཡིན།

དེའི་ནང་གི་གཅིག་ནི་ཤ་སྐམ་གཟུགས་ཆུང་དང་། གླད་པའི་ལྟག་རྒྱབ་འབུར་པོ་ཡིན། མིག་གཉིས་ཆུང་མོད་འོན་ཀྱང་སླག་རྐོད་ཀྱི་མིག་ལྟར་རྣོ། སྐྱེས་གཟུགས་རིགས་འདིའི་ཞི་ལུ་ཚང་མ་གཏུམ་པོ་ཡིན། ཁོ་ཚོ་ལམ་དུ་འགྲོ་དུས་སུའང་ལུས་པོ་སྟོན་དུ་སྒྲུར་ཞིང་སྐེ་བསྲིང་བ་དང་། སྨིན་མ་བསྡུས་ཤིང་རིད་སྐམ་ཤུགས་ལྡན་གྱི་དཔུང་བ་རྩུང་གཡུག་གཡུག་བྱེད། ལག་འཛིང་བྱེད་དུས་སུ་ཤིད་འཛོམས་པ་དང་། ཐོག་ས་ཉུང་ནའང་ཤུགས་ཆེ་བ་ཡིན། ཁོ་ཚོར་རྒྱུན་དུ་སྐད་ཆ་མི་མང་བས་མི་རྣམས་ཀྱི་མིག་ལམ་དུ་མི་ཐོགས། སྒྲུངས་འབྲས་འབྲིད་ཙམ་ཞིག་ཡིན་མོད། འོན་ཀྱང་སུས་ཀྱང་

མཐོང་ཆུང་བྱེད་མི་ནུས་ཤིང་། སྲུ་ལའང་འཇིགས་སྣང་གི་ཚོར་བ་ཞིག་སྐྱེར་སྲིད།

ལོ་རབས་དེའི་ནང་དུ། ཞི་ལུ་ཚང་མ་སློབ་ཁང་ཕྱིའི་བྱེད་སྒོ་ལ་དགའ། དེའི་ཕྱིར། ཁོ་ཚོ་ཚང་མའི་ཤ་རྩ་ནག་ཅིང་རེད། ངའི་དྲན་ཤེས་ཀྱི་ཡུལ་ངོར། ཤ་རྩ་ཤིན་ཏུ་དཀར་བའི་ཞི་ལུ་ནི་ངའི་འཛིན་གྲྭའི་ནང་དུ་གཅིག་ཙམ་ལས་མེད། དེ་བས་ཁོ་ནི་གཅེས་ཕྲུག་ཏུ་གྱུར་ཞིང་། རྒྱུན་དུ་དགེ་རྒན་གྱིས་ཁོ་བདམས་ནས་གཞོན་ནུའི་ཕོ་བྲང་དུ་ཕྱི་མགྲོན་ལ་མེ་ཏོག་གི་ཕྲེང་བ་འབུལ་བ་དང་། གཏམ་རྒྱུད་བཤད་པ། ཁ་ཤགས་འཁྲབ་སྟོན་བྱེད་པར་མངགས་པ་རེད། ཡིན་ཡང་ཁོ་དང་མཉམ་དུ་ཁ་ཤགས་འཁྲབ་སྟོན་བྱེད་མཁན་དེ་ནི་ཤ་རྩ་ནག་པ་མ་ཟད། མིག་ཤེལ་ཞིག་ཀྱང་གོན་འདུག་ལ། འཛུམ་མདངས་གཟབ་ནན་ཡིན། ཁོ་ལྟ་བུའི་སློབ་བརྩོན་གཤིས་ཀ་ཅན་གྱི་ཞི་ལུ་ནི་གནས་ལུགས་ལྟར་ན་ཁ་ཤགས་འཁྲབ་སྟོན་པ་ཞིག་བྱས་ན་མི་འཚམ་སོད། འོན་ཀྱང་ཁོའི་ཁ་ལྕེ་བདེ་ཞིང་བཞད་གད་སློང་མཁས་པ་ཞིག་ཡིན་པས། འཛིན་གྲྭའི་ཁྲབ་ཁོངས་ཀྱི་ཁ་ཤགས་སྐར་ཆེན་དུ་གྱུར། ཤ་རྩ་དཀར་བ་དེའི་ངོ་གོར་ཞིང་རྗེ་མ་ཕྲ་ལ་རིང་བ་དང་། འདི་བ་ལས་ཀྱང་དགོད་བྲོ་བ་ཡིན། ཕན་ཚུན་བསྡུར་བ་བྱས་ན། ནག་རིས་འདི་དེ་ལས་ཀྱང་དགོད་བྲོ་བ་ཞིག་ཡིན་པས་ཤིན་ཏུ་ཆ་འགྲིག

དཀར་རིས་མའི་རིགས་ཀྱི་བྱིས་པ་ནི་མང་ཆེ་ཤོས་ཤིག་ཁྱིམ་གྱི་གཅེས་ལོ་ཡིན་པ་དང་། ཁོ་ཚོའི་གཅེས་མིང་ལའང་ཡོད་ཡོད་དང་ནན་ནན། མིས་མིས་སོགས་སུ་འབོད། ཞི་ལུ་ཚོས་ཝུར་ཟེང་ཟེང་གིས་དེའི་གཅེས་མིང་ནས་བོས་ཏེ་ངོ་ཚ་བཟོ་བ་རེད། ངོ་ཚ་སེལ་ཆེད་ཁོ་ཚོས་སྐབས་འགར་དེ་བས

གཏུམ་དྲག་བྱེད་སྲིད་པ་དང་། སློབ་རའི་ནང་དུ་རྩོལ་རྒྱུག་བྱས་ཏེ་མི་ལ་གཅར་རྡུང་དང་། མཆུ་མ་འདེབས་པ་བཅས་བྱེད་པས། ལུས་ཧྲིལ་པོར་རྡུལ་ནག་བཞུར་བ་དང་ལྦ་བ་ཡང་རལ་བ་ཡིན། མཐར་ཐུག་ཏུ་སྙོབས་ཤུགས་ཞན་པས་ཞི་ལུའི་ཚོགས་པའི་ནང་དུ། དམག་ཕྲུག་ཅིག་བྱེད་པ་ལས་རྐང་འཛིན་མཁན་དུ་འགྱུར་མི་ཐུབ། ང་ཚོ་འཛིན་གྲྭའི་ནང་དུ་མིས་མིས་ཟེར་བ་ཞིག་ཡོད་པ་དེའི་ཤ་རྩ་དེ་འདྲ་མི་དཀར་བར་སེར་ཞད་ཆེ། ངོ་གོར་གོར་ཡིན་ཞིང་ཁུར་མགོ་མཐོ་བ་དང་། རྫི་མ་རྩུང་རིང་སྐྱེ་ཞི་མོའི་མིག་འདྲ་བ་ཡོད། ཁ་ཡང་ཞི་མོའི་ཁ་ལ་རིག་ཅིང་མ་མགལ་གྱི་དཀྱིལ་དུ་ཞོད་སྐྲ་ཞིག་ཡོད་པས་སྙིང་རྗེ་བ་ཡོད། ཁོ་ནི་ཁྱིམ་གྱི་བུ་གཅིག་པུ་ཡིན་པ་དང་། གོང་དུ་ཨ་ཅེ་དུ་མ་ཡོད་མོད། ཁོ་གཅིག་པུ་གཅེས་ཕྲུག་ཏུ་གྱུར་ཡོད། ཐ་ན་ཁྱིམ་མཚེས་ཚང་གི་ཁོ་དང་འཛིན་གྲྭ་གཅིག་པའི་ཞི་མོ་ལ། སློབ་གྲྭའི་ནང་ནས་ཁོའི་འཚོ་བར་ལྟ་རྟོག་བྱེད་པའི་བཅོལ་གདམས་བྱས་པ་རེད། འདི་འདྲའི་གཅེས་ལང་དུ་བཏང་མཐར། ཁོ་ལ་ཅིས་ཀྱང་ནུས་པ་ཞན་སྲིད་པ་དང་། ཁ་དིག་ལྡེ་དིག་ཡིན་ལ། སྤྱོད་ལམ་ཁེར་སྡོད་ཡིན་ཏེ། སུ་དང་སུ་ལའང་འབྲེལ་འདྲིས་མི་བྱེད། ཐེངས་ཤིག་ལ། ང་ཁོ་ཚང་སྡོད་སའི་སྲུང་བར་དུ་རྩེ་རུ་སོང་བ་ན། ཁོ་དང་ཨ་ཅེ་འགའ་ཞིག་གིས་མཉམ་དུ་འགྲིག་སྐུད་རྩེ་བཞིན་ཡོད་པ་མཐོང་། འགྲིག་སྐུད་ནི་ཞི་མོ་ཚོས་རྩེ་རྒྱུ་ཞིག་ཡིན་ལ། ཞི་ལུ་ཚོ་གཏན་ནས་མི་རྩེ། ལོ་རིམ་མཐོན་པོར་ཞུགས་རྗེས། ཉིན་ཞིག་ལ། སློབ་གྲྭས་སློབ་མ་རྣམས་རྩ་འཛུགས་བྱས་ནས་སྡེ་འདབས་སུ་ངལ་རྩོལ་བྱེད་དུ་སོང་། ངལ་རྩོལ་མཇུག་རྫོགས་རྗེས། སློབ་མ་ཚང་མ་ཉེ་འདབས་ཀྱི་གད་སྙིགས་རི་མགོར་སོང་ནས་རྩེ་བ་ཡིན། གད་སྙིགས་རི་ནི་དོན་དངོས་སུ་རྡོ་

ལྷུགས་བཟོ་གྲྭ་ཞིག་གི་གད་སྙིགས་ཁྲོ་ས་ཡིན་ལ། ལྷུགས་སྙིགས་དང་ལྷུགས་རྫོ། མཁོ་མེད་རྫོ་ལྷུགས། རྫོ་སྙིགས་སོགས་སྤུངས་ནས་འབར་འབུར་གྱི་རི་རྒྱུད་ཅིག་ཆགས་འདུག འདི་ནི་གྲོང་ཁྱེར་གྱི་ཁྱིམ་པ་ཚོས་མཐོང་བའི་རང་བྱུང་ཡིན། གད་སྙིགས་རི་མགོ་ནས་ཡར་འཛེག་མར་ཤུད་བྱས་པས། ལུས་ཧྲིལ་པོར་ནག་ནོག་འགོས་ཏེ་ནག་ཤིག་ཤིག་ཏུ་གྱུར། ས་རུབ་སོང་། དགེ་རྒན་གྱིས་ང་ཚོ་བསྡུ་རུབ་བྱེད་ཆེད་ཀི་བཏབ་ནས་སྐད་ཀྱང་འགག་འདུག ཆིག་སྟོང་དགུ་བརྒྱ་རེ་ལྔའམ་ཡང་ན་ཆིག་སྟོང་དགུ་བརྒྱ་རེ་དྲུག་གི་ལོ་སྟོད་དུ། "རིག་གནས་གསར་བརྗེ་ཆེན་པོའི"མགོ་བརྩམས་མེད་རུང་། ཡིན་ནའང་དགེ་རྒན་ཚོའི་ཁེ་དབང་རྗེ་ཞན་དུ་སོང་འདུག མཇུག་མཐར། མིང་ཐོ་པོས་པ་ན་མི་གཅིག་ཚད་འདུག་སྟེ། མིས་མིས་ཡིན། དང་ཐོག་ཚང་མས་རི་ལུང་ཀུན་ཏུ་པོས་པ་དང་། དེའི་འཁྲིར་སྐྱི་བདེ་ཁང་དུ་སོང་ནས་ཁ་པར་གཡར་ཏེ་ཧྲང་ཧྲེ་ལ་ཁ་པར་བཏང་ཞིང་། ལས་རེས་ཁང་གི་དགེ་རྒན་ཁོ་ཚང་ལ་སོང་ནས་མིས་མིས་ཡུལ་དུ་ལོག་ཡོད་མེད་ལ་བལྟ་རུ་བཅུག འདི་ནི་དཔེ་མི་སྲིད་པ་ཞིག་ཡིན་རུང་། གལ་སྲིད་ཡུལ་དུ་ཡོང་ཡོད་ན་ཅི་བྱ། ཆུ་ཚོད་ཕྱེད་ཀའི་རྗེས་སུ། ཕྱིར་ཁ་པར་བཏང་བྱུང་། ཁོ་ང་མ་ཡུལ་ལ་སླེབ་འདུག ཁོ་དང་སློབ་གྲོགས་ཚོ་ཁ་འཐོར་བས་རང་ཉིད་གཅིག་པུ་ཡུལ་དུ་ལོག་པ་རེད། ལམ་ཐག་འདི་འདྲ་རིང་བ་ལ། ཁོ་ཇི་ལྟར་ཡུལ་དུ་ལོག་པ་ཡིན་ནམ། དེའི་ཕྱིར། ཁོའི་རིག་རྩལ་གྱི་ཕྱི་ཚུགས་སུ་དོན་དམ་པར་བག་ཞའི་ནུས་པ་ཡོད་པ་མ་ཟད་ཁོའི་ལག་ཏུ་སྒོར་མོའང་ཡོད་དེ། མིག་རྒྱང་རིང་བའི་ཨ་མས་སྔ་མོ་ནས་གྲ་སྒྲིག་བྱས་ཡོད་པ་རེད།

ཞི་ལུ་ཚོའི་ནང་དུ་མི་གཅིག་ཤིན་ཏུ་སྙིང་རེན་ཡོད་དེ། ཁོ་ནི་ལོ་རེམ་མ་

འཕར་བའི་སློབ་མ་ཞིག་ཡིན། མཁལ་མར་ནད་བྱུང་བའི་རྐྱེན་གྱིས་ལོ་གཉིས་ལ་སློབ་སྦྱོང་དགོངས་ཞུ་བྱས་ཏེ། དེའི་འཕྲོར་ང་ཚོའི་འཛིན་གྲྭ་རུ་ཡོང་བ་རེད། ལོ་རབས་དེར་སློབ་ཆུང་སློབ་མའི་ཁྲོད་དུ་མཁལ་མའི་ནད་བྱུང་བའི་སློབ་མ་ཉུང་མང་། རྒྱུ་རྐྱེན་ཅི་ཞིག་ཡིན་ནུང་། ལོ་རིམ་མ་འཕར་བའི་སློབ་མ་དེ་གཟི་བརྗིད་ཅིག་མིན། འཛིན་གྲྭ་གསར་པའི་ནང་ཡོང་བའི་ཉིན་དང་པོ་དེར། འཕྲུ་དགོད་བྱེད་སྲིད་པ་དང་། དེ་ནས་མིག་ཆུ་འཁྱོ་ལོ་ལོ་བཞུར་བ་རེད། དེ་ནས་བཟུང་། ཁོའི་ཕྲག་མགོ་ཙམ་ལས་མེད་པའི་བྱིས་པ་ཚོ་དང་མཉམ་དུ་སྡོད་དགོས། ཞི་ལུ་དེ་ཐོན་པ་ཡིས་གནས་ཚུལ་ལ་བློ་ཡུལ་ལས་འདས་པའི་འགྱུར་ལྡོག་བྱུང་། ཁོ་ནི་ཧྲན་ཏུང་བའི་རྒྱུད་པ་ཡིན་པས་བལྟས་ཚོད་ཀྱིས་ལོ་ན་ཆེ་བ་དང་འདྲ། རྒྱུན་ལུགས་ལྟར་ན་ཤིན་ཏུ་བཙོག་སྨོད། འོན་ཀྱང་ཡན་གར་བ་ཡིན་ཏེ། ཁོ་ལ་ལྷག་པར་བབ་བཀྲིང་ཡིན་པའི་ཉམས་འགྱུར་ཞིག་ཡོད་དེ། ཚང་མ་ཏད་དུ་འཇུག་ཐུབ། ཁྱོད་ཀྱིས་མཉམ་བཞག་དུས་ཁོ་ནི་སྡོད་གནས་སུ་བསྡད་ཡོད། འཕྲུ་དགོད་བྱེད་པའི་གོ་སྐབས་ཀྱང་ཤོར་འདུག ཁོ་སློབ་སྦྱོང་ལ་འབྲིང་ཙམ་ཞིག་ཡིན་མོད། འོན་ཀྱང་ཁོས་ཤིན་ཏུ་འབད་པ་བྱེད། དེར་མ་ཟད་ཁོ་གཞུང་དྲང་ཞིག་ཡིན་ལ་གཉོམ་ཆུང་ལ་བརྙས་བཅོས་གཏན་ནས་མི་བྱེད། ཁོ་ཡང་ལོ་རིམ་མ་འཕར་བའི་སློབ་མ་གཞན་དག་ལྟ་བུའི་གཉོམ་ཆུང་དང་། ཡང་ན་རྩུབ་པོ་ཞིག་མིན། ཁོ་རིམ་བཞིན་ཞི་ལུ་ཚོའི་ཁྲོད་ནས་སྣན་གྲགས་རྒྱས། ཉིན་ཞིག་གི་སློབ་གསེང་གི་བྱེད་སྒོའི་ཁྲོད། ཞི་ལུ་ཚོས་དབུགས་མདའ་མ་ལོན་པར་རྐང་གྲུག་ལ་དབུགས་རྒྱག་མ་ཐུབ་པར་ལུས་ཡོད་དུས། ཁོས་དབུགས་ཁྲུང་ལ་ཁ་གཏད་ནས་ཕུ་བཏབ་པ་རེད། བལྟས་བལྟས་ལ་ཁོའི་ངོ་རྡོ་རྗེ་དམར་ནས་

ཇེ་དམར་དུ་གྱུར་ཞིང་། ཆང་གྲུག་ཀྱང་རིམ་བཞིན་སྨས་ཡོང་བས། ཞི་ལུ་ཚོས་འུར་སྒྲོག་ནས་ཕོ་ལ་ཤུགས་བརྒྱབ་པ་རེད། ཕོའི་སྟོབས་ཆེན་གྱི་ལུས་པོའི་ཤུགས་སུ། ཞི་ལུ་ཆུང་ཆུང་ཚོ་གྲོག་མ་ལྟ་བུར་གྱུར། ཡུལ་དངོས་ཀྱི་ཞི་མོ་ཚོ་ཁྱེ་སུམ་མེར་སྡོད། མཐར་ཐུག་ཏུ་ཆང་གྲུག་ལ་དབུགས་གང་བརྒྱབ་པ་དང་། ཞི་ལུ་ཚོ་འུར་ཟིང་ངེར་གྱུར་ཏེ་ཕོ་བསྐོར་ནས་རྒྱུག་སོང་། ཞི་མོ་ཚོ་སྐྱབ་ཁང་དུ་ལུས་འདུག དེ་དུས་ཞི་ལུ་ཞི་མོའི་དབྱེ་མཚམས་རིམ་བཞིན་མངོན་གསལ་དུ་གྱུར་པ་དང་། ལང་ཚོ་དར་དུས་ཀྱང་ཤེས་མེད་ཚོར་མེད་དུ་སྐྱིབ་ཟིན།

ཞི་མོ་ཚོ།

ཞི་མོ་ཚོའི་ནང་དུ། མང་ཤོས་ནི་ཁྲ་ལི་ཁྲི་ལི་དང་སྤྱང་གྲུང་འཛོམས་པའི་སྙིང་རྗེ་དག་ཡིན། ཁོ་ཚོའི་བཟོ་ལྟའི་ཐད་ནས། དེ་བས་རྣམ་དག་ཟོལ་མེད་ཡིན། དོན་དངོས་སུ། ཁོ་ཚོས་ཀྱང་བདེ་མྱུར་ཡིན་མིན་བསྐྱུར་བ་རེད། སློབ་གྲྭར་ཞུགས་ནས་ཙུང་མ་འགོར་བར། ང་ཚོའི་འཛིན་གྲྭ་རུ་ཞི་མོ་གཉིས་ཡོད་པ་མཉམ་ལེན་ཚོགས་པའི་དགེ་རྒན་གྱིས་བདམས་ཐོན་བྱུང་། ཁོ་ཚོ་གཟུགས་ཆུང་རུང་བདེ་མྱུར་ཅན་ཡིན་པ་དང་། ངོ་གོར་གོར་ཡིན་ལ་གྲལ་དག་པའི་རལ་བ་གཉིས་སླས་ཡོད། ལུས་སུ་མདངས་ལྡན་པའི་སྨད་གཡོགས་གོན་ཡོད་པས། ངོ་མ་སྙིང་རྗེ་པོ་ཡོད། དགེ་རྒན་གྱིས་བསམ་བཞིན་དུ་ཉིས་འགྲོས་རྩེག་ལེན་ཞིག་བཀོད་སྒྲིག་བྱས་པ་ཡིན་པ་མངོན་གསལ་ཡིན། གླུ་དབྱངས་ཀྱི་སློབ་ཁྲིད་སྐབས་སུ། དགེ་རྒན་གྱིས་ཚང་མར་གླུ་ལེན་ཚུལ་ཁྲིད་མི་འདོད་པར། ཆེད་དུ་ཁོ་མོ་གཉིས་ལ་སྦྱོང་བརྡར་བྱེད། དེ་ལས་གཅིག་གི་སྐད་ངག་བཟང་སྟེ་ཤིན་ཏུ་སྙན་མོའི་བྱིས་པའི་སྐད་དེ་ཡིན། ཅིག་ཤོས་ལ་དགེ་རྒན་གྱིས་སྐྱོན་བཙལ་བ་ཡིན་ཏེ། མོའི་མཐོ་གདངས་ལ་འདར་སྐད་ཡོད་པ་དང་། སྐབས་འགར་སྒྲ་དག་མོ་མིན་ཟེར། ཉིན་ཞིག་ལ། དགེ་རྒན་དེས་བཟོད་བསྲན་མ་ཐུབ་པས་མོར་གླུ་དབྱངས་ལེན་དུ་མ་བཅུག་པ་དང་། གཞན་དེ་གཅིག་པུར་སྦྱོང་བརྡར་བྱས། དགེ་

རྒན་གྱིས་མོར་བརྩེ་མཐོང་མི་བྱེད་པའི་རྣམ་འགྱུར་ལས། ཚང་མས་མོར་སེམས་ཁྲེལ་བྱས། མོ་ལྷ་བུའི་སྙིང་རྗེ་པོའི་ཞི་མོ་ཞིག་ལ་འདི་འདྲའི་ལྟ་སྟངས་རྩུབ་པོ་འཛིན་མི་འོས་སྙམ།

ངང་ཐོག་ཁོ་མོ་ཕྱོགས་གང་ཐད་ནས་བཟང་སྟེ། སློབ་སྦྱོང་ལ་བཟང་བ་དང་སྒྲིག་ལམ་བརྩི་བ། གླུ་དབྱངས་བླངས་ནའང་བཟང་། གསུམ་བརྒྱད་དུས་ཆེན་གྱི་སྐབས་སུ། སློབ་གྲོགས་ཚོས་ཤོག་བུའི་མེ་ཏོག་བལྟབས་ནས་དགེ་རྒན་ལ་ཕུལ་བ་ཡིན། མོའི་མེ་ཏོག་ལ་འོད་ཟེར་སྟོང་ལྡན་འཕྲོ་བ་རེད། དེ་ནི་ཀ་རའི་ཤོག་ཐུམ་གྱིས་བལྟབས་པའི་མེ་ཏོག་ཆེན་པོ་ཞིག་སྟེ། ལྗང་ལྗུག་མེ་ཏོག་གི་ཡལ་གའི་ཐོག་ཏུ་བཏགས་ཚོ། སྣུམ་ལྷང་གི་འདབ་མས་མདངས་ལྡན་གྱི་མེ་ཏོག་ཐེག་འདུག་པས། ངོ་མ་མཛེས་ཤིང་སྡུག མོ་གཅིག་པུས་ལས་པ་མིན་པར་ཨ་མ་དང་ཡང་ན་ཨ་ཅེ་ཚོས་རོགས་བྱས་ནས་ལས་པ་ཤེས་སོང་། ཡིན་ནའང་སློབ་གྲོགས་ཚོས་སྔར་བཞིན་བློ་མོས་ཡིད་སྨོན་འཚོར་བ་རེད། ཅིའི་ཕྱིར་ང་ཚོ་ལ་ལག་བདེའི་ཨ་མ་དང་ཨ་ཅེ་མེད་པ་ཡིན། མོ་ནི་ང་ཚོའི་ཁྲོད་ཀྱི་ལྷའི་གཅེས་ཕྲུག་ཡིན། གླུ་དབྱངས་དགེ་རྒན་གྱི་མདུན་ནས་ཕམ་ཁ་མྱང་བ་ནི་ལས་དབང་གི་སྟེ་ལྟས་ཤིག་ཡིན་པ་འདྲ་སྟེ། ཁོ་མོའི་ཁ་ལས་རླུང་རྟ་ཉམས་མགོ་བརྩམས་པའི་སྟེ་ལྟས་ཡིན། ལོ་རིམ་གཉིས་པ་དང་གསུམ་པའི་སྐབས་སུ། མོའི་སློབ་སྦྱོང་སྟོན་ཐོན་གྱི་གྲས་ནས་ཉམས་ཏེ། བསླབ་ཚན་དུ་མ་ཞིག་འབྲིང་རིམ་དུ་ལྷུང་། ད་དུང་ཐེངས་འགའ་ཞིག་ལ། སློབ་ཁྲིད་ཀྱི་སྐབས་སུ། དགེ་རྒན་གྱི་དྲི་བར་ལན་འདེབས་མ་ཐུབ་པར་དཀའ་ལས་ཀྱི་གནས་སུ་གྱུར། དེ་དང་ཆབས་ཅིག་ཏུ། མོར་བློ་བརྟན་འགྱུར་མེད་ཀྱི་གཤིས་ཀ་ཞིག་མངོན་ཡོང་བ་རེད། ཇི་འདྲའི་གནག

ཞི་མོ་ཚོའི་ནང་དུ། མང་ཤོས་ནི་ཁྲ་ལེ་ཁྲི་ལི་དང་སྨྱུང་གྱུང་འཛོམས་པའི་སྙིང་རྗེ་དག་ཡིན། ཁོ་ཚོའི་བཟོ་ལྟའི་ཐད་ནས། དེ་བས་རྣམ་དག་ཟོལ་མེད་ཡིན། དོན་དངོས་སུ། ཁོ་ཚོས་ཀྱང་བདེ་མྱུར་ཡིན་མིན་བསྒུར་བ་རེད།

ལན་ཁེལ་ནའང་མོས་རྟག་ཏུ་འབད་པ་ལྷུར་ལེན་བྱེད་ཐུབ། ཐེངས་འགའ་ཞིག་ལ། ངེད་གཉིས་ཀྱིས་མཉམ་དུ་ལས་བྱ་འབྲི་དུས། མོས་གཏན་འཁེལ་གྱི་ལས་བྱ་འབྲི་བ་ལས་གཞན་ད་དུང་གསར་དུ་བསླབས་པའི་སློབ་ཚན་བློར་སྐྱོར་བ་རེད། དེ་ནས་བཟུང་ངས་ད་གཟོད་མོའི་ཕུལ་བྱུང་སྦྱངས་འབྲས་ཀྱི་ལྷག་རྒྱབ་ཏུ་དཀའ་ངལ་ཅི་འདྲ་བརྒྱབ་ཡོད་པ་རྟོགས། མོའི་རིག་པ་སྤྱིར་བཏང་ཞིག་ཡིན་པ་དང་ཀླད་པ་ཡང་ཅུང་གླེན་ནའང་། མོས་འབད་པ་བྱེད་ཅིང་ཡར་བརྩོན་བྱེད་ལ། རྒྱལ་འདོད་ཆེ་བས། མོར་གཅིས་སྐྱོང་ཐོབ་པའམ་ཡང་ན་ཕམ་ཁ་ཁེལ་བ་གང་ཡིན་རུང་། ཚང་མས་ཁོ་མོ་ཁ་གཟེར་པོའམ་ཡང་ན་གཤིས་ཀ་ཡ་མཚན་ཅན་དུ་བསྒྱུར་མ་ཐུབ། མོ་སྙིག་ནས་ཁྲོ་བ་དང་སྐྱིང་ནད་ཁ་ཤས་ཡོད་པ་མ་གཏོགས། གཞན་ཚང་མ་རྒྱུན་ལྡན་ཡིན།

ང་ཚོ་སློབ་ཆུང་འགྲིམས་པའི་མཇུག་མཐའི་སློབ་སྐབས་དེར། "རིག་གནས་གསར་བརྗེ་ཆེན་པོའི"མགོ་བརྩམས་སོང་། སློབ་ཆུང་སློབ་མ་ལས་འགྲུལ་དུ་ཞུགས་མི་དགོས་པར། ཉིན་འགར་སློབ་ཁྲིད་རྒྱུན་འཚོངས་བྱས་རུང་། མཐར་ཐུག་ཏུ་སློབ་མཚམས་བཞག་ནས་སློབ་གྲྭ་གཏོར་བ་རེད། དེའི་ཡར་སྔོན་དུ། མོར་མཆིན་ནད་བྱུང་བས་ཁྱིམ་ནས་ངལ་གསོ་བརྒྱབ་ཡོད་པ་དང་། དེ་དུས། མོར་མཆིན་པའི་འབྲས་སྐྲན་བྱུང་ཡོད་པ་བརྟགས་ཡོང་། ལོ་རབས་དྲུག་ཅུ་པའི་དུས་དཀྱིལ་དུ། ད་དུང་འབྲས་སྐྲན་ཞེས་པའི་ནད་དེ་གོ་བ་ཉུང་ཞིང་། ནད་དེའི་རིགས་ཀྱི་བཤད་ཚུལ་གྱི་སྒོར་ལ། ཤིན་ཏུ་འཇིགས་སུ་རུང་བ་ཞིག་ཡིན། ཉིན་དེ་དག་གི་རིང་ལ། ང་ཕལ་ཆེར་ཉིན་རྒྱུན་དུ་མོ་ཚང་ལ་སོང་བ་དང་། རང་གི་བྱིས་པའི་སྙིང་གཏམ་དུམ་པ་དུམ་པ་བྱས་ནས་མོར་ཁྱེར་ཏེ་བལྟ་རུ་བཅུག་པ་ཡིན། མོའི་ཁྱིམ་ནི་ཏ་ཅང་

གི་གུ་དོག་པོ་ཞིག་ཡིན་ལ། མལ་ཁྲི་ཆེན་པོ་ཞིག་གིས་ཁང་པའི་སུམ་ཆའི་གཉིས་ཟིན་ཡོད། ཁང་སླད་དུ་ལྡིང་ཁང་ཞིག་ཡོད། ང་ཚོ་མལ་ཁྲིའི་ཁ་ནས་གཤིབ་ནས་ཅོག་བསྡད་པ་དང་། ཁ་སྒོ་ལ་འཁོར་ཞིང་སྒོ་ཆེས་ཆེར་ཕྱེ་ཡོད་ཅིང་། སྒོའི་ཕྱི་ནི་སྲང་བར་ཞིག་ཡིན། སྐབས་དེའི་སྲང་བར་ནི་དེ་འདྲའི་འདུ་འཛི་ཆེ་བ་ཞིག་མིན་མོད། འོན་ཀྱང་ཕར་འགྲོ་ཚུར་འོང་གི་མི་རྒྱུན་མི་ཆད། ང་ཚོ་ཞི་འཇགས་སུ་བསྡད་ཅིང་། ཅི་ཞིག་གིས་འཚོ་བ་ལ་འགྱུར་ལྡོག་སློང་བཞིན་པ་དངོས་སུ་མྱོང་ཚོར་བྱུས། ངེད་གཉིས་གྲོགས་པོ་བཟང་པོ་ཞིག་ཡིན་ལ། ངའི་མིག་ལམ་གྱི་ཕྱུལ་དུ་བྱུང་བའི་ཁོ་མོས་ང་ལ་ཁ་ཡ་མི་བྱེད་པ་གཏན་ནས་མེད་ཅིང་། ངའི་གཟུགས་པོ་ན་མཉམ་ཚོ་ལས་མཐོ་བའི་རྐྱེན་གྱིས་རོལ་རྩེད་ཀྱི་ཆ་རྐྱེན་འདྲ་མཉམ་མིན་པ་ལས་རོལ་རྩེད་དུ་མི་ཞུགས་རྒྱུ་གཏན་ནས་བྱུང་མ་མྱོང་། མོས་ནམ་ཡིན་ཡང་སློབ་གྲོགས་གཞན་ལས་མགོ་པོ་ཙམ་གྱིས་མཐོ་ཞིང་འགྲོ་འདུག་ཁོབ་ཏོ་ཡིན་པའི་ང་ཁྲིད་ཡོད་པར་བརྟེན། རང་དམན་རང་ཆུང་དུ་རློམ་པའི་སློབ་གྲོགས་ཚོ་དང་མཉམ་དུ་རྩེ་ནས། ཁོ་ཚོའི་འདོད་པ་ལྟར་རིང་པོ་དང་ཐུང་ངུ་ཞེས་འབོད་དུ་བཅུག་པ་རེད།

མཇུག་མཐར། ང་ཚོ་གཞི་རིམ་དུ་ངལ་རྩོལ་ལ་འགྲོ་བའི་སྐབས་སུ། མོའི་ནད་གཞི་ཇེ་ལྷི་རུ་སོང་ནས་མ་སོས་པར་ཤི་སོང་། ཞག་མ་དེར། ང་ཚོའི་ཁྲིད་ཀྱི་མི་གཅིག་གིས་ཁོ་མོ་རྨི་ལམ་རྨིས་བྱུང་བ་དང་། ཁོ་མོ་ང་ཚོའི་སློབ་གྲྭར་ཡོང་ནས་ང་ཚོ་དང་གྱེས་གཏམ་བཤད་པ་ཡིན་ཟེར། བྱིས་པ་ཚོའི་རྨི་ལམ་ནི་ཇི་འདྲའི་བདེན་སྣང་ཡིན་པ་ལ། མོ་ནི་ཉིན་དེར་ཤི་བ་རེད། བཤད་པ་ལྟར་ན། ལོ་དུ་མའི་རྗེས་སུ། ང་ཚོ་ཚང་མ་ཐོན་སྐྱིད་རུ་ཁག་ཏུ་

看社里的
大肥猪

ང་ཚོ་མང་ཆེ་ཤོས་ཀྱིས་ཕག་ཤ་མཐོང་བ་ལས་ཕག་མཐོང་མ་མྱོང་། ཕག་ཅིག་ང་ཚོའི་སློབ་གྲྭའི་ནང་དུ་ཡོད་པ་བསམ་ཚོ། སེམས་འགྲུལ་ཐེབས་པ་ཞིག་རེད།

ཞུགས་ནས་ཁྲིམ་གཞིས་འཛུགས་པ་ལས་ཐར་ཐབས་མེད་ཟེར། མོའི་ཨ་མ་དགའ་སྒྲོ་སྐྱེ་བ་དང་ཡང་ན་རྒྱུ་མཚན་གང་ཡིན་མི་ཤེས་པར། སྐད་ཆ་ཚིག་གཅིག་བཤད་པ་སྟེ། “ངེད་ཚང་གི་ཞ་ཕིང་ཡོད་རྒྱུ་ན། ཁྱེད་ཚོ་དང་འདྲ་བར་གཞི་རིམ་དུ་འགྲོ་ཐུབ”ཟེར། གཞོན་ནུའི་དུས་ནས་ཤི་བ་ནི་མི་ལ་སྡུག་བསྔལ་ཚད་མེད་སྐྱེ་རུ་འཇུག་པའི་དོན་ཞིག་རེད། ང་ཚོའི་འཛིན་གྲྭའི་ནང་དུ། ད་དུང་ཞི་མོ་གཅིག་ཡོད་པའང་སྔོ་མོ་ནས་ཤི་སོང་། འདིའི་ཐད་ནས་ང་ཚོའི་འཛིན་གྲྭ་འདི་དགེ་རྒན་ཚོས་སེམས་ལ་དམ་པོར་བཟུང་ཡོད།

འདི་ཡང་གཟུགས་ཐུང་སྙིང་རྗེའི་ཞི་མོ་ཞིག་ཡིན་ལ། སྔ་མའི་དེ་ལྟ་བུའི་རྩེར་སོན་དང་བརྩོན་ལེན་བྱེད་མཁན་ཞིག་མིན། ཡིན་ནའང་ཁོས་མི་ནུས་པ་མ་ཡིན་པར་དེ་ལྟར་མི་སློབ་པ་ཡིན། མོ་ནི་དོན་དངོས་སུ་ཁེངས་དྲེགས་ཅན་དང་སྤྱོད་གྱོང་འཛོམས་ལ། ཁྲིམ་ཚང་གི་ཆ་རྐྱེན་ཡང་བཟང་། བསླབ་ཚན་ཡོད་ཚད་ལ་བྱང་བ་དང་འབྲིང་རིམ་ཙམ་དུ་སླེབ་ན་ཚིག་སེམས་ཡོད་པ་ཞིག་ཡིན། བསླབ་ཕྱི་རུ་ད་དུང་རྣོ་སྲེང་སྦྱོང་བ་རེད། མོའི་ཁ་ལྷེ་བདེ་ཞིང་ཚིག་གནག་པོ་བཤད་རྒྱུར་དགའ་བ་ཡང་སྤྱོད་གྱོང་ཡིན་པའི་རྐྱེན་གྱིས་རེད། གྱོང་ཞིང་ཤིན་ཏུ་གསོན་ཉམས་ལྡན་པའི་རྐྱེན་གྱིས་མོར་ཁ་ཞིག་ཡོད་པ་ནི་སྨྲལ་བའི་ཁ་དང་འདྲ་བ་སྣང་། ཁོ་ཚང་སྡོད་སའི་ལས་ཤག་གི་ཕྱེད་ཀ་ནི་འདྲ་པར་ཁང་གི་མུན་ཁང་ཡིན། བར་ཁྲམས་སུ་བརྙན་མདོན་སྣན་ཆུ་དང་བརྙན་ཤབ་ཆུའི་དྲི་མས་ཁྱབ་ཅིང་། རྐྱེད་པར་པང་ཁེབས་བཏགས་ཡོད་པ་དང་ལག་ངར་དུ་ཕུ་ཤུབས་གོན་པའི་སྐྱེས་པ་ཞིག་སྒོ་སྦུབས་ནས་འོད་དམར་ནག་འཕྲོ་བའི་ཁང་པའི་ནང་དུ་འགྲོ་འོང་བྱེད། འདྲ་པར་ཁང་འདིའི་ཚོང་ཁང་སྒང་བར་ཕྱིའི་འདུ་འཛི་ཆེ་བའི་སྲང་ལམ་གྱི་འགྲམ་དུ

ཡོད། ཉིན་ཞིག་ལ། ཟོག་དཔེའི་ཤེལ་སྒྲོམ་ལས་མོ་དང་ཁྱིམ་མཚེས་ཀྱི་གྲོགས་མོ་གཉིས་ཀྱི་མཉམ་པར་བཤམས་འདུག་སྟེ། འདྲ་པར་ཁང་གི་པར་རྒྱག་མཁན་གྱིས་བླངས་པའི་པར་རེད། ཕོ་གཉིས་ཕན་ཚུན་ལ་འཁྲིས་ཤིང་མཐོ་ས་ཞིག་ཏུ་ཡོད་དེ། ཕལ་ཆེར་ཐོག་ཁང་ཞིག་གི་ཁང་ཀླད་ཡིན་པ་འདྲ་སྟེ། རྒྱབ་ལྗོངས་ནི་ནམ་མཁའ་ཡིན། ཕོ་གཉིས་ཀྱིས་ཁ་གདངས་ནས་བགད་འདུག་པས་ཉམས་དགའ་བ་ཞིག་རེད། མོ་ཤི་བ་ནི་གློ་བུར་བ་ཞིག་ཡིན་ཏེ། སྔོན་འགོག་བྱེད་པའི་གོ་སྐབས་མ་བྱུང་། མོས་ཕྱི་དྲོ་ད་དུང་ཞི་མོ་གཞན་ཞིག་ལ་གབ་ཆོག་བཤད་པ་སྟེ། ལག་པ་ཆ་གཅིག་ཕྱི་ནང་བསློགས་པ་དང་། ལག་པ་ཆ་གཞན་གཅིག་ཀྱང་ཕྱི་ནང་སློག་བཞིན་ཡོད། མོས་ཕྱི་དྲོ་གབ་ལན་བསྒྲགས་རྗེས་ཡུལ་ལ་འགྲོ་རྒྱུའི་ཁས་ལེན་བྱས་ཡོད་མོད། འོན་ཀྱང་ཕྱི་དྲོ་མོར་ཚ་མཐོན་པོ་རྒྱས་ནས་དྲན་པ་ཉམས་སོང་། ཞག་མ་དེར་སྨན་ཁང་དུ་ཤི་སོང་བ་རེད། བརྟག་བཤེར་བྱས་པར་གློ་བུར་བའི་ཀླད་རྒྱའི་གཉན་ཚད་རེད་ཟེར།

འདི་དག་ཚང་མ་སྙིང་ཉེ་བའི་ཞི་མོ་དག་ཡིན་ལ། གནམ་གོང་མས་ཕོ་ཚོ་མི་ཡུལ་ནས་ཡུན་རིང་ལ་འཛོག་མ་བཟོད་པས། སྤུ་མོ་ནས་ཕྱིར་ཁྲིད་པ་རེད།

ཤིང་དུམ་རྩེད་ཆས།

དེ་དུས་བྱིས་པའི་རྩེད་ཆས་ལས་ཤིང་དུམ་རྩེད་ཆས་ནི་ཆེན་པོ་ཞིག་ཡིན། ཤིང་དུམ་རྩེད་ཆས་ཞེས་པ་ནི་ཆེ་ཆུང་དང་རྣམ་པ་ཚང་མ་མི་འདྲ་བའི་ཤིང་དུམ་ལྷམ་པ་དག་ཡིན། ཤིང་དུམ་ལྷམ་པ་རེ་རེའི་ངོས་དྲུག་པོ་ལས་ངོས་གཅིག་ཏུ་ཚོན་ཁྲ་ལམ་མེ་བ་བྱུགས་ཡོད་པ་དང་། ངོས་འཕྲོ་མ་ནི་ཤིང་དུམ་གྱི་མ་མདོག་ཡིན། ཚོན་བྱུགས་པའི་ངོས་དེ་མདུན་ངོས་བྱས་ནས་སྒམ་ཆུང་གི་ནང་དུ་བསྒྲིགས་ཡོད་དེ། ཁང་པ་གཅིག་གི་རྒྱན་རིས་ཡིན། ཁང་པ་དེར་སྐབས་བདེ་ཅན་ཡོད་ལ་རྟེག་འཛིང་ཅན་ཡང་ཡོད་ཅིང་། རའོ་མ་ཀ་བ་དང་སྒེའུ་ཁུང་ཁྲ་རིས་མ། ཟླ་གམ་ཁང་ཐོད། ལན་ཀན་བཅས་ཡོད། དེ་ནི་ཕོ་བྲང་ཞིག་གི་ཚུགས་ཀ་ཡིན། ཆེ་ཆུང་དང་རྟེག་སླ་གང་ཡིན་རུང་། ཤིང་དུམ་རྩེད་ཆས་ཀྱི་སྒམ་དུ་དེའི་རྒྱན་རིས་ཡོད་པ་དང་། ཚུགས་ཀ་མང་པོ་བཀོད་ནས་ཤིང་དུམ་རྩེད་ཆས་བསྒྲིག་པར་མཛུབ་སྟོན་བྱས་ཡོད། ཡིན་ནའང་བྱིས་པ་ཚོས་མཛུབ་སྟོན་དང་ལེན་བྱེད་པ་ཤིན་ཏུ་ཉུང་ཞིང་། རང་རང་གི་སེམས་སུ་བསྒྲིག་སྟངས་རེ་ཡོད་དེ། འདི་ནི་བྱིས་པ་ཚོའི་བསམ་བཀོད་ནུས་པའི་རང་དབང་རང་བཞིན་ཡིན། སྤྱིར་བཏང་གི་རང་ཁྲིམ་ནས་རྩེ་བའི་ཤིང་དུམ་རྩེད་ཆས་ནི་འདི་ལྟ་བུ་ཡིན། བྱིས་པའི་ཁང་དུ་ད་དུང་སར་ཚུགས་ཤིང་དུམ་རྩེད་ཆས་རིགས་ཤིག་ཡོད་དེ། བྱིས་པ་ཚོའི་མིག་ལམ་དུ་ཤོང་ཚད་ཤིན་ཏུ་ཆེ་ཞིང་། མཐིལ་ཤིང་གི་ཐོག་ནས་བསྒྲིག་དགོས།

ཐེངས་ཤིག་ལ། དགེ་རྒན་གྱི་སྣེ་ཁྲིད་འོག ཚང་མས་ལག་པ་འགྲུལ་ནས་ཁང་པ་ཞིག་བརྩིགས་པ་སྟེ། ཕྱོགས་བཞི་གྱང་དམའ་མོས་བསྐོར་བ་དང་སྒོ་གཅིག་ཡོད། སྒོ་ཁའི་ཀ་བ་གཉིས་ཀྱི་སྟེང་དུ་ཟླ་གམ་ཁང་སྟེང་སེར་པོ་རེ་ཡོད། སྒོའི་ནང་དུ་ཟས་ཅོག་གྲུ་བཞི་མ་ཞིག་དང་རྐུབ་བཀྱག་བཞི་ཡོད། རྣམ་འགྱུར་དྲང་བའི་སློབ་མ་བཞི་བདམས་ནས་ཟ་མ་ཟ་རུ་འགྲོ་དགོས། ང་རང་ཆེས་བཟང་བ་དེ་མིན་པ་རང་གིས་ཤེས་ལ། རྒྱུན་དུའང་སྐད་གྲགས་མེད་མོད། འོན་ཀྱང་ང་རང་བདམས་ཐོན་བྱུང་བ་རེད། ཁང་པ་ཆུང་ངུ་དེའི་ཟས་ཅོག་གི་མདུན་དུ་བསྡད་པ་ན། ཁྱིམ་མཚེས་དེས་ཕྲག་དོག་གི་མིག་མདའ་འཕངས་ཡོང་བ་དང་། དེ་ནི་ཟས་ཅོག་མདུན་གྱི་གྲོགས་པོ་ཆུང་ཆུང་ཡིན་ལ། རྒྱུན་དཔེ་ལྟར་ཟ་ཞོར་དུ་སྤྲོ་བརྡར་བྱེད་པ་སྟེ། དགེ་རྒན་གྱིས་ཁོ་ཚོར་ང་ལ་སློབ་སྦྱོང་གྱིས་ཞེས་བཤད།

ཤིང་དུམ་རྩེད་ཆས་ཆ་རེ་རེར་ཆག་སྐྱོན་ཡོད་པ་ཁ་ཁེར་ཡོད་ངེས། བྱིས་པ་མང་ཆེ་ཤོས་ལེགས་འཛོམས་རིང་ལུགས་ཅན་ཡིན་པ་དང་། ཆག་སྐྱོན་ཤོར་བ་བདག་འཛིན་བྱེད་པ་མིན་པར། གཅིག་ཉམས་ཀུན་ཉམས་བྱེད་པ་སྟེ། མཇུག་མཐར་ཡོད་ཚད་གང་སར་འཕེན་པ་ཡིན། ཐེངས་རེ་རེར་མལ་ཁྲིའི་འོག་དང་སྒྲོམ་འོག འབོལ་ཁྲིའི་འོག་བཅས་སུ་ཕྱགས་མས་ས་རྡུལ་ཆགས་ཡོད་པའི་ཤིང་དུམ་རྩེད་ཆས་རེ་གཉིས་ཕྱགས་ཐུབ་མོད། འོན་ཀྱང་དེ་དག་ནི་ཤིང་དུམ་རྩེད་ཆས་ཆ་གང་གི་ཡིན་པ་ཤེས་དཀའ། པོར་ལུས་བྱས་ཤིང་ཚུགས་ཀ་མི་གཅིག་པའི་ཤིང་དུམ་རྩེད་ཆས་འདི་དག་ཚང་མ་ལྕགས་ཟྭ་ཞིག་གི་ནང་དུ་བླུགས་ན། ལྕགས་ཟྭ་མང་པོ་ཞིག་གི་ཁ་བཀང་ཐུབ་པ་དང་། ཕྱིར་ཕྱོ་ནའང་དེའུ་འབུར་ཞིག་བརྩིགས་ཐུབ། བྱིས་

པ་ཚང་མས་མང་པོ་འདོད་པ་དང་ཆེས་མང་ན་ཉིན་ཕྱེད་ཅིག་ལ་མ་གཏོགས་མི་རྩེ། ཤིང་དུམ་རྩེད་ཆས་གསར་བར་ཡིད་དབང་འགུག་ཤུགས་ཡོད་དེ། སྒམ་ཆུང་ནང་དུ་ཡོད་པའི་རྒྱན་རིས་ཆ་ཚང་དང་ལྷུ་ལག་ཁ་གྲངས་ཀྱི་མང་ཉུང་། སྲིད་ཞིང་གི་སྟུར་ཚད་མི་གཅིག་པའི་ལྷམ་པ་བཅས་ཚང་མས་རྩེ་འདོད་ཀྱི་བསམ་པར་ཟུག་གཟེར་སློང་། ངོ་མཚར་བའི་རྒྱུ་ཆ་གསར་བ་དང་རྣམ་པ་མི་འདྲ་བའི་ཤིང་དུམ་རྩེད་ཆས་རྒྱུན་མི་ཆད་པར་ཐོན་བཞིན་ཡོད་དེ། དཔེར་ན་སྣེའུ་ཁུང་ཁྲ་ཁྲ་དེར་ཚོན་སྨྱུག་གིས་ཁྲ་རུ་བྲིས་པ་མིན་པར། ཀྲུན་འབྲུམ་ཕྲེང་བ་རེ་རེ་བྲིས་ན། ངོ་མ་ཚག་དཀྱིལ་བྱས་པ་ཞིག་ཡིན་པ་དང་། པ་སོ་ཁིའི་རྣམ་པའི་ཀ་བ་ཐོག་མར་སྙོམས་ངོས་ལྟར་བྲིས་པ་ཡིན་མོད། དོན་དངོས་སུ་བུམ་པའི་རྣམ་པར་འཁྱིལ་ནས་ཡོད། དེར་སྤྱི་གོར་ལྟར་ཞབས་གདན་རྩིག་མ་ཡོད་ཅིང་། ཡོངས་སུ་རྩི་དཀར་པོ་བྱུགས་ཡོད། ཉི་ཁྱིམས་ཀྱི་ལན་ཀན་ལ་ཤིང་ཕྱུར་ཕྲ་མོས་ཕལ་ཁ་སྤྲད་ཡོད། ཤིང་དུམ་རྩེད་ཆས་རིགས་ཤིག་ཡོད་པར་ད་དུང་མེ་ཏོག་ཕོག་མ་བཞི་ཡོད། མཐེ་བོང་གི་ཆེ་ཆུང་ཙམ་ཡིན་པ་མ་ཟད་འོད་མེད་རྩི་འབྱུག་ཐབས་ཀྱིས་རྫ་དམར་དུ་བྱུགས་ཤིང་། སུའུ་ལའོ་ཡིས་རྩྭ་ཡི་རྣམ་པ་རུ་བཟོས་ནས་འདེབས་གསོ་བྱས་འདུག དོན་དངོས་སུ། ཤིང་དུམ་རྩེད་ཆས་ཀྱི་འཕེལ་རྒྱས་ཁ་ཕྱོགས་ནི་བཟོ་ལྟ་བྱེ་བྲག་པའི་ཁ་ཕྱོགས་ཡིན་པ་དང་། ཤིང་དུམ་རྩེད་ཆས་འདི་དག་ལ་སྒྲིག་རྩིག་བྱེད་པའི་གོ་རིམ་དུ་ཚད་འཛིན་ཐེབས་ཤིང་། དེ་དག་གཏན་འཁེལ་གྱི་གནས་སུ་སྒྲིག་པ་ལས་གཅིག་གོ་གཉིས་ཚོད་བྱེད་མི་ཐུབ། ཆུ་ཚད་ངེས་ཅན་ཞིག་གི་སྐབས་སུ་འཆར་རྟོག་ནུས་པར་གནོད་སྐྱེལ་སྲིད། དེར་བརྟེན། དེ་དག་ལ་འཕྲུལ་དུ་གསར་བ་ཡི་ཡིད་དབང་འགུག་

ཤུགས་མེད་པར་འགྱུར་ཞིང་། ཁ་ཐོར་གྱི་ལས་དབང་ཁེལ་ནས་ཆ་ཁ་ཡ་སྡེབ་ཀྱིས་ལྷུགས་ཐོ་ནང་གི་ཤིང་དུམ་རྩེད་ཆས་སུ་འཕེན་པ་དང་། གྲལ་རིམ་གྱི་ཁྱད་པར་སེལ་ཞིང་། བཟོ་ལྟ་བྱེ་བྲག་པའི་ཁྱད་པར་ཡང་སེལ་ནས་སྙིག་སྒྱུར་དུ་འགྱུར།

ངའི་ཨ་ཅེ་ལ་ཕལ་ཆེར་ཆ་ཚང་བའི་ཤིང་དུམ་རྩེད་ཆས་ཆ་གཅིག་ཡོད། ངས“ཕལ་ཆེར་ཆ་ཚང་བ”ཞེས་བཤད་པ་ནི། དེ་ལའང་ཆག་སྐྱོན་ཁ་ཤས་ཡོད་པས་རེད། གཤམ་དུ་གླེང་ཡོང་། ད་ལྟ་ཕལ་ཆེར་ཆ་ཚང་བ་རྒྱུན་འགྲོངས་བྱེད་ཐུབ་པའི་རྒྱུ་རྐྱེན་ལ་དཔྱེ་ཞིབ་བྱས་ན། རྒྱུ་རྐྱེན་གཅིག་ནི་རྒྱུས་སྲོས་ཆེ་བའི་ཤིང་དུམ་རྩེད་ཆས་ཆ་གཅིག་ཡིན་པ་དང་། དེའི་ལྷུ་ལག་གི་ཁ་གྲངས་ཤིན་ཏུ་མང་ཞིང་པོངས་ཚད་ཀྱང་ཅུང་ཆེ་ལ། ལྷམ་པའི་རྣམ་པ་ལ་ཁྱད་མཚར་བ་ཞིག་མེད་མོད། སྲིད་ཞིང་དཀྱུས་ཀྱི་སྟུར་ཚད་ལ་མི་མཐུན་ས་ཡོད་པས་ཆ་ཚང་བར་ལུས་པ་ཡིན། དེར་ཀ་པེད་རྣམ་པའི་ཧོག་རྒྱུན་གཉིས་ཡོད་པ་དང་། ཀ་པེད་དེའི་སྟོ་བ་ལྡིར་བས་བཞག་ན་བརྟན་པོ་ཡིན་མོད། འོན་ཀྱང་དེའི་སྲུས་དག་ལ་གནོད་ཅེ་ཡང་མེད་དེ། ཀ་པེད་ཀྱི་རྐེད་པ་དང་རྩེ་མོ། སུ་ཁྱུད་ཚང་མ་གསལ་པོ་ཡིན། ཡིན་ནའང་དོན་དངོས་སུ། མ་འགྲངས་པར་དེ་ལས་གཅིག་པོར་སོང་བས་ཡ་གཅིག་པུ་ལྷག་འདུག ཡིན་ནའང་ངའི་ཨ་ཅེ་ཡིས་རྐྱེན་དེ་ལས་འདོར་རྩིས་མ་བྱས་པར། སྔར་བཞིན་ཤིང་དུམ་རྩེད་ཆས་འདིའི་སྲུང་སྐྱོབ་རྒྱུན་འགྲོངས་བྱས། འདི་ཡང་རྒྱུ་རྐྱེན་ཅིག་ཤོས་ལ་འབྲེལ་བ་ཡོད་དེ། ཁོ་མོ་རང་ཚོད་ཟིན་པའི་ལོ་ཚོད་དུ་ནར་སོན་པ་དང་། རང་གཅུན་ནུས་པ་ངེས་ཅན་ཞིག་ཡོད་པ་མ་ཟད། དངོས་པོ་ལ་གཅེས་སྲུས་བྱེད་ཤེས། དེ་དང་མཉམ་དུ། མོའི་འཆར་རྟོག་ནུས་

པའང་འཕེལ་རྒྱས་སུ་འགྲོ་བཞིན་ཡོད་དེ། འདི་མོས་ཤིང་དུམ་རྩེད་ཆས་ཆ་འདི་སྤྱད་ནས་རྒྱུན་ལྡན་མ་ཡིན་པའི་ལེ་ཚན་ཞིག་སྟེ། བློས་གར་འཁྲབ་པ་གསར་བཏོད་བྱས་པ་ལས་མཚོན་ཐུབ། གནས་ཚུལ་ནི་འདི་ལྟ་སྟེ། ཤིང་དུམ་རྩེད་ཆས་ཀྱི་སྐམ་ཆུང་ཁ་སྐོར་ནས་ཙོག་ཙེའི་ཐོག་ཏུ་བཞག་ནས་གར་སྟེགས་ཤིག་ལས་དགོས། གར་སྟེགས་མདུན་གྱི་གཞོགས་གཉིས་སུ་སྟེགས་ཀ་རེ་བསླང་དགོས། ནན་བཤད་ཅིག་བྱེད། ཤིང་དུམ་རྩེད་ཆས་ཆ་དེའི་པོངས་ཚད་ནི་སྤྱིར་བཏང་བ་ལས་ཆེ་དགོས། སྟེགས་ཀ་རེ་ནི་ཤིང་དུམ་རྩེད་ཆས་གསུམ་བརྩེགས་ཡོད། ཞབས་གདན་ཤིང་དུམ་གྱི་མདོག་ནི་མཐིང་སྨུག་ཡིན་ལ། སྲིད་ཞིང་གི་སྟུར་ནི་གསེར་ནག་བཀོད་གཅོད་དང་ཉེ་བའི་ལྗམ་པ་ཞིག་ཡིན། དེའི་ཐོག་ཏུ་ཤིང་དུམ་རིང་བ་ཞིག་འཛོག་པ་དང་། དེ་ནས་གྲུ་བཞི་ཁ་གང་གཟུགས་ཤིག་འཛོག་དགོས། དེའི་འཕྲོར་ལག་ཕྱིས་ཤིག་སྟེགས་ཀའི་ཐོག་ཏུ་བཀབ་ནས་ཡོལ་རས་བྱེད། ཅི་ཞིག་གིས"ཡོལ་རས"དེ་གཏན་འཛུགས་བྱེད་ཅེ་ན་ཀ་པེད་ཡིན། ང་ཚོས་ཀ་པེད་རྣམ་པའི་རྩེ་རྒྱུན་ལ་འདི་ལྟར་འབོད་པ་ཡིན། ཕངས་པ་ཞིག་ནི་ཀ་པེད་གཅིག་པོར་འདུག་ཅིང་། ཇི་ལྟར་བཙལ་ཀྱང་མ་རྙེད་པས་ངའི་མེ་ཏོག་ཕོག་མ་ཡིས་ཚབ་མི་བྱེད་ཐབས་མེད་བྱུང་། "ཡོལ་རས"ཀྱི་རྒྱབ་ཏུ་ཤིང་དུམ་གྱིས་ཚོགས་རའི་རྒྱབ་ལྗོངས་ཤིག་བསྒྲིགས་པ་ཡིན། འཁྲབ་ཚན་ཆེས་གཙོ་བོ་ནི《སྐྱུ་ཤར་བུ་མོ》ཡིན་ལ། འདི་ནི་རོལ་རྩེད་གཞན་ཞིག་སྟེ་ཀ་རའི་ཤོག་མི་དང་འབྲེལ་བ་ཡོད། ཀ་རའི་ཤོག་ཐུམ་གཅིག་ཐེར་བཀྲམས་ནས་སུལ་མོར་ལྟེབ་རྗེས། ཞག་པ་ཕྲ་མོ་རེ་རེར་གནོན་པ། དེ་ནས་སུམ་ཆའི་གཉིས་ཀྱི་མཚམས་སུ་མདུད་པ་རྒྱག་དགོས། མདུད་པ་འདི་གནད་འགག་ཅིག་ཡིན་ཏེ། ལག་བདེ་མིན་དང་

བཟོས་པའི་བུ་མོ་དེ་སྙིག་མིན་མདུད་པ་འདི་ལ་རག་ལས་ཡོད། མདུད་པ་བརྒྱབ་རྗེས་ཐུང་ངུའི་ཁག་དེ་ལེབ་མ་གསུམ་དུ་གཤག་ན། དཀྱིལ་ནི་མགོ་དང་མཐའ་གཉིས་ནི་ལག་པ་ཡིན། རིང་བོའི་ཁག་དེ་ཆང་ཕོར་གྱི་རྣམ་པར་འཁྱིམ་དགོས། དེར་བརྟེན། སྣོད་གཡོགས་རིང་མོ་སར་བྲུད་འདུག་པའི་ནུབ་ཕྱོགས་མཛེས་མ་ཞིག་བཞེངས་ཟིན་པ་རེད། 《སྐྱ་ཤར་བུ་མོའི》གཙོ་འཁྲབ་མ་དེ་མོས་འཁྲབ་དགོས། དེས་ན་རྒྱལ་སྲས་སུ་ཡིན་ཞེ་ན། སེམས་སྐྱོ་བའི་འདས་དོན་ཞིག་མི་བཤད་ཀ་མེད་རེད། ངའི་ཨ་ཙེ་ཡིས་སྤུར་རང་གི་ལག་པ་འགྲུལ་ནས་རས་མི་ཆུང་ངུ་ཞིག་བཟོས་པ་སྟེ། རས་ཁྲ་སྨུག་པོ་ཞིག་གིས་མིའི་རྣམ་པའི་རས་ཁུག་ཅིག་བཟོས་ཤིང་སྲིང་བལ་བཀང་བཙིངས། མཛུབ་མོའི་ཆེ་ཆུང་ལྷ་བུའི་མིའུ་ཐུང་འདི་རྒྱུགས་པ་ཞིག་ཡོད་པའི་རྐྱེན་ཡང་དེ་ཡིན། ཕོ་ནི་རྒྱལ་སྲས་ཡིན། ཀ་རའི་ཤོག་མི་ཕྱེད་ཕྲ་མ་ཚོའི་ཁྲོད་དུ། རྒྱལ་སྲས་ནི་ཆོན་པོ་ཞིག་ཡིན་ལ། དྲང་མོར་ལངས་མི་ཐུབ་པས། ངེས་པར་དུ་ལག་པས་སྐྱོར་དགོས། ལག་པས་བཏང་ན་འཐྲུལ་དུ་འགྱེལ་འགྲོ་བ་རེད།

ངའི་ཨ་ཙེའི་ལག་པས་བདེ་མྱུར་གྱིས་འཁྲབ་མཁན་གཞན་པ་འཁྲབ་པའི་སྐབས་སུ། ཕོ་ནི་གན་རྐྱལ་དུ་ཉལ་ནས་ཕོའི་འཁྲབ་ཚན་ལ་སྒུག་སྡོད་པ་དང་མཚུངས། མི་འགྱངས་པར་རྒྱལ་སྲས་ཀྱང་བོར་བརླག་ཏུ་སོང་། རྒྱལ་སྲས་བོར་བ་དེ་ཡ་མཚན་ཞིག་ཡིན། མི་མང་གི་མིག་རྩ་ནས་གློ་བུར་དུ་མི་མཐོང་བར་གྱུར་པས། ས་སློག་རྫོ་སློག་བྱས་ནས་བཙལ་ཀྱང་མ་རྙེད། དེ་ནས་བཟུང་། རྒྱལ་སྲས་ནི་ཤིང་དུམ་ལེབ་མོ་ཞིག་གིས་ཚབ་བྱེད་པ་རེད། ཡིན་ཡང་དེས་ཟློས་གར་འཁྲབ་པ་དང་ཟློས་གར་ལ་ལྟ་བའི་སྤྲོ་སེམས་ལ་ཤུགས་རྐྱེན་ཐེབས་མེད། ངའི་ཨ་ཙེ་ཡིས་གར་སྟེགས་ལས་པ་དང་། ངས་ཀི་

བརྡ་བརྒྱབ་པ་ཡིན་ཏེ། ཁྲིམ་མཆོས་ཀྱི་བྱིས་པ་ཚོ་བོས་ཡོང་ནས་གྲལ་ཤར་གཅིག་ཏུ་སྡོད་དུ་བཅུག་ཅིང་། མིག་ཅེར་ནས་ཡོལ་རས་འཐེན་པ་དང་འཁྲབ་སྟོན་བྱེད་པར་སྒུག་པ་ཡིན། ལས་འདི་རྒྱུན་ཆགས་སུ་སོང་ཡོད།

ཤིང་དུམ་རྩེད་ཆས་ཞེས་པའི་རྩེད་ཆས་འདིས་ངའི་ཨ་ཅེའི་ལག་ནས་དོན་སྙིང་གསར་བ་ཞིག་འཁྲབ་སྟོན་བྱས་པ་ཡིན་ལ། དོན་དངོས་སུ་ངའི་ཨ་ཅེ་བྱིས་པ་ཞིག་ནས་གསར་མོ་ཞིག་ཏུ་ལག་ཆགས་པ་དང་། མོའི་དགའ་ཕྱོགས་ལའང་ཤེས་མེད་ཚོར་མེད་ཀྱིས་འགྱུར་བ་འབྱུང་བཞིན་པ་ཤུགས་སུ་མཚོན་ཐུབ། ང་ནི་ཨ་ཅེའི་འཚར་ལོངས་བྱུང་ཚུལ་དང་མི་འདྲ། མོ་ལྟ་བུའི་འགྱུར་ལྡོག་ཐོག་མཐའ་བར་གསུམ་དུ་ངའི་ཐོག་ཏུ་བྱུང་མེད། ངའི་འཚར་ལོངས་ནི་དུས་ཡུན་རིང་པོ་ཞིག་གི་ནང་དུ་གྲངས་ཚད་ལྟར་བསགས་པ་རྒྱུན་འཁྱོངས་བྱས་པ་ཡིན། གསལ་པོར་བཤད་ན་ཚད་ཀྱི་འགྱུར་རིམ་ཤིན་ཏུ་རིང་ཞིང་། ངོ་བོའི་འགྱུར་རིམ་འཕྲི་བ་ཡིན། ངའི་དགའ་ཕྱོགས་ནི་ཐོག་མཐའ་བར་གསུམ་དུ་ཤིང་དུམ་རྩེད་ཆས་ཀྱི་ཐོག་ཏུ་ཡོད་མོད། འོན་ཀྱང་འགྱུར་ལྡོག་ཅིག་ཡོད་པ་ནི་སྒམ་ཆུང་དེ་སྒམ་ཆེན་པོར་གྱུར་པ་དང་། ཉུང་བ་དེ་མང་བར་གྱུར་པ། སྟབས་བདེ་ཅན་དེ་རྙོག་འཛིང་ཅན་དུ་གྱུར་པ་ཙམ་ཡིན། ལུ་མཐུད་དུ་ཁ་སྣོན་བྱུང་ཡང་ལུ་མཐུད་དུ་ཆག་སྐྱོན་ཤོར་བས། ངའི་ཤིང་དུམ་རྩེད་ཆས་ཀྱི་ཁ་ཐོར་ཛེ་མང་ནས་ཛེ་མང་དུ་སོང་། ལྕགས་སྒམ་ལས་སླེ་བོའི་ནང་དུ་ཕྱོ་བ་དང་། མཇུག་མཐར་ཤོག་སྒམ་ཆེན་པོ་ཞིག་གི་ནང་དུ་ཕྱོ་ནས། ཚད་འགྱུར་གྱི་བདེན་དཔང་དུ་གྱུར། ང་ལ་འདི་འདྲའི་ཡུན་རིང་གི་འཚར་ལོངས་བརྒྱུད་རིམ་ཞིག་ཡོད་པའི་རྐྱེན་ཡིན་ཡང་སྲིད་དེ། རྒྱུན་ལྡན་ལས་བརྒལ་བའི་ཐུན་མོང་རང་བཞིན་གྱི་རིམ་བསགས་ཡོད་ན་ད་

གཟིད་མཆོང་བསྐྱོད་བྱེད་ཐུབ། ངའི་བྱིས་པའི་དུས་ཀྱི་རྩེད་ཆས་ལས་སྒྲོ་བ་ཡོད་པའི་འཕེལ་རྒྱས་ཤིག་མཐོང་མི་ཐུབ། དོན་དངོས་སུ། ང་རང་རྩེད་ཆས་མཁོ་བའི་དུས་ལས་འདའ་ཡོད་མོད། འོན་ཀྱང་ང་ལ་ད་དུང་མཁོ་བ་ཆེ་ཞིང་། སྔར་བཞིན་འཕེལ་རྒྱས་མེད་པར་དེ་རིང་རིན་པོ་ཆེ་ཏུ་འཛིན་པ་དང་། སང་ཉིན་མཁོ་མེད་རྫ་ཉོག་ཏུ་སྒྱུར་ཡོད། ཤིང་དུམ་རྩེད་ཆས་དེ་ང་ཚོའི་སྲུང་བར་གྲུ་གའི་སློབ་ཆས་ཚོང་ཁང་གི་ཟོག་སྒྲོམ་ནང་དུ་བཤམས་རག་བར་དུ། དོན་དག་ལ་འགྱུར་ལྡོག་འབྱུང་བའི་སྔ་ལྟས་ཤིག་མེད།

ཤིང་དུམ་རྩེད་ཆས་དེ་རྩེད་ཆས་ཚོང་ཁང་གི་ཟོག་སྒྲོམ་དུ་མེད་པར། སློབ་ཆས་ཚོང་ཁང་གི་ཟོག་སྒྲོམ་དུ་བཤམས་ཡོད་པས། དེའི་སྤྱོད་སྒོ་ལ་དོགས་གཞི་ཡོད་པར་གྱུར། དེ་ནི་རྩེད་ཆས་ངོ་མ་ཞིག་མིན་པར་སློབ་ཁྲིད་དུ་སྤྱོད་པའི་དམར་དཔེ་སྟེ། མཁའ་སྐྱོད་དཔེ་དབྱིབས་ལྟ་བུ་ཞིག་ཡིན་ཡང་སྲིད། ཤིང་དུམ་རྩེད་ཆས་དེའི་མདོག་ནི་ཤིང་གི་རང་མདངས་ཡིན་པ་ལས། ཚོན་བྱུགས་མེད་དེ། མཁའ་སྐྱོད་དཔེ་དབྱིབས་དང་ཉེ་བ་མ་ཟད། གཞི་ཁྱོན་ཆེ་བས་བྱིས་པའི་རྩེད་ཆས་ཀྱི་ཚད་གཞི་ལས་བརྒལ་འདུག དེས་ཐལ་ཆེར་ཟོག་སྒྲོམ་ཞིག་གི་ཁ་བཀང་ནས། ཆ་ཚང་བའི་བཟོ་བཀོད་ཅིག་སྟེ། ཀྲུང་སུའུ་མི་དམངས་ཀྱི་མཛའ་བརྩེའི་ཐོག་ཁང་འགྲུབ་ཐུབ། ཀྲུང་སུའུ་མི་དམངས་ཀྱི་མཛའ་བརྩེའི་ཐོག་ཁང་ནི་གྲོང་ཁྱེར་འདིའི་བཟོ་བཀོད་གསར་བ་ཞིག་ཡིན་ཞིང་། སྤྱི་མཐུན་རྒྱལ་ཁབ་དབུ་བརྙེས་པའི་དུས་མགོར། རྒྱལ་སྤྱིའི་གུང་ཁྲན་རིང་ལུགས་ལས་འགུལ་གྱི་སྔོན་འཛིན་སུའུ་ལེན་དང་མཛའ་མཐུན་ཡིན་དུས་བསྐྲུན་པ་རེད། དེར་བརྟེན། དེས་ཨུ་རུ་སུའི་བཟོ་བཀོད་ཀྱི་ཁྱད་ཆོས་མཚོན་ཡོད་པ་དང་། གླིང་ཆེན་པོ་རོབ་རིག་གནས་ཀྱི་ཁྱུངས

རྒྱུད་དང་གཅིག་པ་ཡིན། གྲོང་ཁྱེར་འདིའི་ནང་དུ་གླིང་ཆེན་ཡོ་རོབ་ལུགས་ཀྱི་བཟོ་བཀོད་མོད་པོ་ཡོད་ཅེས་ན། དེ་ནི་མི་སེར་སྤྱིལ་ཡུལ་དུས་རབས་སུ་ཤུལ་བཞག་བྱས་པ་ཡིན་ཏེ། གཙང་པོའི་འགྲམ་རྒྱུད་ཀྱི་གནའ་དཔེ་རིང་ལུགས་པའམ་ཡང་ན་གནའ་དཔེ་རིང་ལུགས་གསར་བས་ཁྱབ་པའི་སྒྲིབ་དངོས་ཆེན་པོ་ཡིན་པ་དང་། གྲོང་ཁྱེར་ནང་ཁུལ་གྱི་ཐ་ཐོར་དུ་ཡོད་པའི་ཕྱི་ཧ་ལི་ཡའི་ལུགས་ཀྱི་ཐོག་ཁང་ཆུང་ངུ་ཡིན་ལ། ད་དུང་ཧྥྲ་རན་སིའི་ལུགས་ཀྱི་འཆར་ཡན་སྒྲིག་ལྡན་གྱི་ལྷུམ་ར་ཡོད་པ་དང་། གནམ་བདག་ཆོས་ཁང་། ཡེ་ཤུའི་ཆོས་ལུགས་པའི་མཆོད་ཁང་། དངོས་རྒྱུད་ཆོས་ལུགས་ཤར་པའི་མཆོད་ཁང་། ཐ་ན་ཡིའུ་ཐའི་ཆོས་ལུགས་པའི་མཆོད་ཁང་སོགས་ཀྱང་ཡོད་པས། ཕལ་ཆེར་རྒྱལ་ཁབ་འབུམ་གྱི་བཟོ་བཀོད་འགྲེམས་སྟོན་ཚོགས་པ་ཡིན་ཞེས་བཤད་ཆོག་ཆོག་རེད། ཡིན་ནའང་ཐོག་ཁང་འདི་ལ་དེའི་དམིགས་བསལ་རང་བཞིན་ཡོད་དེ། རིག་གནས་སྒྱུ་རྩལ་གྱི་དོན་མཚོན་ཁོ་ན་མིན་པར། དེ་བས་ཀྱང་རྒྱལ་ཁབ་དང་སྒྲིག་གཞི། ཆབ་སྲིད་བཅས་ཀྱི་དོན་སྤྱི་རབ་དང་རིམ་པ་ལས་བྱུང་བ་ཡིན་པས། དེས་དབང་ཆ་ཞིག་མཚོན་ཡོད། དེའི་གཞི་ཁྱོན་ཤིན་ཏུ་ཆེ་ཞིང་ཐོག་ཁང་གི་སྒྲོམ་གཞི་བརྟན་པོ་ཡིན། ཁོད་ཡངས་པའི་ཁྱམས་ར་རོ་མའི་ཀ་བས་འདེགས་སྐྱོར་བྱས་ཡོད་ཅིང་། ཤར་ནུབ་གཞོགས་གཉིས་དང་ཟུར་ཁང་བཅས་གཞི་གཅིག་ཏུ་འབྲེལ་ཡོད། ཐོག་ཁང་གཙོ་བོའི་ཡང་སྟེང་གི་རྩིག་རིམ་རིམ་པ་བཞིན་སྐྱུམ་ཡོད་པས་མཆོད་རྟེན་གྱི་རྣམ་པ་ཞིག་མངོན་འདུག ཆེས་མཐོ་སའི་རྩེ་མོ་དགུང་ལ་ཟུག་ཡོད། རྩེ་མོར་དམར་གསལ་གྱི་སྐར་མ་རྩེ་ལྔ་ཞིག་ཡོད་དེ། མཚན་མོར་འོད་ཟེར་ལམ་ལམ་འཕྲོ་བ་ཡིན། ངས་གྲོང་ཁྱེར་འདིའི་གནས་གང་དུའང་

སྐར་མ་རྩེ་ལྔ་དེ་མཐོང་ཐུབ་ཅེས་བཤད་ཡོད། བཟོ་ཞིང་སྲིད་དབང་གི་གོམས་སྲོལ་བབ་ཆགས་ཀྱི་འོག་ཏུ། བཟོ་བཀོད་གསར་བ་འདིར་ཁྱད་དུ་མཚར་བའི་ཡུལ་གཞན་གྱི་ཉམས་འགྱུར་ཞིག་མངོན་ཡོད་ལ། འདི་ནི་དེས་མཚོན་པར་བྱས་པའི་རྒྱལ་ཁབ་སྤྱི་སྲུའུ་ལེན་དང་འབྲེལ་བ་ཡོད། དེའི་ཁ་གཏད་དུ་དཔེ་མཚོན་རང་བཞིན་ལྡན་པའི་སྲིད་དབང་གསར་བའི་ཉམས་འགྱུར་གྱི་བཟོ་བཀོད་དེ་ཡན་ཨན་གསལ་ཁང་ཡོད། དེ་ནི་གྲུ་བཞི་དབྱིབས་སུ་མངོན་ལ། འཕྲེད་བཞུགས་གྱེན་ལངས་དང་བབ་ཆགས་ལྷུན་སྡུག་ཅིག་ཡིན་ཞིང་། སྲིད་དབང་གསར་བའི་ཁའི་ཡོན་གྱི་མཐོ་རླབས་གནས་ཚུལ་གྱིས་ཁྱབ་འདུག་མོད། འོན་ཀྱང་ཁྱད་ཆོས་ཁ་ཤས་དཀོན་ཏེ། འཇིག་རྟེན་རྙིང་པ་རྩ་སློག་བྱས་མ་ཐག་དང་འཇིག་རྟེན་གསར་པ་ད་དུང་ཡོངས་སུ་བསྐྲུན་མེད་པའི་གནས་བབ་ཡིན་ལ། ད་ལྟ་འཛུགས་སྐྲུན་བྱེད་བཞིན་པའི་སྣང་ཡིན།

དེའི་དུས་སུ། ཤིང་དུམ་རྩེད་ཆས་འདི་ལྟབ་གྲངས་གྲངས་མེད་ཅིག་གིས་ཆུང་དུ་བསྐྱུངས་པ་དང་། སྤུར་ཚད་ཡང་དག་ཅིང་ཞིབ་ཕྲ་གཅིག་ཀྱང་མ་ལུས་པར་ཟློག་སྒྲོམ་འདིའི་ནང་དུ་བཤམས་ཡོད་པ་རེད། དེའི་ཤིང་ཆའི་རང་མདངས་ལས་བཟོ་བཀོད་དེའི་ས་ཕག་ཅིག་ཏུ་གྱུར་པ་དང་། དེའི་རྐྱེན་པོ་ན་ལས་དེར་གཟི་བརྗིད་ཀྱི་རང་མདངས་མངོན་ཡོད་ལ། ཚོན་མདངས་ཀྱི་གཟབ་ནན་དང་བརྗིད་ཆགས་ཀྱི་ཚོར་བས་གཞི་ཁྱོན་གྱི་ཞན་ཆ་སེལ་ཡོད། རོ་མའི་ཀ་བ་རེ་རེ་ཡིས་བརྟན་ཞིང་བརླིང་བའི་སྒོ་ནས་ཐོག་ཁང་གི་གནོན་ཤུགས་ཐེག་འདུག དེའི་གཞི་ཁྱོན་མི་ཆེ་རུང་། སྟར་བཞིན་དུ་མི་ལ་བདེན་སྣང་གི་ལྡིད་ཤུགས་ཤིག་སྟེར་ཐུབ་ཅིང་། དེ་དང་འདྲ་བར་ཐོག་ཁང་སླད་

ཀྱི་མཆོད་རྟེན་ལྷ་བུའི་རིམ་པ་དོད་པོ་ཡིས་ཕན་ནུས་ལྡན་པའི་སྒོ་ནས་ལྡིད་ཤུགས་ཀྱི་ཚོར་བ་མངོན་པར་བྱས་ཤིང་། མཐོན་པོར་བརྟེགས་ཏེ། མཇུག་མཐར་བདེ་ལྷུག་འཁྱུག་པོས་ཡང་རྩེར་སོན་པར་བྱས། མཐོང་རྒྱ་ཡངས་པའི་རྒྱན་གྱིས་དེ་ནི་ཀྱུང་སུའུ་མི་དམངས་ཀྱི་མཛའ་བརྩེའི་ཐོག་ཁང་ངོ་མ་ལས་ཀྱང་བརྗིད་ཆགས་ཡིན། ངས་ཐོག་སྒྲོམ་གྱི་མདུན་ནས་དེར་བལྟས་ཏེ། དེ་ནི་བཀོད་སྒྲིག་ཅིག་དང་འགྲེམས་སྟོན་ཞིག་ཡིན་པ་མ་ཤེས་པར། དངོས་གནས་འཚོང་ཆེད་དུ་མཁོ་འདོན་བྱས་པ་དང་། མི་ཡིས་ཉོ་རྒྱུའི་ཆེད་དུ་གཉེར་བ་ཞིག་ཡིན་ཞེས་བཤད།

སློབ་ཆས་ཚོང་ཁང་འདི་ངེད་ཚང་སྡོད་སའི་སྲང་ལམ་དུ་ཡོད། སློབ་གྲྭ་གྲོལ་རྗེས། ང་རང་ངེད་ཚང་གི་ཕྱོགས་སུ་སྨི་བཅུ་ཕྲག་འགར་སོང་ཚེ་ཚོང་ཁང་དེའི་སྒོ་ཁར་ཐོན་འདུག དེ་ནས་རེ་ཞིག་ལ་བལྟས་རྗེས་ཡུལ་དུ་ལོག་པ་ཡིན། ཐེངས་དུ་མ་ཞིག་ལ། སློབ་ཁྲིད་ཀྱི་སྐད་ལ་གློ་བུར་དུ་དེ་ད་དུང་ཡོད་དམ། བྱིས་པ་ལས་ཅན་ཞིག་གིས་ཉོས་ཨེ་སོང་བ་ཞེས་དྲན་བྱུང་། དེ་ནི་རྩེད་ཆས་ཤིག་ལ་མི་རིག་ཙང་། འོན་ཀྱང་དེ་ཉོ་མཁན་ནི་བྱིས་པ་ཞིག་ཡིན་ངེས་ལ། ཡང་ན་ཐོག་སྒྲོམ་གྱི་གོ་ས་བརྗེ་བ་ཡིན་པར་བརྟེན། ཤིང་དུམ་རྩེད་ཆས་འདི་ཕྱིར་སླངས་ཡོད་འདོད། སློབ་གྲྭ་གྲོལ་རྗེས། ང་རང་བྲེལ་བྲེལ་འཚུབ་འཚུབ་ཀྱིས་རྒྱུག་སོང་ནས་སློབ་ཆས་ཚོང་ཁང་གི་ཐོག་སྒྲོམ་མདུན་དུ་སླེབ་པ་ན། དེ་ད་དུང་ཡོད་དེ། སུས་ཀྱང་ཉོས་མ་སོང་བ་རེད། ཡིན་ནའང་། སློབ་ཆས་ཚོང་ཁང་དུ་དེ་གཅིག་པུས་མི་ཚད་པར། ད་དུང་ཆ་འགའ་ཡོད་ཀྱང་སྲིད། དེ་ལྟར་དྲན་པ་ན། མི་ལ་སེམས་གསོ་ཅི་ཡང་མེད་པར་སེམས་འཚུབ་ནས་ལྷུང་ལ་སྐྱུར་བ་འདྲ་བར་བྱེད། རྒྱུ་མཚན་ནི་སུ

ཞིག་ལ་དེ་དབང་བར་གྱུར་པ་དང་། དུས་མཚུངས་སུ། དེ་ཡང་གཅིག་རེ་གཅིག་རེ་བྱས་ནས་ཇེ་ཉུང་དུ་སོང་སྟེ། མཇུག་མཐར་ཁེར་མ་ཡང་མི་ལྷག་པར་འགྱུར་བའི་རྐྱེན་གྱིས་རེད། རབ་ཡིན་ན། དེ་འཚོང་རྒྱུ་ཞིག་མིན་པ་དང་། སུ་ལའང་མི་དབང་བར་ཟོག་སྒྲོམ་གྱི་ནང་དུ་བཞམས་ནས་ཚང་མའི་མིག་གི་ལོངས་སྤྱོད་དུ་གྱུར་ན་བཟང་འདོད། ཡིན་ནའང་། སྐབས་ཐོག་དེ་ལ་ངས་དེའི་རིན་གོང་མཐོང་བྱུང་བ་དང་། རིན་གོང་ཡང་ངའི་འདོད་པ་ལྟར་ཡིན་མོད། འོན་ཀྱང་སེམས་སྡུག་ནས་དོང་ནང་དུ་ལྷུང་བ་འདྲ་བར་གྱུར། དེ་ནི་ཀྲུས་སྤྲོས་ཆེ་སྟེ། དོན་ངོ་མ་དང་མི་མཐུན་པའི་ཚད་དུ་སླེབ་པས་ངས་ཨ་མ་ལ་དེ་ང་དགོས་ན་འདོད་ཅེས་བཤད་མ་ཐུབ།

གཟའ་སྤེན་པའི་མཚན་མོར། ཨ་ཕ་དང་ཨ་མས་ང་ཁྲིད་ནས་གློག་བརྙན་ཐེངས་བཞི་པར་བལྟ་རུ་སོང་། གློག་བརྙན་ཐེངས་བཞི་པ་ནི་དངོས་གནས་གློག་བརྙན་ལ་གཟིགས་མྱོང་བྱེད་ཤེས་པའི་ལྟ་མོ་བ་ཚོར་བསྟན་པ་ཡིན་ཞིང་། དགོང་མོའི་དུས་ཚོད་བརྒྱད་པར། མི་མང་ཆེ་ཤོས་གཉིད་ཟིན་པ་དང་ཡང་ན་གཉིད་གྲབས་བྱེད་པ་ཡིན་མོད། འོན་ཀྱང་གློག་བརྙན་ཁང་དུ་གློག་བརྙན་བསྟན་མ་ཐག་ཡིན་ཏེ། མཚན་མོའི་འཚོ་བའི་ཡལ་མེད་སྤྲོ་སྣང་ཞིག་ཡོད། ང་རང་རྒྱུན་དཔེ་ལྟར་ན་འཕྱི་ཉལ་བྱ་རུང་བ་ལས་དགའ་སྤྲོ་རབ་ཏུ་འཕེལ་བ་ཞིག་ཡིན་དགོས་མོད། འོན་ཀྱང་དེའི་འཕྲོའི་གློག་འོད་མུན་ནག་ཏུ་གྱུར་པ་དང་། གླིང་གཞིའི་རོལ་མོ་དལ་གྱིས་བླངས་ཡོང་དུས་གཉིད་ལ་ཤོར་སོང་བ་རེད། གློག་བརྙན་བསྟན་ཚར་རག་བར་དུ་གཉིད་ལས་མ་སད། མིག་རབ་བེ་རིབ་བེ་བྱེ་ནས་ལྟ་དུས། མིག་མདུན་དུ་མིའི་ཁ་ངོ་གྲངས་མེད་པ་ཞིག་ལང་ལོང་བྱེད། ཡ་མཚན་ཞིག་ལ། མི་འདི་དག་ང་

ལས་སངས་པ་ཞིག་མིན་པར་ཕོ་ཚོ་ཡང་གཉིད་ལས་སད་མ་ཐག་པ་ལྟར། ངོ་མདོག་ཟ་རི་ཟི་རི་དང་གོམ་པ་ཡ་ཡོར་བྱེད། གློག་བརྙན་ཁང་ལས་སྒོར་བུད་རྗེས་རིག་པ་ཇེ་གསལ་གྱུར། སྲང་ལམ་དུ་མི་ཐ་ཐོར་མ་གཏོགས་མེད་ཅིང་། ལམ་སྒྲོན་མག་མོག་ཏུ་གཞུང་ལམ་ཐོག་འཁྱོས་འདུག ཚོང་ཁང་ཡོད་ཚད་ཀྱི་སྒོ་བརྒྱབ་འདུག་ཅིང་ཟློག་སྒྲོམ་ཡང་ལྕགས་དྲའི་དྲ་ཡོལ་གྱིས་གཡོགས་ཡོད། ལྕགས་དྲའི་དྲ་ཡོལ་འདི་ནི་རྒྱ་གྲམ་གྱི་བསྟོལ་མཚམས་སུ་ལག་པ་གཅིག་གིས་འཛུས་ཡོད་པ་དང་། འཛུས་ནས་ཁུ་ཚུར་དུ་བསྡམ་ཡོད་པ་དང་འདྲ། སྲང་ལམ་འཕྲེད་བརྒལ་བྱས་ནས་སྲང་མདོའི་སློབ་ཚས་ཚོང་ཁང་དུ་སླེབ་ཚེ། ཁུ་ཚུར་ཆུང་ངུ་རེ་རེས་བསྡམས་པའི་དྲ་མིག་གི་ནང་དུ། ཆུང་དུ་བསྐུམས་པའི་ཀྲུང་སུའུ་མི་དམངས་མཛའ་མཐུན་གྱི་ཐོག་ཁང་དེ་ཞི་འཇགས་སུ་ཀྲོང་ངེར་ལངས་འདུག དེ་ནི་ཆུང་བསྐུམས་བྱས་པ་ཞིག་མིན་ལ། རྒྱང་རིང་གི་མཐོང་ལམ་དུ་གྱུར་པ་རེད། མཚན་མོར་སྲང་ལམ་ནས་གློག་འོད་གསལ་ལ་མི་གསལ་བ་ཞིག་འཁྱོས་ཏེ། དེའི་ཐོག་ཏུ་ཕོག་པ་དང་བྱམས་རའི་ཀ་བ་བརྒྱུད་ནས་ཐོག་ཁང་གི་ནང་དུ་བསྲིང་འདུག དེ་ནི་ཡར་སྟོན་དུ་གཏིང་ཟབ་པོ་ཞིག་ཡིན་པ་དང་ཟློག་སྒྲོམ་གྱི་ལྟག་རྒྱབ་ཏུ་སླེབ་ཐུབ། དེ་གར་སྡོན་གྲིབ་སྲང་ལམ་ཆེན་མོ་ཞིག་ཡོད། བཟོ་བཀོད་ཆེན་པོ་དེ་སྲང་ལམ་རྩིལ་པོར་ཁེབས་འདུག

ངས་བསམ་ན། ངའི་གྲོགས་པོ་བཟང་པོར་སྐྱེས་སྐར་གྱི་ལེགས་སྐྱེས་ཐོབ་པའི་དོན་འདིས་ང་ལ་སྐུལ་མ་ཐེབས་པས། མཐར་ཐུག་ཏུ་ཨ་མ་ལ་ལེགས་སྐྱེས་བསྣངས་པ་ཡིན། ངའི་གྲོགས་པོ་བཟང་པོ་དང་འཛིན་གྲྭ་གཅིག་པའི་སློབ་གྲོགས་ཡིན་པའི་ཕོ་མོར། སྐྱེས་སྐར་གྱི་ཉིན་འདི་ལ་ཞིང་

རྒྱུའི་ཁྱིམ་ཆས་ཆ་ཚང་གཅིག་ཐོབ་པ་རེད། ཁྱིམ་ཆས་ཆ་ཚང་འདིས་འཁྱེར་འཁྲིད་ཁྱིམ་ཚང་ཞིག་གི་ཕྱུས་དག་པའི་གཟིམ་ཁང་དང་འགྲུལ་ཁང་བཀོད་སྒྲིག་བྱེད་ཐུབ་སྟེ། གཉིས་ཉལ་མལ་ཁྲི་དང་ཉལ་ཁྲིའི་ཆ་སྒམ། ཆ་ལྷེ་ཙ་སྒམ། གོས་སྒམ་ཆེ་བ། མཛེས་འཚོས་སྤྲོས་སྟེགས། ཟས་ཅོག ཀུབ་སྟེགས་དྲུག ཕོར་སྒམ་བཅས་ཆ་ཚང་བར་ཡོད། ཟོག་སྒམ་གྱི་སྒོ་ཚང་མ་འདེད་འཐེན་བྱས་ཆོག་པ་དང་། ཆ་སྒམ་ཚང་མ་ཡང་འཐེན་སྒྲུམ་བྱས་ཆོག གོས་སྒམ་ཆེ་བའི་ངོས་སུ་ངོ་བལྟ་སྦྲུད་ཡོད་ལ། མཛེས་འཚོས་སྤྲོས་སྟེགས་སུའང་ངོ་བལྟ་སྦྲུད་ཡོད་པ་དང་། ཕོར་སྒམ་གྱི་ཐོག་ཏུ་སེང་སྒོ་སྦྲུད་ཡོད། ཁྱིམ་ཆས་ཀྱི་བཟོ་ལུགས་ནི་ཡོ་རོབ་གླིང་གི་གནའ་དཔེའི་ལོ་ཁི་ཁིའི་ཚུགས་ཀ་ཡིན་ཏེ། དཀར་རྫི་ངོས་དང་མཐའ་འཁྱིལ། དུང་འཁྱིལ་སུག་ཏེ། གུག་འཁྱོག་གི་མུ་ཁྱུད་ཐིག་བཀོས་ཡོད། ཁྱིམ་ཆས་ཀྱང་ལྷེབ་འགྱུར་གྲངས་མེད་བྱས་ཡོད་དེ། མལ་ཁྲི་ནི་ཏ་ལམ་འབར་ཞུན་སྒམ་གྱི་ཆེ་ཆུང་ལས་མེད། དེ་ལྟར་རིགས་བསྒྲིགས་བྱས་ན། ཁྱོད་ཀྱིས་ཕལ་ཆེར་དེ་དག་གི་ཆེ་ཆུང་དང་ཕྱུས་དག་ཚད་ཤེས་ཐུབ། བྱིས་པ་ཞིག་སྟེ་ལོ་བཅུ་ལས་འདས་ཤིང་ལོ་བཅོ་ལྔར་སོན་མེད་པར། ལོ་བཅུ་གཉིས་ཅན་ཞིག་གི་སྐྱེས་སྐར་དཀྱུས་མ་ལ་ལེགས་སྐྱེས་འདི་འདྲ་ཞིག་ཕུལ་ན་རྒྱུས་ཕྲས་ཆེ་སོང་འདོད། དྲང་མོར་བཤད་ན། ཁྱིམ་ཆས་རྩེད་ཆས་འདི་ཡང་བྱིས་པ་ཚོའི་རྩེད་ཆས་ཤིག་ཏུ་བྱེད་མི་འོས་པར། དེ་བས་ཀྱང་བུ་མོའི་གཟིམ་ཕྱུག་གི་མ་འོངས་ཁྱིམ་པའི་ཕྱུགས་རེ་ཞིག་ཏུ་སྣང་སྟེ། ངོ་མ་བདེན་པར་སྣང་བ་ཞིག་ཡོད། ཡིན་ནའང་། ང་ཚོ་ལོ་ན་བཅུ་གཅིག་བཅུ་གཉིས་ཅན་གྱི་བྱིས་པ་ཚོ་ལ་མཚོན་ན། ང་ཚོའི་རྩེད་ཆས་ནི་ཅི་ཞིག་ཡིན་པ་དང་། ང་ཚོ་ལའང་རྩེད་ཆས་ལོས་དགོས་ཞེ་ན། རྩེད་

ཆས་རིགས་འདི་ནི་ཕྱུགས་ཟངས་ཙན་ཞིག་གི་ཐད་ནས་འཚར་ལོངས་ཀྱི་རང་བཞིན་ཏེ། འཆར་ཡན་གྱི་འཛིག་རྟེན་ལས་དོན་དངོས་ཀྱི་འཛིག་རྟེན་དུ་འཕེལ་བ་མཚོན། གང་ལྟར་ཀྱང་ལེགས་སྐྱེས་འདིས་རྒྱུས་སྦྱོར་གྱི་ཐད་ནས་ང་ལ་སྐུལ་མ་ཐེབས་ཡོད་དེ། ཟླ་འགའི་རྗེས་ཀྱི་རང་གི་སྐྱེས་སྐར་ལའང་ཙུང་ཟད་ཚད་ལས་བརྒལ་བའི་སྣེ་ལེན་གཟབ་རྒྱུས་ཤིག་ཡོད་ཚོག་པའི་སྐལ་བ་ལྡན་འོས་འདོད།

ངས་ཨ་མར་བསླངས་པ་མ་ཟད། ཨ་མ་གདན་དྲངས་ནས་མཉམ་དུ་ལྷ་སྐོར་ལ་སོང་བ་ཡིན། ཨ་མའི་ཚུར་སྣང་ནི་ངའི་བློ་ཡུལ་ལས་འདས་ཤིང་། མོ་རང་སྙིང་ལ་བབས་ནས་ང་ལ་ཧམ་སེམས་ཡོད་ཅེས་གཤེ་གཤེ་མ་བཏང་། དེའི་འཁྲོར་ངས་འབད་པ་ཆེན་པོས་ང་རང་དེ་ལ་དགའ་བའི་ཚད་དང་ང་ཚོར་ལེགས་སྐྱེས་སྟེར་འོས་པའི་རྒྱུ་མཚན་གསལ་པོར་བཤད་པ་དང་། དེ་ནས་ཐོག་མཐའ་བར་གསུམ་དུ་དྲང་གཞག་མིན་པ་ཕྱིར་དྲན་བྱས་ཤིང་། ཁོ་ཚོས་ཨ་ཅེ་ལ་གཙིགས་མཐོང་བྱེད་པ་ལས་རང་ལ་གཙིགས་མཐོང་མི་བྱེད་པའི་འཁང་ར་བྱས། མཇུག་མཐར་ད་དུང་ངུས་པ་ཡིན། ངུས་ཚར་རྗེས་འཁོན་ནས་ཟ་མ་མི་བཟའ་བའམ་ཉུང་ངུ་བཟས་པ་ཡིན། ག་རེམ་འདིའི་ཁྲིད་དུ། ཨ་མས་རིམ་བཞིན་དོན་དངོས་ཤིག་ངོས་ཟིན་པ་སྟེ། ཐབས་བརྒྱ་རྩུས་སྟོང་གིས་ཤིང་དུམ་རྩེད་ཆས་དེ་ཉོ་འདོད་པ་དེ་ཡིན། ཡིན་ནའང་དོན་དག་ནི་རྒྱུན་ལྡན་ལྟར་མགོ་རྙོམ་པ་ཞིག་མིན་ལ། རྒྱུན་ལྡན་ལྟར་འཕེལ་རྒྱས་འབྱུང་བ་ཞིག་ཀྱང་མིན་པས། ཇི་ལྟར་མཇུག་བསྡུ་དགོས་སམ་ཞེ་ན། ཨ་མས་བཤད་རྒྱུར། ཁོས་ཀྱང་ཤིང་དུམ་རྩེད་ཆས་འདི་ལ་མཉམ་བཞག་སྤྱོང་ཞིང་། མོ་ཡང་དེར་དགའ་པོ་ཡོད། ངོ་མ་བཟོ་རྩལ་མཆོག་ཏུ་གྱུར་པ་ཞིག་

འདུག་ཟེར། མོའི་མཉམ་ལས་ཀྱི་རྣམ་འགྱུར་ལས་ང་ལ་རེ་བཞག་ཅིག་མི་སྟོན་པར། དེ་ལས་ལོག་སྟེ་སེམས་མི་བདེ་བར་བཏང་སོང་། འོན་ཀྱང་ཤིང་དུམ་རྩེད་ཆས་ཆ་འདི་དེ་འདྲའི་ཁྱད་དུ་འཕགས་པ་ཞིག་ཡིན་པས། དེ་དང་འབྲེལ་ནས་བྱུང་བའི་དོན་དག་རྣམས་ཀྱང་རྒྱུན་ལྡན་ཞིག་ཡིན་མི་སྲིད། ཨ་མས་སུ་མཐུད་ནས་བཤད་རྒྱུར། དོན་དམ་པར་ངས་ཀྱང་ཁྱོད་ལ་ཤིང་དུམ་རྩེད་ཆས་ཆ་གཅིག་ལེགས་སྐྱེས་སུ་འབུལ་རྒྱུར་བསམ་བློ་གཏོང་གིན་ཡོད་སོང་། འོན་ཀྱང་དུས་ཡུན་ཁྱད་པར་ཅན་ཞིག་ཡིན་དགོས་ཟེར། "སྐྱེས་སྐར"ཡིན་ནམ། ངས་ཁོ་མོར་དྲན་སྐུལ་བྱས། མོས་མགོ་བོ་གཡུག་ནས་བཤད་རྒྱུར། "ཁྱོད་རང་སློབ་འབྲིང་དུ་རྒྱུགས་འཕྲོད་རྗེས་ཏེ། ཧྲང་ཏེ་སློབ་འབྲིང་དུ་རྒྱུགས་འཕྲོད་རྗེས"ཟེར། ཧྲང་ཏེ་སློབ་འབྲིང་ནི་གྲོང་ཁྱེར་འདིའི་སློབ་བསྡུ་སྐར་གྲངས་ཐིག་ཨང་དང་པོ་ཡིན་པའི་སློབ་འབྲིང་ཞིག་སྟེ། ཨང་རིམ་དང་པོར་གནས་ཡོད་པ་ཞིག་ཡིན། སྐབས་འདིར་ང་རང་ཨ་མས་ཤིང་དུམ་རྩེད་ཆས་འདི་དངོས་སུ་རིག་ཡོད་མེད་ལ་ཐེ་ཚོམ་སྐྱེས་ཤིང་། མོས་འདི་ལྟར་བཤད་པའང་ང་ལ་སྐུལ་མ་གཏོང་ཆེད་ཡིན། ངའི་ཨ་ཅེ་སྟེ། ཤིང་དུམ་རྩེད་ཆས་ཀྱིས་གར་སྟེགས་ལས་ནས《སྐྱ་ཤར་བུ་མོ》འཁྲབ་སྟོན་བྱེད་མཁན་ཞིག འབྲིང་རྒྱུགས་ལ་ཕམ་ཁ་ཐེབས་པར་བརྟེན། ཞུ་ཐུག་ནས་ཁུལ་རིམ་པའི་སློབ་འབྲིང་ཞིག་ཏུ་སློབ་གཉེར་བྱས་པ་རེད། དོན་དག་བྱུང་ནས་ལོ་འཁོར་གཅིག་འགོར་ཙང་། ཨ་མས་ད་དུང་ལས་འབྲས་ཁས་མི་ལེན་པར། ཨ་ཅེའི་ངོ་ཚ་དེ་ངའི་སྟེང་ནས་བརྩོན་ལེན་བྱེད་རྩིས་ཡོད།

ཨ་མས་ཟུར་ནས་ཆ་རྐྱེན་བརྗོད་ཏེ་ཕངས་མེད་ཀྱིས་ཁས་ལེན་བྱས་པ་རེད། ཆ་རྐྱེན་འདིས་ང་ལ་ཁུར་ལྗི་མོ་ཞིག་བརྗོད་བྱུང་། དེའི་རྗེས་ཀྱི་ལོ་

ཀླའི་ནང་དུ། ང་སྔར་བཞིན་དུས་རྒྱུན་དུ་སོང་ནས་ཤིང་དུམ་རྩེད་ཆས་དེར་བལྟས་པ་ཡིན་ལ། དེ་ཡང་ཟློག་སྒྲོམ་གྱི་ནང་དུ་གཞི་སྟོད་བྱས་འདུག ང་དང་དེའི་བར་དུ་ཟློག་སྒྲོམ་གྱི་ཤེལ་སྒོ་ལས་མེད་མོད། འོན་ཀྱང་གནམ་ས་ཁ་བྲལ་ལྟ་བུའི་རྒྱང་ཐག་ཡོད། རིམ་བཞིན་དུ་ང་ལ་དེའི་འགུག་ཤུགས་ཇེ་ཞན་དུ་སོང་ཞིང་། དེ་ནི་སྣ་རྒྱང་གིས་བྱིས་པ་ཞིག་གི་འདོད་པ་དགུག་པ་མིན་པར། བཙན་ལེན་གྱི་གྲུབ་ཆ་ཡོད་དེ། བྱིས་པ་ཚོའི་བློ་ཕྱོགས་ལ་མགོ་གནོན་བཞིན་ཡོད། མ་གཞིར་འདོད་བློ་འདི་འགྲུབ་དཀའ་བ་ཞིག་ཡིན་ལ། ད་ལྟ་འགྲུབ་ཐུབ་པར་སྣང་མོད། འོན་ཀྱང་འབད་པ་བྱེད་དགོས། འབད་པ་འདི་ཤིན་ཏུ་བྱེ་བྲག་པ་ཡིན་ཞིང་། འཆར་སྣང་གི་རྒྱུན་གཅོད་པའི་ཚད་དུ་སླེབ་ཐུབ། རིམ་བཞིན་དུ་དེར་བཙངས་པའི་བརྩེ་བ་ཇེ་ཞན་དུ་གྱུར་པས། གཟིགས་མོལ་བྱེད་ཚད་ཀྱང་ཇེ་ཉུང་དུ་སོང་བ་ཡིན། དེ་ང་དང་ཇེ་རྒྱང་ནས་ཇེ་རྒྱང་དུ་སོང་བ་དང་། མཇུག་མཐར་རབ་རིབ་ཏུ་གྱུར། དུས་མཚུངས་སུ། འཚོ་བའི་ཁྲིད་དུ་མི་ལ་སེམས་འགུལ་ཐེབས་པའི་བློ་ཁ་རྒྱས་པ་དང་། མགོ་རྙིང་སློག་པའི་འགྱུར་ལྡོག་ཅིག་བྱུང་བ་ནི། "རིག་གནས་གསར་བརྗེ་ཆེན་པོ"རེད། སློབ་གྲྭ་ཆེ་འབྲིང་ཆུང་གསུམ་གྱིས་སློབ་ཁྲིད་དང་རྒྱུགས་ལེན་གྱི་མཚམས་བཞག་པས། ཨ་མས་ང་ལ་བརྩོལ་བའི་འགན་ལྕི་མོའང་རང་ཤུགས་སུ་སེལ་བ་དང་། ཤིང་དུམ་རྩེད་ཆས་ཀྱི་སྙིར་ཡང་རང་ཤུགས་སུ་མི་གླེང་བར་གྱུར། དུས་རབས་ཆེན་པོ་དེའི་རྒྱབ་ལྗོངས་ཀྱི་འོག་ཏུ། ཤིང་དུམ་རྩེད་ཆས་ཆ་གཅིག་ནི་ཅི་ཡང་མིན། དེ་གླེང་མཁན་གཅིག་ཀྱང་མེད་ལ། ནམ་ཞིག་ལ་མེད་པར་གྱུར་པའང་མ་ཤེས། དེ་ནས་བཟུང་མཐོང་མ་མྱོང་།

དེའི་རྗེས་སུ་ངས་ཤིང་དུམ་རྩེད་ཆས་དེ་གཏན་ནས་མཐོང་མ་མྱོང་མོད། འོན་ཀྱང་སྐབས་འགར་ངའི་སྙད་རྒྱུ་རུ་འཆར་ཡོང་ལ། དེ་མུར་ཡལ་བར་འགྱུར་བས། དྲི་ཟའི་གྲོང་ཁྱེར་ལྟ་བུ་ཡིན། དེ་ནི་རྩེད་ཆས་ཤིག་ཡིན་ལ། བྱིས་པ་དང་ན་ཆུང་དུས་སྐབས་ཀྱི་རྩེད་ཆས་ལྟར་སྣང་ཞིག་གོ། དེ་ནི་བྱིས་པ་ཞིག་ལ་མཚོན་ན་རྒྱས་སྤྲོས་ཆེ་སོང་བ་དང་། ན་ཆུང་ཞིག་ལ་མཚོན་ན་ཙུང་བྱིས་བློ་རུ་འགྱུར་བས། ཞུ་ཐུག་གི་ལོ་ཚོད་འདིའི་ཆེད་གཉེར་གྱི་རྩེད་ཆས་ཡིན། ང་ལ་མཚོན་ན་མཚམས་འཛོག་སྒྲ་རྟགས་ལྟ་བུའི་མཚོན་རྟགས་ཤིག་ཡིན་ལ། ངས་ཤིང་དུམ་རྩེད་ཆས་ཞེས་པའི་བྱིས་པའི་རྩེད་ཆས་འདི་ལ་བཅངས་པའི་རྒྱུང་འགྱུར་གྱི་དགའ་སྣང་མཇུག་རྫོགས་ཤིང་། ངའི་བྱིས་པའི་དུས་ཀྱང་མཇུག་རྫོགས་པ་ཡིན། དེའི་འཕྲོར་ནི་སྔོན་དཔག་མི་ཐུབ་པའི་གཟབ་ནན་གྱི་འཚར་ལོངས་དུས་རིམ་ཡིན། འཚོ་བ་སྤྱི་ལྟག་པར་དུ་དུས་རབས་ཆེན་པོའི་སྐབས་ཀྱི་འཚོ་བ་ནི་རྒྱུན་ཆགས་ཤིག་མིན་ཏེ། དཔེར་ན་དོན་ཆེན་དོན་ཆུང་གང་ཡིན་རུང་དེ་ནི་བྱེ་འདམ་ལྟར་འགྱུར་ཉོག་ངེས་མེད་བྱེད་ཅིང་། བག་ཆགས་གང་མང་མང་ཞིག་གཙང་སེལ་བྱེད་ལ། སྐབས་འགར་ཕྱོགས་ཙམ་ཞིག་དྲན་འོང་བ་དང་། སྐབས་འགར་ཅི་ཡང་མི་མཐོང་བར་འགྱུར། གཞན་ད་དུང་སྐབས་འགར་མཐོང་ཡང་སེམས་པ་ཉེས་འགལ་དུ་འགྲོ་སྟེ། དེ་ལྟ་བུའི་གནས་ཚུལ་ཞིག་ཀྱང་ཡོད་པ་ཡིན་ནམ་འདོད། བག་ཆགས་འཚེར་སྣེག་ཅན་དུ་གྱུར་ཞིང་། དེ་ནི་འཆར་ཡན་ཞིག་སྟེ་འདས་སོང་གི་འཚོ་བའི་འཆར་ཡན་ཙམ་དུ་ཟད། མི་ཚེའི་དཀའ་ངལ་སྣ་ཚོགས་ཀྱི་དབང་གིས་འདས་པའི་ལོ་ཟླའི་རྟགས་མཚན་ཆེར་བསྐྱེད་ཡོད། འདས་པའི་དུས་ཡུན་སྐད་ཅིག་མའི་ནང་དུ། དེ་གསོན་ཉམས་དོད་པོ་ཡིན་

ལ། དེ་འདྲའི་ལངས་གཟུགས་སུ་ཤར་ཞིང་། འཁྱིག་ཁྱིམས་ཟབ་སའི་ཐོག་ཁང་དང་སྒྲིལ་མཐུད་བྱས་ནས། ངས་མ་གཏོགས་མི་མཐོང་ཞིང་། ཡུན་ནས་ཡུན་གྱི་ལོ་ཟླ་འགོར་ནའང་ང་དང་དེ་གཉིས་ཀྱིས་རྒྱང་ལྟ་བྱེད།

ཐེངས་ཤིག་ལ། ང་ལ་ན་ཚ་བྱུང་ནས་སྨན་ཁང་དུ་སྡོད་སྐབས། མལ་ཁང་གཅིག་པའི་ནད་གྲོགས་ནི་ཨར་ལས་བཟོ་བཀོད་པ་ཞིག་ཡིན། ཁོ་མོ་ན་གཞོན་ཡིན་དུས་སུའུ་ལེན་གྱི་ཆེད་མཁས་པའི་རྗེས་འབྲངས་ནས། ཀྲུང་སུའུ་མི་དམངས་མཛའ་མཐུན་ཐོག་ཁང་གི་ཇུས་འགོད་དུ་ཞུགས་མྱོང་ཟེར། ལས་དང་པོ་བ་ཞིག་ཡིན་པའི་ཆ་ནས། མོས་ལྡེབས་ངོས་ཀྱི་མེ་ཏོག་ལྟ་བུའི་རྒྱན་རིས་མ་གཏོགས་འབྲི་མི་ཐུབ་མོད། འོན་ཀྱང་རང་ཉིད་དངོས་སུ་དེར་ཞུགས་པ་ཡིན། མོས་རྒྱུན་དུ་ང་ལ་སྟོན་མའི་གནས་ཚུལ་དེ་དག་ཕྱིར་དྲན་བྱས་པ་སྟེ། བདེ་སྐྱིད་ཀྱི་འཛུམ་མདངས་ཤིག་མངོན་འདུག དེར་བརྟེན་ངས་ཀྱང་རང་གི་སྟོན་མའི་གནས་ཚུལ་དྲན་བྱུང་བ་སྟེ། ཀྲུང་སུའུ་མི་དམངས་མཛའ་མཐུན་ཐོག་ཁང་གི་ཤིང་དུམ་རྩེད་ཆས་ཀྱི་སྐོར། མོས་བློ་རིག་སྒྲིམ་ཞིང་གཏན་ནས་མི་ཤེས་པའི་ཚུལ་གྱིས་ངའི་ཞིབ་བརྗོད་ལ་ཉན་པ་ཡིན་པས། དེའི་གནས་པ་གཏན་ནས་མི་ཤེས་པ་མངོན་གསལ་རེད། མོ་ལྟ་བུའི་ཆེད་ལས་བྱ་བ་བྱེད་མཁན་ཞིག་བ་སོའི་མཆོད་རྟེན་བཞིན་གྱི་འཚོ་བ་རོལ་བ་ཡིན་པ་དང་། འཛིག་རྟེན་པའི་ལུགས་ཀྱི་སྤྱི་ཚོགས་སུ་མོ་ནི་འཛིག་རྟེན་གཞན་པའི་མི་ཞིག་དང་འདྲ་བར་སྣང་། མོས་མི་ཚེ་གང་པོར་ཐོག་ཁང་དང་སྒྲིག་གཞི། ལྕགས་རྩིབས། ཨར་འདམ་སོགས་ལ་འབྲེལ་བ་བྱེད་དེ། རྒྱལ་འབངས་ཀྱི་འཚོ་རྟེན་ལ་འབྲེལ་ཆགས་པ་དང་། བཟོ་བཀོད་ནི་མོའི་སེམས་སུ་གཟབ་ནན་གྱི་དོན་ཞིག་ཡིན་ཕྱིར། ཤིང་དུམ་རྩེད་ཆས་ཀྱི་

དཔེ་དབྱིབས་ཤིག་མོའི་མིག་ལམ་དུ་ག་ལ་ཐོགས་སྲིད། ཕོ་མོའི་རྣམ་འགྱུར་ལས་དེ་ནི་འཕྲུལ་བཤད་ཅིག་ཏུ་མཐོང་། ང་མ་གཏོགས་སུས་ཀྱང་ཤིང་དུམ་རྩེད་ཆས་དེ་མཐོང་མེད་པ་འདྲ། ངའི་དྲན་པ་ལ་ཟུར་དཔང་མེད་པས་སྟོང་པ་ཞིག་ཏུ་གྱུར་མོད། ཡིན་ནའང་མ་གྲོས་རང་དྲན་དུ་ཤར་བྱུང་།

ཉིན་ཞིག་གི་ཉིན་གུང་གི་རྗེས་སུ། ལས་གྲོགས་ཚོས་ཁ་བརྡ་བྱེད་སྐབས། གླིང་བུ་གང་ཞིག་ལས་དྲངས་པ་མི་ཤེས་པར། མི་ཞིག་གིས་ཕོའི་དང་མའི་བྱིས་པའི་དུས་སྐབས་གླིང་ནས། སྔར་ཕོ་ལ་ལེགས་སྐྱེས་ཤིག་ཐོབ་མྱོང་། ཕོ་ཚང་གི་དྲིན་མྱངས་པའི་ཤ་ཉེ་ཞིག་གིས་ཐག་རིང་ནས་ཡོང་སྐྱེ་ཕོར་བྱིན་པ་ཡིན་ཟེར། དེ་ནི་ཅི་ཞིག་ཡིན་ཞེ་ན། ཀྱང་སུའུ་མི་དམངས་མཛའ་མཐུན་ཐོག་ཁང་གི་ཤིང་དུམ་རྩེད་ཆས་ཤིག་རེད། དེ་ནི་ངོ་མ་སྔོན་ཚིག་ལས་བྲིས་པ་ལྟར་ཡིན་ཏེ། "མི་མང་ཚོགས་ནས་ལན་བརྒྱར་བཙལ་ཡང་མ་རྙེད་མོད། བདག་ཉིད་གློ་བུར་ཁ་ཕྱིར་འཁོར་ནས་བལྟས་ཙ་ན། ཕོ་མོ་མོག་མོག་སྒྲོན་འོད་འོག་ནས་ག་ལེར་མཐོང"ཞེས་པ་ལྟ་བུའོ།། ལས་གྲོགས་འདི་དང་ངེད་གཉིས་མ་མཐའ་ཡང་ལོ་བཅུ་བདུན་བཅོ་བརྒྱད་ཙམ་ལ་མཉམ་དུ་བྱ་བ་བསྒྲུབས་མྱོང་། རྒྱུན་དུ་ཁ་བརྡ་དང་འབྲེལ་འདྲིས་མང་པོ་བྱས་མྱོང་མོད། འོན་ཀྱང་སྐད་ཆ་དེ་གཏན་ནས་གླེང་མ་མྱོང་། སྐད་ཆ་མང་པོ་ཞིག་ཆུ་ཁ་མེད་པའི་ཆུ་བོ་བཞིན་གང་འདོད་དུ་ཕྱོགས་བཞི་མཚམས་བརྒྱད་དུ་བཞུར་བ་ཡིན་མོད། འོན་ཀྱང་གཏིང་ཟབ་སར་ངེས་གཏན་གྱི་བཞུར་ཕྱོགས་ཤིག་ཡོད་ཅིང་། ཀུག་ཀྱོག་མང་པོ་བརྒྱུད་མཐར་ངེས་གཏན་མེད་པ་དང་འགྱུར་ལྡོག་ཆེ་བའི་བཞུར་རྒྱུན་དེ། སྐབས་སླག་གང་ཡིན་མི་ཤེས་པར་དམིགས་སར་སླེབ་པ་རེད། ངས་ཕོ་ལ་ཤིང་དུམ་རྩེད་ཆས་དེའི་ཁ་

ཇོག་དང་ཕོངས་ཚད། རིན་གོང་། དེ་མིན་ད་དུང་འབུལ་བ་ཐོབ་པའི་ལོ་རབས་སོགས་རྩད་བཅད་པ་དང་། ཚང་མ་ངའི་དྲན་ཤེས་དང་མཐུན་འདུག ལས་གྲོགས་དེས་རང་གི་སྐད་ཆའི་བདེན་པ་རང་བཞིན་ནན་བཤད་བྱེད་ཆེད། ཤིང་དུམ་རྩེད་ཆས་དེ་ད་ལྟ་ད་དུང་ཡོད་ཟེར། ངས་ཁོ་ལ་ངས་ཅིག་བལྟ་ཞེས་རེ་བ་བཤད་སྐབས། ཁོའི་སྐད་ཆ་འགྱུར་ནས་ཁོའི་ཨ་མས་ཉར་ཡོད། ཨ་མས་དེ་སྒམ་དུ་བཞག་ནས་ཟྭ་བརྒྱབ་འདུག་ཟེར། ཁོའི་བཤད་པ་ལྟར་ན་ཁོས་མགོ་ནས་མཇུག་བར་དུ་དགའ་དགའ་སྤྲོ་སྤྲོའི་ངང་ནས་རྩེ་མ་མྱོང་། སྐབས་དེར་གཟའ་ཉི་མ་དང་དུས་ཆེན་གྱི་སྐབས་སུ་ད་གཟོད་ཨ་མས་ང་ལ་རྩེ་རུ་འཇུག་པ་དང་། དེའི་འཕྲོར་སླར་ཡང་སྒམ་དུ་འཇུག་པ་རེད། ད་ལྟའི་བར་དུ་ད་དུང་སྒམ་དུ་ཟྭ་བརྒྱབ་ཡོད་ཟེར། སྐད་ཆ་དེར་ཉིས་འགལ་ཞིག་འདུག་མོད། འོན་ཀྱང་ཕྱོགས་གཞན་ནས་དེའི་རྩ་ཆེན་ལ་བདེན་དཔང་བྱུང་བ་རེད། གང་ལྟར་ཀྱང་མདོར་བསྡུས་ན། ཟུར་དཔང་ཞིག་ཡོད་པས་གྲོང་ཁྱེར་འདི་ན་སྔོན་ཆད་ཤིང་དུམ་རྩེད་ཆས་འདི་འདྲ་ཞིག་ཡོད་མྱོང་བ་བདེན་དཔང་བྱེད་ཐུབ་པ་དང་། མ་མཐའ་ཡང་བྱིས་པ་གཅིག་ལ་དེ་ཐོབ་མྱོང་བ་རེད། དེ་དང་ལྷན་དུ་བྱུང་བའི་སེམས་འགུལ་དང་དགའ་སྤྲོ་ཡོད་ཚད། དེ་མིན་དར་མའི་བཙན་ལེན། མཇུག་མཐའི་སྤྲོ་སེམས་མེད་པ་དང་རྒྱང་བཀྱེད་བཅས་ཚང་མ་བྱུང་མྱོང་བ་དང་། བྱིས་པ་གཞན་ཞིག་ན་ཆུང་དུ་འཚར་ལོངས་འབྱུང་བའི་འགག་འཕྲང་དུ་བྱུང་བ་ཡིན།

གནད་དོན་མང་པོ་ཞིག་བྱུང་ཟིན། ངས་ལས་གྲོགས་དེར་ཁྲམས་ཀ་དང་ལན་ཀན། ཉི་ཁྲམས་བཅས་ཚང་མར་འཕལ་ཀ་དང་ཁྲིའུ་བཀོལ་ཡོད་

མེད་དྲིས། ཁོས་ལན་དུ་བཀོལ་མེད་ཟེར། འཕལ་ཀ་དང་ཁྱིའུ་མེད་ན་བརྗེགས་པ་ཡིན། འོ་ན་དེ་དག་བརྟན་པོ་ཇི་ལྟར་བྱེད་ཅེས་ཡང་བསྐྱར་དྲིས་ཚེ། ཁོས་ཤིང་དུམ་རྩེད་ཆས་དེའི་སྐོར་གྱི་གསང་བ་སྟེ་གཞན་ལ་བཤད་མི་འདོད་པའི་རང་བཞིན་ཞིག་བཤད་པ་རེད། ཁོས་བཤད་རྒྱུར། "ཐོག་ཁང་གི་རྟེན་གཞི་ཡོད་ཚད་ཆ་ཚང་བ་གཅིག་གམ་ཡང་ན་རྡིལ་པོ་གཅིག་ཡིན། ཐོག་ཁང་གི་རྟེན་གཞི་རེ་རེ་སྦྲེལ་མཐུད་བྱས་པས་ཚོག་མོད། འོན་ཀྱང་བཟོ་བཀོད་ཀྱི་གཞི་ཁྱོན་ཆེ་བ་མ་ཟད་ཆད་ལྷག་གཅིག་ཀྱང་མེད་པར་བརྟེན། ཤིང་དུམ་རྩེད་ཆས་ཀྱི་ལྷུ་ལག་ཕལ་ཆེར་བརྒྱ་ཕྲག་ལ་ཉེ་བ་ཡོད། ཚང་མ་ཕྲལ་ནས་སྒམ་དུ་བཙུག་ན་སྲིད་ཞིང་མཐོ་བཅས་ཚང་མར་སྤྱི་ཧྲིན་སུམ་ཙུ་ཡོད་པའི་གྲུ་བཞི་ཁ་གང་གཟུགས་ཤིག་ཡིན"ཟེར། འདིས་ང་རང་ཧ་ལས་སུ་བཅུག མ་གཞིར་དཔེ་གཞི་འདི་ནི་ཕྱིད་གྲུབ་རྫས་ཀྱིས་གྲུབ་པ་དང་། ད་ལྟའི་ཁང་པ་ལྟ་བུ་ཞིག་ཡིན། གཟབ་ནན་གྱིས་བཤད་ན། དེ་ནི་ཤིང་དུམ་རྩེད་ཆས་ཀྱི་མཚོན་དོན་ལས་བརྒལ་ཞིང་སྒྲིག་ཆས་ཤིག་ཏུ་གྱུར། དེའི་སྐོག་གྱུར་རང་བཞིན་རང་ཤུགས་སུ་ཉམས་བཞིན་ཡོད། ངས་རེ་ཞིག་ལ་བསམ་རྗེས་མཇུག་མཐའི་གནད་དོན་དྲིས་པ་ཡིན། སྐར་མ་རྩེ་ལྔ་དམར་པོ་དེའི་སྐོར་ལ། ནམ་ཡང་ཞི་བ་མེད་པར་གྲོང་ཁྱེར་འདིའི་མཚན་ལྗོངས་ལ་འོད་སྤྲོ་བཞིན་ཡོད། ང་རང་སྐས་ཐོག་ཏུ་འཛེགས་ནས་སུམ་ཐོག་གི་ཁྱམས་རའི་སྒེའུ་ཁུང་ཁར་ལངས་ཚེ། དེ་མཐོང་ཐུབ་ཅིང་ངོ་མཚར་བའི་སྒོ་ནས་ང་ལ་མིག་མདའ་འཕེན་པ་རེད། ཤིང་དུམ་རྩེད་ཆས་སུ་སྐར་མ་འདིའི་ཁ་དོག་ཅི་འདྲ་ཞིག་ཡིན་ནམ། རྒྱུ་ཆ་ཅི་ཞིག་གིས་ལས་པ་ཡིན་ཞེ་ན། དྲིས་ལན་དུ་བཟོ་བཀོད་རྡིལ་པོ་ཤིང་ཆ་ཡིན་ཞིང་། ཤིང་ཆའི་རྩེ་མོ་ཏུ་ཤིང་ལས་གྲུབ་པའི་

གསེར་མདོག་གི་སྐར་མ་རྩེ་ལྔ་དེ་ཡོད། སྐབས་འདིར་སླེབ་པ་ན་ཤིང་དུམ་རྩེད་ཆས་ཆ་འདིའི་སྐོར་གྱི་གསང་བ་ཡོད་ཚད་ལྷང་ལ་བྱུད་པ་རེད། ངས་རང་གི་འཆར་རྟོག་ཏུ་དེ་ཉིད་ཆུང་ཞིང་ངོ་མ་ལྟ་བུའི་ཐོག་ཁང་ཞིག་ཏུ་བརྩིགས་པ་ཡིན་ལ། ཤིན་ཏུ་ཆ་ཚང་ཞིང་བརྟན་པོ་ཡིན་ཏེ། དྲན་ཤེས་ཕྱག་ལས་ཀྱི་ཟབ་ས་ནས་ཉམས་སོང་། ཉམས་སོང་། རྩ་བ་ནས་ཉམས་པར་གྱུར། རྒྱུན་བཅད་པའི་བྱིས་པའི་དུས་ཀྱི་དབྱུགས་ཟ་རིམ་བཞིན་ནས་རིམ་བཞིན་ཇེ་ཞན་དུ་གྱུར་ནས། གྲག་མེད་འགྲུལ་མེད་དུ་གྱུར་པ་རེད།

དོན་དངོས་སུ། བཟོ་བཀོད་འདི་སྤྱ་མོ་ནས་བརྗོད་ཆགས་ཤིག་ཏུ་བརྩི་མི་ཐུབ་སྟེ། སྤྱ་གཞུག་མདུན་རྒྱབ་གང་ནས་ཀྱང་ཐོག་ཁང་ཚང་ཚོང་དུ་བསྒྲུན་པས། དེ་ནི་ཀོང་ས་ཞིག་ཏུ་གྱུར་འདུག མཐོ་བསྒྲུན་ཚང་མ་ཟམ་པ་དེའི་རྨེད་པར་ཟུག་ཅིང་རླངས་འཁོར་རྣམས་གློག་འབྲུག་པ་ལྟར་བསྐྱོད་པ་ན། སྟེང་ཁང་དེའི་ གླད་ཀྱི་སྐར་མ་རྩེ་ལྔའང་རླངས་འཁོར་སྣེའུ་ཁུང་གི་མདུན་ནས་འཚུབ་སེ་ཡལ་འགྲོ་བ་ནི་སྲིན་འབུ་མེ་བྱིར་ཞིག་དང་འདྲ་ལ། གློག་འོད་སྤྲིལ་མར་སྣོལ་ཞིང་སྐར་ཚོགས་རྣམ་པར་བཀྲ། དེ་སྔོན་སྔུའུ་ལེན་ཐོར་ཞིག་ཏུ་སོང་བ་དང་རྒྱལ་སྤྱིའི་འཛམ་འཐབ་མཇུག་རྫོགས་པའི་ལོ་འཁོར་ཡར་སྔོན། ཀྲུང་གོ་དང་སྔུའུ་ལེན་གྱི་འབྲེལ་བ་ངན་འགྱུར་དུ་འགྲོ་དུས། དེའི་མིང་“ཧྲང་ཧེ་འགྲེམས་སྟོན་ལྟེ་བ”རུ་བསྒྱུར་བ་རེད།

ཆབ་རོམ།

སྔོན་ཆད། ཁྲིམ་ཚང་དཀྱུས་མ་ཚང་མར་འཁྲུགས་སྐྲམ་མེད་ཅིང་། བྲིས་པ་ཚང་མ་ཡང་ཆབ་རོམ་བཟའ་བར་དགའ་བ་ཡིན། འཁྲུགས་དབྱུག་རེ་ལ་སྐར་མ་བཞི་རེ་ཡིན། ང་ཚོས་རྒྱུན་དུ་འཁྲུགས་རེལ་ཉོ་སྤྱོད་བརྩོན་ལེན་བྱས་པའི་སྐར་མ་བརྒྱད་དེ་སྐལ་གཉིས་སུ་བགོས་ཏེ། འཁྲུགས་དབྱུག་གཉིས་ཉོས་ནས་བཟའ་བ་ཡིན། དཔྱར་ཁར། ང་ཚོའི་སྲང་བར་འདི་ན་སྲང་མདོའི་བར་དུ་ཚོང་ཁང་དུ་མ་ལས་མེད་པའི་ཚོས་པ་ཚོང་ཁང་ཞིག་ཡོད། དུས་ཚིགས་འདིའི་ནང་དུ་ཀུ་བ་འཁྲུགས་པ་འཚོང་བཞིན་ཡོད། ཉིན་གུང་གི་དུས་སུ་ང་ཚོས་འབུ་འཛིང་འཛིང་གི་སྐད་ལ་ཉན་བཞིན་དཀར་ཡོལ་ཞིག་བཟུང་ནས། ཀུ་བ་འཁྲུགས་པ་ཉོ་རུ་སོང་། ཀུ་བ་འཁྲུགས་པ་ཤར་མོ་རེ་རེ་བྱས་ནས་གཏུབ་སྟེ། སྟེགས་ཐོག་ཏུ་བཞག་འདུག དེའི་འཁྲུགས་ཚད་ཇི་ལྟར་སྲུང་འཛིན་བྱས་པ་མི་ཤེས། དཀར་ཡོལ་དུ་བཙུས་ནས་མྱུར་མོར་ཁྲིམ་དུ་རྒྱུག་ཅིང་། ཁྲིམ་དུ་ཐོན་མ་ཐག་ཙོག་པུར་བསྡད་ནས་སོ་ཞིག་བཏབ་པ་ན། འཁྲུགས་པ་རུས་པར་ཟུག་པ་ཞིག་རེད། དེ་དུས་ཀྱི་དཔྱར་ཁ་ད་ལྟའི་དཔྱར་ཁ་ལྟ་བུའི་ཚ་བ་ཞིག་མིན། ང་ཚོའི་སྲང་བར་དེ་ནི་ཐུར་འཕྱང་ལྗུག་མས་བར་སྣང་ཁེབས་འདུག་པས། སྲང་བར་ཧྲིལ་པོ་བསིལ་གྲིབ་ཡིན།

ཁྱིམ་མཚེས་ནི་འཁོར་ལྡན་པ་ཞིག་ཡིན། འཁོར་ལྡན་པ་ཞེས་པ་ནི་ལོ་རབས་ལྔ་བཅུ་པའི་དུས་མགོར། གཏན་འཁེལ་སྐྱིད་ཀ་ཟོས་ནས་འཚོ་བ་སྐྱེལ་བ་ཙམ་ཡིན་མོད། འོན་ཀྱང་ཕོ་ཚོའི་འཚོ་བ་མི་སེར་དཀྱུས་མ་དང་མི་འདྲ་བར། རྒྱུས་བཟའ་རྒྱུས་འཐུང་ཞིག་ཡིན། ཕོ་ཚང་ལ་འཁྲུགས་སྐྲམ་ཡོད་པ་དང་། ཕོ་ཚང་གི་ཚ་མོ་ནི་ང་ཚོ་དང་ལོ་ན་མཉམ་པ་ཞིག་ཡིན། དབྱར་གནང་གི་ཉིན་ཞིག་ལ། ཕོ་མོས་ང་ཚོར་ཁང་པའི་ལྟག་རྒྱབ་ཀྱི་སྲང་བར་ནས་སྨྲུག་སྡོད་ཅེས་བཤད་རྗེས། ཁྱིམ་དུ་ལོག་པ་རེད། ལྷུད་ཙམ་འགོར་རྗེས། མོ་མགྱོགས་མྱུར་གྱིས་སྒོ་ཕྱིར་ཡོང་ཞིང་ལག་ཏུ་ལག་ཕྱིས་སྔོན་པ་ཞིག་བཟུང་ཡོད། མོ་ང་ཚོའི་གམ་དུ་ཐོན་ནས་ལག་ཕྱིས་ཀྱི་ཁ་ཕྱེ་ཞིང་སྒྲོ་བུར་དུ་ང་ཚོའི་ངོ་ལ་བཀབ། རྗེ་འདྲའི་འཁྲུགས་པ་ལ་ཨང་། ཚ་གདུག་གི་དབྱར་གཞུང་དུ་ཡང་འདར་སིག་སིག་བྱེད་ཅིང་། ངོ་མ་བསིལ་མོ་ཞིག་རེད།

ངེད་ཚང་གི་བུ་ཇི་དེ་དུས་ཡུན་ཞིག་ལ་ཀོན་ཏུང་པ་ཞིག་གི་ཁྱིམ་དུ་ལས་རོགས་ལ་སོང་མོད། འོན་ཀྱང་ཕོ་མོ་ང་ལ་དགའ་བས་རྒྱུན་དུ་ང་ལ་བལྟ་རུ་ཡོང་བ་དང་། རྒྱུན་དུ་ང་ཁྲིད་ནས་ཡོན་བདག་གསར་བ་ཚང་ལ་རྩེ་རུ་སོང་། མོའི་ཡོན་བདག་གསར་བ་ནི་ཧྲང་ཧྲེའི་ཁྱིམ་ཚང་རྙིང་བ་ཞིག་ཡིན་ལ། ཁྱིམ་ཚང་ཕྱུག་པོ་ཞིག་ཡིན། ཡོན་བདག་ཚང་ལ་བུ་མོ་གསུམ་ཡོད་དེ། ང་དང་ན་ཚོད་གོང་འོག་ཡིན་པས། ང་ཚོ་རྩེ་རོགས་སུ་གྱུར། མོ་ཚང་ལ་ཡང་འཁྲུགས་སྐྲམ་ཡོད་མོད། འོན་ཀྱང་རྒྱུ་མཚན་ཅི་ཡིན་མི་ཤེས་པར། ཕོ་ཚོས་འཁྲུགས་སྐྲམ་དུ་ཀུ་བ་འཁྲུགས་སུ་འཛུགས་པ་ལས་འཁྲུགས་དབྱུག་མི་ལས་པ་དང་། ལག་ཕྱིས་འཁྲུགས་པས་ཁ་ངོ་མི་སླན། ཕོ་ཚོ་འཁྲུགས་སྐྲམ་སྔོན་གྱི་ཟས་ཅིག་གི་མཐའ་རུ་བསྡད་ནས་ཟ་མ་ཟ་བ་ཡིན་ལ། འཁྲུགས་སྐྲམ་དེ་

མཐོང་སྣང་དུ་མེད་པས། ཤིན་ཏུ་མཚར་སྣང་ཆེ།

ཕྱིས་སུ། ངའི་མ་སྤུན་ཨ་ཅེ་ཞིག་གྲང་མཛོད་དུ་ལས་བགོས་བྱས་ནས་དེ་གར་བྱ་བ་སྒྲུབ་བཞིན་ཡོད། གྲང་མཛོད་འདི་ལྟ་བུ་ང་ཚོའི་སྲང་བར་དེ་ན་ད་དུང་གཅིག་ཡོད། བཟ་ཁྱབ་བྱང་བུ་ཆེན་པོ་གཉིས་ཀྱི་བར་དུ་ལྕགས་སྒོ་ཆེན་པོ་ཞིག་ཡོད། དུས་རྒྱུན་དུ་ལྕགས་སྒོ་དེ་ཕྱེ་ཡོད་པ་དང་། སྒོ་ཁ་རུ་སྐྱེས་པ་གཉིས་བསྡད་ཡོད། ཚ་གདུག་ཆེ་བའི་དབྱར་གཞུང་དུ་དགུན་ལྭ་མཐུག་པོ་གོན་ཡོད་པ་དང་། ལག་ཤུབས་ཀྱང་གོན་ཡོད་དེ། བཤད་ཞོར་དང་དགོད་ཞོར་བྱེད། བལྟས་ཚོད་ཀྱིས་ཤིན་ཏུ་ཡ་མཚན་ཞིག་ཡིན་ལ། ཡིད་སྨོན་བྱེད་ས་ཞིག་ཀྱང་ཡིན། ངའི་མ་སྤུན་ཨ་ཅེ་ནི་གྲང་མཛོད་འདི་འདྲའི་ནང་ནས་རྫས་གཉེར་གྱི་བྱ་བ་སྒྲུབ་བཞིན་ཡོད། མོས་ཤིན་ཏུ་རང་བསྟོད་བྱེད་པའི་ཚུལ་གྱིས་ང་ཚོར་བཤད་རྒྱུར། དེ་རུ་འཁྱགས་ཆུ་དང་ཆབ་རོམ་གང་འདོད་ལྟར་བླངས་ནས་ཟ་ཆོག་ཅིང་། ཐ་ན་མོས་འཁྱགས་ཆུས་གོ་རེ་སྦྲངས་ནས་ཟ་བ་ཡིན་ཟེར། མོས་ཆབ་རོམ་རྫ་ཆེན་དེ་འདི་ལྟར་བརྗེ་མེད་ཀྱིས་ཆུད་ཟོས་སུ་བཏང་བས། རྟ་ཅང་ཐངས་སེམས་ཆེ་ལ་ཕྲག་དོག་ཀྱང་ཆེ།

ཡིན་ཡང་ཐེངས་ཤིག་ལ་ང་ཚོས་འཁྱགས་པའི་བྲོ་བ་མྱངས་མྱོང་། དེ་ནི་ཅུང་སྔ་སྔེ། ལོ་རབས་ལྔ་བཅུ་པའི་དུས་མཇུག་གམ་ཡང་ན་ལོ་རབས་དྲུག་ཅུ་པའི་དུས་མགོར་ཡིན། ངའི་ཨ་མ་དང་རྩོམ་པ་པོ་རྒན་པ་སྐྱུ་ཞབས་ལའོ་ཧྲུང་གཉིས་ཀྱིས་ཧྲང་ཧྲེའི་རྩོམ་པ་པོའི་མཐུན་ཚོགས་སུ་ཕྱག་ལས་གནང་བཞིན་ཡོད། ཁ་བཟ་བྱེད་པའི་སྐབས་སུ་འཁྱགས་སྣམ་སློང་བྱུང་། པལ་ཆེར་རང་ཁྱིམ་གྱི་བུ་མོ་ཆུང་བ་གཉིས་ཁ་སྟོ་ཆེ་བ་སློང་བཞིན་པ་འདྲ།

དབྱར་ཁའི་ས་སྲོས་ཤིག་ལ། ཉུབ་ཚ་འཕྱུང་གྲབས་བྱེད་པའི་སྐབས་སུ། གློ་བུར་དུ་སྐྱུ་ཞབས་ལའོ་རུང་ཕེབས་བྱུང་། མོས་མདོག་སྐྱ་བོའི་མན་ཕྱུ་ཞིག་གོན་པ་དང་མཆན་འོག་ཏུ་གོ་ཁུག་བཙེར་ཡོད། པང་དུ་བལ་ཕྱུར་ཐོགས་ཤིང་ཆང་གསུམ་འཁོར་ལོ་ཞིག་ལ་བསྡད་ནས་ངེད་ཚང་ལ་ཐོན་པ་ད་ལྟའི་བར་དུ་ད་དུང་བརྗེད་མེད། མོས་གོམ་པ་རིང་ལེན་བྱས་ནས་ཁང་པའི་ནང་དུ་ཡོང་བ་དང་། པང་གི་བལ་ཕྱུར་ཅོག་ཙེའི་ཐོག་ཏུ་བཞག་ནས་ཁ་ཕྱེ་བ་ན། དེའི་ནང་དུ་ཟས་སྣོད་ལྕགས་སྐམ་ཞིག་བཏུམས་འདུག ཟས་སྣོད་ལྕགས་སྐམ་གྱི་ནང་དུ་ཆབ་རོམ་ཡོད། མོས་ཨ་མ་ལ་དཀར་ཡོལ་ཞིག་ཁྱེར་ཡོང་དུ་བཅུག་ནས། ཟས་སྣོད་ལྕགས་སྐམ་དེའི་ཁ་ཕྱེ་ནས་དཀྲུགས་དཀྲུགས་བྱས་ཏེ་ཆབ་རོམ་ཚང་མ་དཀར་ཡོལ་གྱི་ནང་དུ་སྒྱུ་ཞིང་། ཆབ་རོམ་དཀར་ཡོལ་གང་ཡོད། མོ་སྐད་ཅིག་ལ་ཡང་མི་སྡོད་པར་བྱིས་པ་ཚོར་ཟ་རུ་ཚུགས་ཟེར་ནས། ད་ཅི་བསྐྱལ་ནས་ཡོང་བའི་ཆང་གསུམ་འཁོར་ལོ་དེར་བསྡད་དེ་བུད་སོང་བ་རེད། ང་ཚོས་ཁོ་མོ་སྲུང་བར་གྱི་དཀྱིག་མཚམས་ནས་ནམ་སོང་བ་ཡང་ལྟ་དབང་མ་ཡོང་། མྱུར་དུ་ཁྱིམ་ལ་ཡོང་ནས་དཀར་ཡོལ་དེའི་ཐོག་ཏུ་མཆོངས་པ་ཡིན། ཆབ་རོམ་ཟ་བའི་ངང་ཚུལ་ནི་འདི་འདྲ་ཞིག་ཡིན་ནོ།།

ཆབ་རོམ་འདི་དག་གྲུ་བཞི་དབྱིབས་སུ་མངོན་ལ་སྐས་དབྱིབས་ཀྱི་རྣམ་པ་ཙམ་ཡང་ཡོད། དེ་ཤིན་ཏུ་སྲ་འཐས་ཡིན་པས་ཁ་ནང་དུ་འཇུག་དཀའ། མཇུག་མཐར། གྲི་ཡིས་སིལ་བུར་བཅག་ནས་ཤར་མོར་གཙབ་པའི་ཀུ་བའི་སྒྲོད་ཡ་བྱེད་པ་དང་། སིལ་ཁུའི་ནང་དུ་སྦྲོང་བ། སྲན་ལྗང་གི་ཁུ་བའི་ནང་དུ་འཕེན་པ་སོགས་བྱེད་ལ། ཐ་ན་འཁྱགས་དབྱུག་དང་སྙེབ་ནས་འཁྱགས་ཐོག་འཁྱགས་རྫེག་གིས་བཟའ་བ་ཡིན། ཙ་རིལ་གྱི་ཆེ་ཆུང་ལྟ་བུ་ཡོད་པ་ཁ

ནང་དུ་འཛེབ་སྟེ། ཁོར་སྒབ་དང་ཀ་ར་བཟོས་ནས་འཁྱགས་བཟོ་བྱེད་པ་ཡིན། ཆབ་རོམ་དཀར་ཡོལ་གང་དེ་ལས་ང་ཚོས་ཟ་སྟངས་བརྒྱ་ཕྲག་ཅིག་ཤེས་པ་མ་ཟད། དེ་ཞུ་མི་སླ་བས་ང་ཚོས་གཅིག་འཁོར་གཅིག་མཐུད་བྱས་ནས་ལོ་ཚན་ལ་བལྟ་ཁོམ་ཡོད་པར་གྱུར། ཕྱིས་སུ། གྲང་མཛོད་དུ་ལས་གཉེར་བྱེད་པའི་མ་སྨུན་ཨ་ཅེ་ཡིས་ང་ཚོར་བཤད་རྒྱུར། ང་ཚོས་རྒྱུན་དུ་ཟ་བའི་ཆབ་རོམ་ནི་འཕྲུལ་ཆས་ཀྱིས་བཟོས་པ་ཡིན་ལ། བཙག་ནས་བལྟས་ན་རིམ་པ་ཡོད་པ་མཐོང་ཐུབ་སྟེ། ཤིང་རིས་ལྟ་བུ་ཞིག་ཡིན། འཁྱགས་སྣམ་གྱི་ནང་ནས་བཟོས་པའི་ཆབ་རོམ་ནི་དང་མའི་ཆུ་ཡིན་པས་རྫོ་ལྟ་བུ་ཞིག་ཡིན་ཟེར། དོན་དངོས་སུ། རྫོ་ལས་ཀྱང་སྲ་ཞིང་ཚགས་དམ་པོ་ཡིན།

དགུན་ཁའི་ལྷན་འཛོམས།

སྐབས་དེར། དགུན་ཁར་ལུས་པོར་བྲུས་བྱེད་པ་ནི་དོན་དག་གལ་ཆེན་ཞིག་ཡིན། འབྲི་ཆུའི་སྟོ་རྒྱུད་དུ་བཀག་བཅད་ལྟར་ན་དྲོད་རླངས་མཐོ་སྒྲོད་མི་བྱེད་མོད། འོན་ཀྱང་ས་དྲོད་མང་ཆེ་བ་ཐིག་ལེའི་ཡན་དུ་ཡོད་རུང་བརླན་ཚད་ཆེ་བས་གྲང་ངར་གྱི་ཚོར་བ་ཡོད། བྱང་ཕྱོགས་ཀྱི་མི་མང་པོ་འདིར་ཐོན་ན་ཚམ་ནད་བྱུང་བ་དང་རྐང་ལག་ཕྱིད་པ་རེད། བྱང་ཕྱོགས་དང་བསྡུར་ན་ས་འདིའི་མིའི་གྲང་ཐུབ་དེ་བས་ཆེ། མི་རྣམས་ཀྱིས་གནམ་ངོ་རུབ་པའི་ནམ་ཟླ་རུ་དགུན་བསྐྱལ་བ་ཡིན། ཡིན་ནའང་། ལུས་པོར་བྲུས་བྱེད་པ་ནི་དོན་དག་གལ་ཆེན་ཞིག་ཡིན།

ངེད་ཚང་ལ་འབྲེལ་བ་ཆེས་བཟང་བའི་གྲོགས་པོ་ཞིག་ཡོད། ཁྱིམ་ཚང་གཉིས་ཀའི་ཕ་མ་སྔོན་ཆད་ཐང་འཐབ་དམག་དཔུང་ཞིག་གི་འཐབ་གྲོགས་ཡིན། ཕྱིས་སུ་ཡང་དམག་ཁུལ་ཁང་དུ་བྱ་བ་གཉེར་བཞིན་ཡོད། ཕོ་ཚོ་མི་བཞི་པོ་ནི་ཕན་ཚུན་གྱི་ཏང་ནང་དུ་ཞུགས་པའི་འོས་སྦྱོར་པ་ཡིན། ཕལ་ཆེར་དུས་ཚོད་གཅིག་མཐུན་གྱི་ནང་དུ་གཉེན་སྒྲིག་པ་དང་། སྔ་གཞུག་ཏུ་ཕོ་ཚང་གིས་བྱིས་པ་གཅིག་བཙས་ཤིང་ངེད་ཚང་གིས་བྱིས་པ་གཉིས་བཙས་པ་ཡིན་པས། གཅེས་ཕྲུག་གསུམ་དུ་གྱུར། དེའི་རྗེས་ནས་ཕོ་ཚོ་མི་བཞི་པོའི་ཁྲིད་ལས་གསུམ་སྔ་གཞུག་ཏུ་དམག་ཁུལ་ཁང་ནས་ས་གནས་གྲོང་ཁྱེར་དུ་

ལས་འགྱུར་བྱས། ཡང་སྐབས་འགྲིག་པ་ཞིག་ལ། ངེད་ཚང་གི་ཨ་མ་དང་ཕོ་ཚང་གི་ཨ་མ་གཉིས་ལས་ཁུངས་གཅིག་ཏུ་བྱ་བ་གཉེར་བ་རེད། དེའི་ཕྱིར། ངེད་གསུམ་པོས་ཀྱང་ལས་ཁུངས་གཅིག་གི་བྱིས་པ་ཁང་དུ་འཚོ་བ་རོལ་ཞིང་སློབ་སྦྱོང་བྱས་པ་ཡིན། ཕོ་ཚང་གི་ཞི་ལུ་དང་ངེད་ཚང་གི་ཨ་ཙེ་གཉིས་ཀྱི་ལོ་ཚོད་ཐལ་ཆེར་མཉམ་པས། འཛིན་གྲྭ་གཅིག་པའི་ནང་དུ་ཡོད། འདོད་བློ་ཡང་ཅུང་མཐུན་ཞིང་རོལ་རྩེད་སྣ་ཚོགས་ལ་བྱུང་། ཕོ་གཉིས་མཉམ་དུ་རྩེ་ན་ཤིན་ཏུ་ཚ་ཚ་འུར་འུར་ཡིན་ལ། ང་གཅིག་པུ་ཟུར་གཞོགས་ནས་བྲེལ་བ་ལངས་པ་ཡིན། འདི་ལྟར། ང་ཚོ་ཁྱིམ་ཚང་གཅིག་ལྟ་བུའི་གྲོགས་པོ་རུ་གྱུར།

ད་ཅི་བཤད་པ་ནང་བཞིན། ང་ཚོ་ཁྱིམ་ཚང་གཉིས་ཀའི་མི་བཞི་ལས་དར་མ་གསུམ་ད་ལྟའི་གྲོང་ཁྱེར་འདིར་ཡོང་བ་ཡིན་ལ། ཤུལ་གྱི་མི་གཅིག་དེ་སུ་ཡིན་ཞེ་ན། ཕོ་ཚང་གི་ཨ་ཕ་རེད། ཕོ་གཅིག་པུ་ད་དུང་དམག་ཁུལ་ཁང་དུ་བསྡད་ཡོད། དགུན་ཁའི་ལྷན་འཛོམས་ནི་ཕོ་ནས་བཤད་མགོ་རྩོམ་དགོས། དོན་དངོས་སུ་ཕོ་དུས་རྒྱུན་དུ་ཡུལ་དུ་ལོག་པ་སྟེ། སྐབས་འགར་གཉེན་ཉེ་ལ་ཐུག་ཏུ་ཡོང་བ་དང་། སྐབས་འགར་གཞུང་དོན་དུ་ཡོང་ནས་ང་ཚོ་ཚང་མ་དང་ལྷན་འཛོམས་བྱུང་བ་ཡིན་པས། ཅི་ཞིག་བྱེད་རུང་ཕོ་ཆད་མི་རུང་བ་ཞིག་དང་འདྲ། ལོ་དེའི་དགུན་ཁར། ཕོ་ཚང་གི་ཨ་ཕ་ཡང་བསྐྱར་སླེབ་བྱུང་། ཐེངས་དེར་ཕོས་དམག་ཁུལ་ཁང་གི་སྣེ་ལེན་ཁང་དུ་ཁང་ཤག་གཅིག་མངག་ཉོ་བྱས་འདུག སྣེ་ལེན་ཁང་ཟེར་རུང་དོན་དམ་པར་མགྲོན་ཁང་ཞིག་ཡིན་ལ། ཁང་ཤག་ཏུ་དབུས་རྒྱུད་དྲོད་རླངས་སྒྲིག་ཆས་ཡོད་པས། དྲོད་ལམ་ལམ་བྱེད། ཁང་ཤག་ཏུ་ལུས་འཁྲུད་བྱེད་ས་ཡོད། དེར་བརྟེན། ངེད་ཚོ་ཁྱིམ་ཚང་གཉིས་ཀའི་དར་མ་དང་བྱིས་པ། ད་དུང་བུ་

རྫི་བཅས་ཚང་མ་སོང་ནས་ཁང་ཤག་དེ་རུ་ཁྲུས་བརྒྱབ་པ་ཡིན། ཁ་གསབ་ཅིག་བྱེད། ང་ཚོའི་འགྲོ་འོང་མང་བས་ཁྱིམ་ཚང་གཉིས་ཀའི་བུ་རྫི་ཡང་གྲོགས་པོ་བཟང་པོར་གྱུར་ཡོད། དུས་རྒྱུན་དུ་དར་མ་ཚོ་མཉམ་དུ་ཡོད་པ་དང་། བྱིས་པ་ཚོ་མཉམ་དུ་ཡོད་ལ། བུ་རྫི་གཉིས་ཀ་ཡང་མཉམ་དུ་ཡོད།

ང་ཚོ་སོང་ནས་ལུས་པོར་ཁྲུས་བརྒྱབ་པ་ནི་ཞག་མ་གཅིག་ཡིན། ཁྱིམ་ཚང་གང་པོའི་གསོར་རྒྱུའི་ལྤ་བ་དང་ལག་ཕྱིས། སིལ་ཟས་དང་ང་ཚོའི་རྩེད་ཆས་བཅས་ཚང་མ་ཁུག་མ་གཅིག་གི་ནང་དུ་བཙུག་རྗེས། ཆང་གསུམ་འཁོར་ལོ་གཉིས་སླས་ཏེ་སྣེ་ལེན་ཁང་དུ་སོང་བ་ཡིན། རེད་ཡ། སྐབས་དེར་ཆང་གསུམ་འཁོར་ལོ་སླ་རྒྱུ་ཡོད། ཆང་གསུམ་འཁོར་ལོ་དང་ཁ་ལོ་བ་ཚང་མར་མི་ཆོས་བརྩམས་གཞུང་ནང་གི་དབུལ་པོ་དང་དཀའ་ངལ་ལྷ་བུའི་བག་ཆགས་ཤིག་མེད། ཁོ་ཚོས་ཆང་གསུམ་འཁོར་ལོ་དེ་དོ་དམ་བྱས་ནས་གཙང་མ་ཞིག་ཡིན་ཞིང་། རྐུབ་བཀྲུག་གི་ཐོག་ཏུ་ཡང་རས་གཡོགས་ཤིག་བཏིང་འདུག སྣམ་རས་ཀྱི་ཐོག་ཏུ་རྗོ་ལྦ་བྱུགས་འདུག་པས་སྐྱུར་ཕིག་ཕིག་གི་དྲི་མས་སྣ་ལ་ཟུག་རེག་སློང་། དྲི་མ་དེ་དེ་འདྲའི་སྣོམ་དཀའ་བ་ཞིག་མིན། དེར་གྲང་ངར་ཆེ་ཞིང་ཁམས་དྭངས་པའི་དོན་ཡོད་དེ། ཡུད་ཙམ་འགོར་ན་སོབས་སྲིད། རྐུབ་བཀྲུག་འོག་གི་ཆང་སྒྱི་ནི་རྩི་བྱུགས་མེད་པའི་གསོམ་ཤིང་ཡིན་ལ། ཁོད་ཆེ་ཞིང་མཐུད་མཚམས་སུ་འཛེར་མས་བརྟན་པོར་བསྡམས་ཡོད། འཁོར་ལོ་ལ་ལྕན་པ་བརྒྱབ་ཡོད་པར་འདྲ་ཞིང་ཤིན་ཏུ་ཚགས་དམ་པོ་ཡིན་ལ། དབུགས་བརྒྱབ་ནས་སྦྲོས་འདུག འཁོར་མདའི་ཐོག་ཏུ་རྩི་བྱུགས་ནས་ཤིན་ཏུ་འདྲེད། ཁ་ལོ་བའི་སྤྲེང་བལ་གྱི་སྟོད་གོས་ལའང་ལྕན་པ་སླན་ཡོད་དེ། ལག་བདེ་མ་ཞིག་ཡིན་ཤས་ཆེ། དེ་ནི་རྒྱུན་དུ་སུའུ་པེ་སྐྱེས་མའི་

ལག་བཟོ་ཡིན་ལ། བཀྲ་བཀྲ་འཚེམ་འཚེམ་ལ་ཤིན་ཏུ་གོམས་ཡོད། ཁ་ལོ་བ་ཚོ་ཡང་འཆར་རྟོག་ནང་གི་དེ་འདྲའི་བགྲེས་པོ་ཉམས་ཞན་ཞིག་མིན་པར། ཆ་ལུགས་སུ་ཙུང་རྙིང་བ་དང་ཀྱུ་ངོག་པ་ཙམ་སྟེ། ཕོ་ཚོའི་ཕ་ཡུལ་གྱི་ཉམས་འགྱུར་ཞིག་ལྡན། ཐང་སྒྲོག་ཅན་གྱི་སྲིང་བལ་བར་ཚངས་དང་འདོམ་མཐུག་པོའི་སྲིང་བལ་བར་ཚངས་རྐང་སྣམ་གོན་ཡོད་པ་དང་། སྲིང་བལ་བཏིང་བ་ཤིན་ཏུ་མཐུག་ཅིང་སྐྱུད་པས་གཤར་ཡང་བརྒྱབ་འདུག རྐང་སྣམ་ཁ་སྐོར་དུ་ཕོད་ཆེ་བའི་རས་ཐིག་ཅིག་བཙངས་ཡོད་དེ། སྐོམས་པོར་དགྲིས་མ་ཁ་ཤས་དགྲིས་ན། ཤེད་བཀོལ་བར་ཕན་པ་ཡིན། རྐང་ཤག་ཏུ་རས་ཐིག་གིས་བསྡམས་ཡོད་ལ། ལྷུགས་ཐག་གི་རྩིབ་ནས་རལ་བ་བཀག་འགོག་བྱེད་པ་ཡིན། དེ་ལྟར་ན་ཕོ་ཚོ་མཚར་ཆེ་འཕྲུལ་སྣང་གི་གྲོང་ཁྱེར་འདི་རུ་ཙུང་བགྲེས་པའི་མདངས་ཤར་འདུག ཕོ་ཚོ་སྤག་ཤར་གྱི་སྐད་ཡིན། ཁྱོད་ཀྱིས་ཧྲོས་དང་། ཕོ་ཚོས་རྐང་པ་ཡ་གཅིག་ཡོབ་ཆེན་དུ་སྦྱོས་པ་དང་། ཡ་གཅིག་གིས་སར་གཏད་དེ་འགྲོ་ཚོར་དུ་བདེ་སྨུར་གྱིས་ཡར་བཀྱགས་པ་ན་རྐུབ་བཀྱག་ཐོག་ཏུ་ཙོག་པ་རེད། མར་འབབ་དུས་ཀྱང་གཅིག་འདྲ་རེད། ཕོ་ཚོས་རྗེ་དལ་དུ་མི་གཏོང་བར་དེ་ལས་ལྡོག་སྟེ། རྗེ་མགྱོགས་སུ་བཏང་ནས་མར་བབས་ཤིང་། གོམས་གཉིས་དང་བསྟུན་ནས་འཁོར་ལོའི་རྗེས་དེད་དེ་མཇུག་རྗོགས་སར་རྒྱུགས་འགྲོ། ཕོ་ཚོའི་རྒྱུག་འགྲོས་བདེ་སྨུར་ཡིན་པ་ལ་ཨང་། རྐང་མགོའི་ལག་གཙུག་རས་ལྷམ་གྱི་མཐིལ་སྨུམ་བྱུགས་གཞུང་ལམ་གྱི་ཐོག་ནས་འབྱེད་ཟུམ་བྱེད་ཅིང་། དེའི་ཐོག་གི་འབྲུག་རིས་ཀྱང་མཐོང་མི་མཐོང་བྱེད།

གཞུང་ལམ་གྱི་ལམ་ངོས་ནི་ལམ་སྒྲོན་གྱི་གློག་འོད་འོག་ཤིན་ཏུ་འཛམ་

ཞིང་སྐྲུམ་པར་སྣང་། ཡིན་ཡང་ཤེལ་ངོས་ལྷ་བུའི་འཇམ་འདྲེད་ཅིག་མིན་པར། རྫ་སྐྲུམ་རིལ་བུ་རྡུག་རྡུག་མང་པོས་ཁེངས་ཏེ། བ་སྤུ་ཡི་བྱེད་ནུས་ཐོན་ནས་འོད་ལེན་པས་མཉེན་འཇམ་ཞིག་ཡིན། སའི་གོ་ལའི་རྣམ་པའི་རྒྱུ་རྐྱེན་ཡིན་མིན་མི་ཤེས་ལ། དེ་བས་ཀྱང་ཆར་བ་འབབ་པའི་ཉིན་མོར་ཆུ་མེར་བ་འགོག་པའི་རྒྱུ་རྐྱེན་ཡིན་ཡང་སྲིད་དེ། ལམ་ངོས་གཞུ་དབྱིབས་ཤིག་ཡིན། འོད་ཐིག་འོད་ངོས་ཀྱི་གཞུ་ཚད་དེད་ནས་ཆ་སྙོམ་པོར་སྲབ་མོར་འགྱུར་བས། སྒྲིག་འོད་འཕྲོས་པ་ན་ཆེས་གསལ། སྲང་བར་གྱི་སྟོང་མགོའི་ལོ་མ་ལྗང་ཡོད་ནའང་ཐུར་འཕྱང་ལྷུག་མའི་རླུམ་པོའི་རྣམ་པ་དང་། གཞུང་ཏའི་ཐོག་གི་རྒྱན་རིས་ཚུལ་གྱི་ཟ་རྐང་ཡོད་པས། རྩེ་ཤིང་བ་མོས་བཙོམ་པའི་སྣང་བ་མེད་པར། གཙང་ཞིང་མཐོང་རྒྱ་ཡངས་པ་ཞིག་ཏུ་འདུག དགུན་ཁའི་གཞུང་ལམ་དུ་མི་ཉུང་མོད། འོན་ཀྱང་རྐྱེན་དེ་ལས་ཉམ་ཐག་པ་ཞིག་མིན་པར། ལྡོག་སྟེ་ཤིན་ཏུ་འཇམ་ཐང་ངེར་ཡོད། ང་ཚོའི་རྐང་གསུམ་འཁོར་ལོ་འདི་གཉིས་གཞུང་ལམ་དུ་ཤར་བསྐྱོད་བྱེད་ཅིང་། འཁོར་ལོའི་ནང་དུ་མི་གང་དྲུད་ཡོད། མདུན་དུ་ཨ་ཕ་དང་ཨ་མ་བསྡད་དེ་ལག་ཏུ་འཐོག་སྒྲིལ་རེ་གཉིས་བཟུང་ཡོད། གཞུག་ཏུ་བུ་ཛིས་ང་ཚོ་ཁྲིད་ནས་འཐོག་སྒྲིག་ལྷག་མ་ཁ་ཤས་དེ་ཁྲིར་ཡོད། བུ་ཛིས་ང་པང་ཡོད་པ་དང་ཨ་ཅེས་མོའི་བྱིས་པ་བཟུང་ཡོད། བལྟས་མ་ཐག་ཏུ་དེ་ནི་ཁྲིམ་ཚང་གཅིག་གི་ཡིན་པ་ཤེས་ཐུབ། ལམ་སྒྲོན་གྱི་འོག་ཏུ་དར་མ་དང་བྱིས་པའི་གདོང་དུ་དྲོད་འཇམ་གྱི་འོད་དང་གྲིབ་མ་ཡོག་འདུག ས་སྲོས་ཡིན་པས་ལྷག་ཏུ་མཉེན་ཞིང་འཇམ། བསེར་བུ་འཁྱགས་སིལ་སིལ་ཡིན་མོད། འོན་ཀྱང་གཙང་ལྷོའི་བསེར་བུ་ཡིན་པས་དེ་འདྲའི་འཁྱགས་པ་ཞིག་ཡིན་མི་སྲིད། དེས་བརྟན་

གཞིར་ཡལ་དུ་བཙུག་ནས་མཁའ་དབྱུགས་སྐམ་པོར་བཟོ་བ་རེད། ཡིན་ནའང་། ང་ཚོ་བྱིས་པ་ཚོའི་འཛུམ་མདངས་ནི་ཇི་ལྟར་བཤད་ཉུང་ཙུང་གཟབ་ནན་ཡིན་ལ། ངོ་གནག་འདུག མཚན་མོར་འགྲོ་བ་ཡིན་པས་རྟག་ཏུ་དེ་འདྲའི་རྒྱུན་ལྡན་ཞིག་མིན། ཁ་ཡོ་བའི་ཙུང་སྒྲུར་སྒྲུར་བྱས་འདུག་པའི་ཕྲག་པ་ཟུང་ནི་ཤེད་བརྟོན་པའི་དབང་གིས་དགྱི་སྒྲུར་བྱེད། དཀྱིག་མཚམས་སུ་ཐོན་པ་ན་ཁོག་སྟོད་དྲང་མོར་བྱས་ནས། ལག་པ་གཅིག་གིས་ཕྱོགས་སྟོན་བྱེད་ཞོར་དལ་གྱིས་དཀྱིག་པ་རེད། བཟོ་ལྟ་འདི་ལ་ཙུང་ཉམས་ལྡན་པ་ཞིག་ཡིན། ང་ཚོ་སྲང་ལམ་ཁ་ཤས་བརྒྱུད་རྗེས་ལྷས་ར་ཆེན་པོ་ཞིག་གི་ནང་དུ་བསྡད་པ་རེད།

འདི་ནི་བཟོ་བཀོད་གྲུ་བཞི་མ་ཞིག་རེད། བཟོ་ལྟ་ནི་པེ་ཅིང་མི་དམངས་ཚོགས་ཁང་ཆེན་མོ་དང་འདྲ་བ་ཡོད། དེ་ནི་བཅིངས་འགྲོལ་རྗེས་སུ་བཟོ་སྐྲུན་བྱས་པ་མངོན་གསལ་ཡིན་ཏེ། གྲོང་ཁྱེར་འདིའི་མི་སེར་གྱི་གཞིས་ལུགས་ཀྱི་བཟོ་བཀོད་དང་། འཚོ་བའི་ངང་ཚུལ་ཟབ་པོ་ཡིན་པའི་སྡོད་དམངས་དང་ཡོངས་སུ་མི་མཐུན། ལྕུན་ཆགས་ཉམས་དགའི་བཟོ་བཀོད་རྙིང་པ་འདི་དག་གི་ཁྲོད་དུ། དེ་ནི་ཤིན་ཏུ་བརྗིད་ཆགས་པ་ཞིག་ཡིན་པས། བྲོ་བ་མེད་པ་ཞིག་ཡིན་ཡང་སྲིད་མོད། འོན་ཀྱང་པེ་ཏུས་ཀྱི་ཉམས་འགྱུར་དང་། "སྤྲུས་ཀའི"ཉམས་འགྱུར་ཞིག་ཐོན་ཡོད། དེའི་ལྷས་ར་ཆེ་ཞིང་སྙོམས་ལ། མཐའ་འཁོར་གྱི་ལམ་སྒྲོན་ལྷས་རའི་དཀྱིལ་དུ་འཕྲོ་མི་ཐུབ་པར་བྱས་ཡོད་པས། ཙུང་མུན་ནག་ཏུ་འདུག འདི་ལའང་ཟིལ་ཇམ་ཞིག་ལྡན། ང་ཚོ་བཟའ་ཚང་ཉ་ཉོག་དང་ཙ་ལག་ཚང་མ་འདི་ནས་ཐོག་པས། བལྟས་ཚོད་ཀྱིས་ཐ་རེ་ཇོ་རེ་ཞིག་རེད་ཨང་།

ང་ཚོ་ལྷས་ར་ནས་ཚོམས་ཆེན་དུ་སོང་། ཚོམས་ཆེན་ཆེ་ལ་གསལ་བ་མ་ཟད། ཤིན་ཏུ་རྫོན་པོ་རེད། མཐའ་འཁོར་ཚང་མ་དམག་མི་ཡིན་པ་དང་དམག་ལྷ་གོན་ཡོད་ལ། སེམས་ཤུགས་རྒྱས་འདུག་སྟེ། ང་ཚོ་ལྟར་ལུས་པོངས་ཆེ་བ་དང་ལྟག་རྒྱབ་ཏུ་ད་དུང་གཙུག་ཏོར་ལས་ཤིང་ཐུ་གསེག་བར་ཚངས་གོན་པའི་སུའུ་པེ་སྐྱེས་མ་བུ་རྗེ་འབྲངས་ཡོད་པ་ལྟ་བུ་ག་ལ་ཡིན། ཚང་མས་སྐད་ཆ་བཤད་བཞིན་ཡོད་པ་དང་སྐད་མགོ་ཡང་མཐོ་མོད། འོན་ཀྱང་སྐད་གདངས་མཐོང་ཡངས་སུ་ཡལ་འདུག ཕོར་ཡུག་གསར་བར་སླེབ་པའི་ང་ཚོ་ལ་གླེན་རྟགས་ཤིག་མངོན་ནས་ཧད་སོང་། མི་ཚང་མ་བསྟན་པ་མི་ལེགས་པའི་གློག་བརྙན་ཞིག་གི་ནང་དུ་ཡོད་པ་བཞིན། འགྱུལ་སྟངས་ཡོད་པ་ལས་སྒྲ་མེད། ཡིན་ནའང་སྣང་བརྙན་པར་ངོས་དེ་འདྲའི་གསལ་ཞིང་མི་རྣམས་ཀྱི་འཛུམ་མདངས་ཧ་ཅང་ཉམས་དགའ་བ་ཞིག་འདུག ཕོ་ཚོ་བགད་པ་ན་མིག་ཟུར་གྱི་གཉེར་མ་དང་ཁའི་གྲུ་གའི་དགོད་གཉེར་རེ་རེ་སླས་ཚོག་པ་ཞིག་ཡོད། དམག་མི་ཞིག་ཚུར་ཡོང་ནས། ང་ཚོའི་མགོ་ཐོག་ཏུ་བྱུགས་བྱུགས་བྱས། དེ་ནས་ང་ཚོ་གློག་སྐས་སུ་བསྐྱོད་པ་ཡིན། དེའི་འཁྲུར། བར་ཁྲམས་དཀྱིལ་གྱི་སྒོ་ཞིག་གི་མདུན་ནས་ལངས་འདུག

སྒོ་ཕྱེ་བྱུང་། ང་ཚོས་ཆ་རྒྱུས་ཡོད་པའི་མི་ཞིག་མཐོང་། དེ་འཕྲལ། ཡོད་ཚད་ལ་སྐད་སྒྲ་ཐོན་པ་དང་ངར་ཤུགས་རྒྱས་སོང་། ང་ཚོ་ད་ཅིའི་ལམ་རྟེལ་བོའི་རྒྱུས་མེད་ཅིང་ཙ་ཐུག་ཐབས་ཟད་ཀྱི་གནས་ལས་ཐར་ཏེ། ཤེས་ཚོར་རྒྱས་པ་དང་། ཐ་ན་རྒྱུན་ལྡན་ལས་ཀྱང་འཁྲུག་པོར་གྱུར། དར་མ་ཚོ་ཡང་ཤིན་ཏུ་ངར་ལངས་པ་དང་། ཕོ་ཚོས་དོན་ཤེས་སྐད་མེད་ཀྱིས་དགོད་ཞོར་དུ་ཕན་ཚུན་ལ་མིག་བརྡ་སྟོན་ཞིང་། ཡུད་ཙམ་ལ་ཡང་ཕོ་ཚོའི་འགན་

འཁྲི་མི་བཟེད་པར། ང་ཚོའི་ལྭ་བ་ཕུད་པ་རེད། ཁང་པའི་ནང་དུ་ཤིན་ཏུ་དྲོན་པོ་ཡིན་ལ་ཁོ་ཚག་ཅིག་དང་འདྲ། ཕྱི་ནང་འཁྱགས་གྲང་གི་ཁྱད་པར་གྱི་རྐྱེན་གྱིས་སྨུག་པའི་རྣམ་པའི་ཆུ་རླངས་ཆགས་འདུག མི་ལ་བལྟས་ཚོད་ཀྱིས་མོག་མོག་ཏུ་གྱུར། ང་ཚོའི་ལྭ་བ་ཕུད་ནས་ཤ་འབྱར་ཞིག་མ་གཏོགས་ལུས་མེད་སོད། འོན་ཀྱང་ཁོག་སྨད་དུ་ད་དུང་དགུན་ལྭ་མཐུག་པོ་གོན་ཡོད། འདིས་ང་ཚོའི་ཚུགས་ཀ་ཡ་མཚན་ཞིག་ཏུ་བསྒྱུར་བ་སྟེ། འབུ་ཐུམ་ལས་ལུས་ཀྱི་ཕྱེད་ཀ་ཕྱིར་བུད་འདུག་པའི་འབུ་མེ་ལྕེབ་ཞིག་དང་གཉིས་སུ་མེད། ཡིན་ནའང་འདི་ནི་ང་ཚོའི་བསམ་བློ་ལ་བཅིངས་འགྲོལ་ཆེན་པོ་ཐོབ་པ་རེད། ང་ཚོ་ལག་བདེ་རྐང་བདེ་ཞིག་ཡིན། ཉིན་མང་པོ་ཞིག་ལ་བཏུམ་པའི་ལུས་ལས་འོ་སྐྱུར་ལྟ་བུའི་རྣོན་དྲི་བྲོ་ཡོང་བ་རེད། བྱིས་པ་ཚོའི་ལུས་དྲི་ནི་དོན་དངོས་སུ་དར་མ་ལས་བྲོ་བ་སྟེ། ཁོ་ཚོའི་ཟགས་ཐོན་ཕུང་གྲུབ་ལ་ད་དུང་གནོད་སྐྱོན་ཐེབས་མེད་པར། འབད་པ་ཆེན་པོས་བྱ་བ་བྱེད་བཞིན་ཡོད་པས་དྲི་མ་ཆེ་བའི་རྨེན་གཤེར་ཟགས་ཐོན་བྱེད་པ་དང་། ང་ཚོ་ཡང་ཚགས་དམ་པོར་བཏུམ་ཡོད་པ་ཡིན། དྲི་མ་དེ་ནི་ཐ་རླབས་ལང་ཡོང་དུ་འཁྲུགས་པ་ནང་བཞིན་ནོ། །

འདི་ནི་ཁང་མིག་སྦུག་མ་ཞིག་ཡིན་སོད། འོན་ཀྱང་དེ་འདྲ་ཆེ་རྒྱུ་མེད། ང་ཚོ་ཕྱི་ཁང་དུ་བསྡད་ཡོད། ཁ་བཟ་བྱེད་བདེ་བའི་ཆེད་དུ། དར་མ་ཚོས་དཔེ་ཅོག་གཉིས་གཤིབ་ནས་ཁང་པའི་དཀྱིལ་དུ་བཞག་ཅིང་། དེའི་ཐོག་ཏུ་ཟ་རྒྱུ་དང་འཐུང་རྒྱུ། རྫེད་ཆས་བཞག་འདུག ཐང་དུ་ས་གདན་བཏིང་ཡོད་པས་ང་ཚོ་བྱིས་པ་ཚོས་ཐང་ནས་ཟ་རྒྱུ་འཐུང་རྒྱུ་བཤམས་པ་ཡིན། ང་ཚོས་ཐང་ནས་འགྲེ་ལོག་རྒྱག་པ་དང་གོག་འགྲོ་བྱེད་པ། བདའ་རེས་བྱེད་པ།

ཡར་མཆོང་མར་ལྡིང་བྱས་པ་ཡིན། ངའི་ཨ་ཅེ་དང་ཁོ་ཚང་གི་ཞི་ལུ་གཉིས་ནི་འཛོན་གྲྭ་གཅིག་པའི་སློབ་གྲོགས་ཡིན་པས། ཁ་བརྡ་མང་པོ་ཡོད། ཁོ་ཚོས་ཐ་ན་སྐད་ཆ་མ་བཤད་ཀྱང་ཕན་ཚུན་ལ་རྒྱུས་ལོན་ཞིང་བསམ་འདོད་གཅིག་མཐུན་ཡོང་བ་རེད། ཁོ་ཚོ་ཕན་ཚུན་ལ་སྙིག་བརྡའི་ཚུལ་གྱིས་ཧབ་ཆ་ཤོར་བ་དང་། སྨུར་མོར་བཀག་ནས་དབུགས་ཆད་ལ་ཁྱེད། ང་ནི་ཁོ་ཚོ་གང་ལ་མི་ཐེ་བས་སེམས་ཁམས་ཁྲེལ་པར་གྱུར། དེར་བརྟེན། ཁོ་དགའ་ནས་ཧབ་ཆ་རྒྱག་པའི་སྐབས་ལ་ང་རང་ངུས་པ་ཡིན། དེ་ནས་དར་མ་ཚོ་ཡོང་ཞིང་། ཁོ་ཚོ་ཚང་མས་ཆེ་བ་དེ་གཉིས་ལ་ལན་པར་འདོད་ནས། ཁོ་གཉིས་ཁ་གཏོར་བས་ད་ཅི་དགོད་པ་དེ་ད་ལྟ་ངུ་བར་བཏང་ནས་མིག་ཆུ་ཁྲོམ་ཁྲོམ་དུ་བཞུར། དེ་ལྟར་ང་ཚོ་མི་གསུམ་པོ་ངུས་ནས་གནས་བབ་དོ་མཉམ་དུ་ཡོང་བས་ཞི་བདེ་རུ་གྱུར་པ་རེད།

བུ་ཇོ་གཉིས་ཀྱིས་ཁྲུས་ཁང་དུ་ཁྲུས་གཞོང་བཀྲུ་བ་དང་། དུས་མཚུངས་སུ་ཤུབ་ཤུབ་བྱས་ནས་བཤད་མི་ཚར་བའི་སྐད་ཆ་མང་པོ་ཡོད་པ་འདྲ། ང་ཚོ་སྣེའུ་ཁྱིང་ཁར་ཁེན་ནས་ཕྱིའི་ཡུལ་ལྗོངས་ལ་བལྟས། ཐག་མི་རིང་སའི་ཀྲུང་སུའུ་མི་དམངས་མཛའ་མཐུན་ཐོག་ཁང་ཡང་སྟེང་གི་སྐར་མ་རྩེ་ལྔ་དེར་མཁའ་དབྱིངས་སུ་འོད་འཚེར་འདུག ཐོག་ཁང་གི་སྨུ་ཁྱུད་ནི་བྱིས་སྒྲུང་ནང་གི་ཕོ་བྲང་དང་འདྲ་བར་ཡོད་དེ། ཁོད་ཡངས་པའི་ཞབས་གདན་གྱི་ཐོག་ཏུ་རོ་མའི་ཀ་བ་སྟར་ཕྲེང་གཅིག་བསྟར་ཡོད། ཉིས་ཐོག་ཏུ་རིམ་པ་གཅིག་ནང་དུ་བསྐུམ་ཡོད་པ་དང་། ལྡེབས་ངོས་སུ་འཇའ་དབྱིབས་ཀྱི་སྣེའུ་ཁྱིང་ཆེན་པོ་ཞིག་ཡོད། དེ་ནས་ཐོག་ཏུ་སོང་བ་ན་སླར་ཡང་རིམ་པ་གཅིག་གིས་ཆུང་དུ་བསྐུམ་ཡོད་པ་དང་། རིམ་བཞིན་བརྗིད་ཆགས་ཀྱི་

མཆོད་རྟེན་རྣམ་པར་མཛོན། ཐོག་ཁང་ཆེན་མོའི་འོག་ཏུ་གྱེན་འཕུར་ཆུ་མིག་ཡོད་པ་དང་། དུས་རྒྱུན་དུ་ཆུ་མི་གཏོར་མོད། འོན་ཀྱང་ཆུ་མིག་མཐའ་འཁོར་གྱི་འོད་ཆེ་བའི་རྗེ་ཀ་མ་རུའི་ལན་ཀན་ནི་ཤིན་ཏུ་མཛེས་སྡུག་ལྡན་པ་ཞིག་རེད། ཐོ་བྲང་འདི་ཡོད་པས་ན་མཐའ་བཞི་ཡང་རྒྱུན་ལྡན་མིན་པ་ཞིག་ཏུ་གྱུར་ནས། རླབས་ཆེ་ཞིང་ངོ་མཚར་བའི་ངང་ཚུལ་ཞིག་གིས་ཁེངས་པར་བྱེད། སྲང་ལམ་དུ་ནི་འཛགས་ངང་རླངས་འཁོར་ཤར་གཏོང་བྱེད་པ་དང་། ད་ཅི་བཤད་པའི་གཞུ་ཚད་སྲང་ལམ་དུ་སྒྲོན་འོད་སྣོལ་མའི་བར་ནས་བསྐྱོད་པ་ན། རླངས་འཁོར་དེ་ཡང་གསལ་ལྷང་ངེར་ཡོད། ང་ཚོས་དཔེན་འཛུགས་ཀྱི་ངང་ཚུལ་མྱངས་ཤིང་ད་ཅི་ངུས་པའི་རྐྱེན་གྱིས་སེམས་ནས་བདེ་བར་ཡོད། དུས་ཡུན་དེར་དར་མ་ཚོས་ང་ཚོར་ཡིད་འཇོག་བྱས་མེད་ལ། ང་ཚོས་དཀའ་ཞོར་དང་དགོད་ཞོར་དུ་ཕོ་ཚོ་གླེང་བ་ཡིན། སྐབས་འདིར། ཕོ་ཚོ་ནི་ང་ཚོ་ལས་ཀྱང་སྐད་མགོ་མཐོ་ཞིང་འཛེམ་བག་མེད་པ་ཞིག་རེད།

ཐོག་ཁང་མདུན་གྱི་ལྷས་རའི་ནང་དུ་སྐབས་འགར་རླངས་འཁོར་རེ་ཡོང་ནས་དལ་གྱིས་སྒོ་ཆེན་གྱི་སྟུན་ནས་སྡོད་པ་རེད། དེ་ལས་གཞན་གྲག་འགྱུལ་ཅི་ཡང་མེད། ལྷས་རའི་སྒོ་ཁའི་པོའུ་ཁྲུར་སྲུང་དམག་གཉིས་ནི་འབག་སྐྲུ་གཉིས་ལྟར་ཡོ་འགྱུལ་སྤྲུ་ཙམ་ཡང་མི་བྱེད། ལྕགས་རྟ་ཞོན་མཁན་འགའ་ཞིག་མདུན་གྱི་གཞུང་ལམ་དུ་བསྐྱོད་སོང་བ་དང་། ཞོན་མཁན་གྱི་ལུས་པོ་ཙུང་སྒྲུར་ནས་ཤེད་ཀྱིས་བསྐོར་བ་འདྲ། དེས་ཕྱི་རུ་རླུང་ཆེན་གཡུག་པ་དང་ནམ་ཟླ་ཤིན་ཏུ་འཁྱུགས་པ་མཚོན། ཡིན་ཡང་ང་ཚོ་གསུམ་པོ་ངར་ནས་ངོ་མདོག་ཀྱང་དམར་པོར་གྱུར་པ་དང་། རྡུལ་རྒྱུས་མགོ་ཡི་སྐྲ་རློན

པར་བཟིས་ནས་ཐོད་པར་འབྱར་ཡོད། དར་མ་ཚོས་མཐར་ཐུག་ཏུ་ང་ཚོ་ཡིད་ལ་དྲན་བྱུང་། དེར་བརྟེན། གཅིག་འཕྲོར་གཅིག་བཟུང་ནས་ལུས་པོ་འཁྲུད་དུ་སོང་། མི་རེ་རེ་འཛིན་དུས་སྐད་གསེང་ནས་ཀི་བཏབ་པ་དང་། དུས་མཚུངས་སུ་སྨྱོན་དགོད་བྱས། ངེད་ཚང་གི་ཨ་ནེ་དེ་བྱིས་པ་ལ་ཐབས་ཡོད་པ་ཞིག་ཡིན། མོས་འཛིན་ཐེངས་གཅིག་གིས་བྱིས་པ་གཅིག་རེ་བཟུང་ཞིང་། བསམ་དབང་འདུག་དབང་མེད་པར་གོན་པ་ཚང་མ་ཕུད་དེ། ཁྲུས་གཞོང་དུ་མནན་པ་རེད། མོས་བྱ་བ་ཅི་ཞིག་སྒྲུབ་རུང་ཛར་ཛོར་མེད་པ་ཞིག་ཡིན་པ་མ་ཟད། ངོ་མདོག་མི་འགྱུར་ལ་ཁ་ཡང་མི་གྲག་པས། ང་ཚོའི་ཕ་མ་ཚོས་ཤིན་ཏུ་བློར་འབབ། ཡིན་ནའང་ང་ཚོ་མོར་སྐྲག་པ་ཡིན། ཕ་མའི་མདུན་དུ་ཡོད་དུས་མོས་ང་ཚོར་ཅི་ཡང་མི་ཟེར་བས། ད་གཟོད་མོ་དང་རྩེ་དགའ་བྱེད་ཐུབ། མོའི་མིང་ལ་ཀུ་སུའུ་ཡུན་ཟེར། བྱ་གག་སྔོ་ངའི་ངོ་ཚུགས་ཡིན། གནས་ལུགས་ལྟར་ན་དེ་ནི་ཤིན་ཏུ་མཛེས་ཉམས་ཤིག་ཡིན་དགོས་མོད། འོན་ཀྱང་མོ་ནི་དེ་འདྲ་ཞིག་མིན་པར་གཏུམ་པོའི་ཚུགས་ཀ་མདོན། མོའི་སྐྱེས་པ་སྐབས་འགར་གཞི་རིམ་ནས་མོར་བལྟ་རུ་ཡོང་ནའང་། མོས་ཁོ་ལ་ངོ་དགའ་ཞིག་མི་སྟེར་བར་གཤེ་གཤེ་གཏོང་བ་དང་། ལྷག་པར་དུ་ཟ་མ་ཟ་སྐབས་གཤེ་གཤེ་གཏོང་བ་ཡིན། ཀུ་སུའུ་ཡུན་དང་ང་ཚོས་མཉམ་དུ་ཟ་མ་ཟ་བ་ཡིན་རུང་། ཁོ་མོ་ཟས་ཅོག་ཐོག་སྡོད་དབང་མེད་པར་ཇ་ཁང་གི་ནང་ནས་བསྡད་དེ་ཟ་དགོས། ཤོ་དགའ་སྐྱེས་པ་དེ་རྐུབ་བཀྱག་དམའ་མོ་ཞིག་ཏུ་ཙོག་ཅིང་། དཀར་ཡོལ་ཆེན་པོ་ཞིག་བཟུང་ནས་མགོ་བོ་དཀར་ཡོལ་ནང་དུ་སྒྲུར་ཞིང་ཟ་ཚར་གདུག་རྩུབ་སྐྱེས་མའི་གཤེ་གཤེ་ལ་ཉན་ཞོར། ཟ་མ་ཁམ་གང་རེ་བྱས་ནས་མིད་འདུག ཁོ་ཉིན་འགའ་ག་ཚོད་ལ་

བསྡད་ན་ཀུ་སུའུ་ཡུན་གྱིས་ཉིན་དེ་ཚོད་ལ་གཞི་གཞི་གཏོང་བ་ཡིན། མཇུག་མཐར་ཁོ་འགྲོ་དགོས། ཀུ་སུའུ་ཡུན་གྱིས་རྒྱུན་གོན་ལྭ་བའི་ཁུག་མའི་ནང་ནས་ལག་ཕྱིས་ཤིག་བླངས་ཏེ་ཁ་ཕྱི་ཞིང་། སྐོར་འགའ་ཞིག་བརྩེས་ནས་ཁོ་ལ་བྱིན། སྐབས་འདིར་མོའི་མིག་ཆུ་ཐོར་སོང་མོད། འོན་ཀྱང་གཉོམ་ཆུང་ཞིག་ཏུ་གྱུར་མེད། ད་ལྟ། ཁྲུས་གཞོང་གི་རླངས་པ་བརྒྱབ་པས་མོའི་ངོ་ཡང་དམར་པོར་གྱུར་ཞིང་། ཆུའི་ཟེགས་མ་ཐོར་བ་ལས་འཛུམ་ལ་མཉེན་པའི་སྐྲ་གཟེང་བ་དང་། ཉག་མ་ཁ་ཁེར་ལྷུང་ནས་འཁྲམ་པར་འགྱུར་བ་མ་ཟད། དགོད་ཞོར་དུ་ང་ཚོར་ཁྲུས་བྱེད། དེས་མཐར་ཐུག་ཏུ་ཁོ་མོ་རུང་ཞི་འཛུམ་དུ་བསྒྱུར་ཡོད།

ང་ཚོ་གཅིག་རེ་གཅིག་རེ་བྱས་ཏེ་ཁྲུས་བརྒྱབ་ཚར་ནས་སྐོར་བུད་པ་དང་། སྐྱི་མོ་རིམ་པ་གཅིག་བཤུས་པ་དང་འདྲ། འདག་ཆུར་སྦངས་པ་དང་ཤེད་ཀྱིས་ཕུར་ཕུར་བྱས་པ། ཆུ་དྭངས་མོས་བཤལ་བ་བྱས་མཐར་ལུས་པོ་ཧྲིལ་པོ་དམར་པོར་གྱུར། ང་ཚོའི་མིད་པ་ཡང་ཀི་བཏབ་པ་དང་སྨྱོན་དགོད་བྱས་པར་བརྟེན་འགག་འདུག གཙང་མར་བཀྲུས་པའི་ང་ཚོ་དར་མ་ཚོས་རྒྱབ་བཀྱག་ཐོག་ཏུ་བཞག་ནས། ཐང་ལ་འབབ་ཏུ་མི་འཇུག ཁོ་ཚོས་ཅོག་ཙེའི་ཟུར་གཅིག་ང་ཚོར་བྱིན་ནས་ཞི་དུལ་གྱི་རོལ་རྩེད་རྩེ་རུ་བཅུག་པས། ང་ཚོས་ཏག་སེ་རྩེ་བ་ཡིན།

ཏག་སེ་ཆ་དེ་རྡོ་མོ་ནས་གྲ་སྒྲིག་བྱས་པའི་རྙིང་བ་ཞིག་ཡིན། ཏག་སེའི་མུ་མཐའ་ཟད་འདུག་མོད། འོན་ཀྱང་ཆད་ལུས་གཅིག་ཀྱང་མེད། ང་ཚོས་ཏག་སེ་སྣ་གཅིག་ལས་རྩེ་མི་ཤེས་ཏེ། “རྡུས་སྤྲལ་འཚོལ་བ”དེ་ཡིན། ཏག་སེ་ཆ་འདི་ང་ཚོའི་ལག་ནས་གཅིག་སྤྱུང་གཉིས་སྤྱུང་བྱས་ནས། ཐེངས་ག་

ཚོད་ཅིག་ལ་ཕྱུང་བ་མི་ཤེས། ཏུས་སྤྲུལ་འཚོལ་བའི་རྩེ་ཐབས་ནི་འདི་ལྟར་ཡིན་ཏེ། སྔོན་ལ་འདྲེ་རྒྱན་འདྲེ་ཕྲུག་དོར་དགོས། དེ་གཉིས་དོ་མཉམ་པ་ཡིན། དེ་ནས་ཅོག་ཙེའི་འོག་ནས་ཏག་སེ་གཅིག་ཕྱུང་སྟེ་ཁ་སྒོར་ནས་འཇོག་པ་ལས། སུས་ཀྱང་བལྟ་མི་ཆོག དེ་ལྟར། ཏག་སེ་གཅིག་ཁེར་རྐྱང་དུ་ལུས་པ་ཡིན་ལ། དེ་ནི"ཏུས་སྤྲུལ"ཡིན། དེའི་འཕྲོར། ཏག་སེ་བགོས་ནས་རང་རང་གི་ཏག་སེ་བསྒྲིག་དགོས། ཆ་འགྲིག་པའི་ཏག་སེ་གཡུགས་ཆོ་ཁེར་མ་གཅིག་ལུས་ཡོད། འདི་ལྟར་རོལ་རྩེད་ཀྱི་མགོ་བརྩམས་པ་ཡིན། ཏག་སེ་རྩེ་མཁན་ཚོས་དུས་ཁབ་ཀྱི་འཁོར་ཕྱོགས་ལྟར་ཕ་རོལ་པའི་ཏག་སེ་ལས་གཅིག་རེ་དབྱུང་དགོས། ཕྱུང་བའི་ཏག་སེ་དེ་རང་གི་ལག་གི་ཏག་སེའི་ནང་གི་གང་རུང་གཅིག་དང་ཆ་འགྲིག་ན་གཡུག་དགོས། དེ་ལས་ལྡོག་ན་འཛིན་དགོས། ཡང་སྐོར་བསྐྱར་སྐོར་དུ་ཕྱུང་ན་མཇུག་མཐར་ཁེར་རྐྱང་དུ་ལུས་པའི་ཏག་སེ་དེ་ལྷག་འགྲོ། སུའི་ལག་ཏུ་ཏག་སེ་དེ་ཡོད་ན་དེ་ནི"ཏུས་སྤྲུལ"ཡིན། འདི་ནི་རྒྱལ་ཁམ་ལས་དབང་པོ་ནར་རག་ལས་པའི་རོལ་རྩེད་ཅིག་ཡིན། འདི་འདྲ་ཡིན་པའི་རྐྱེན་གྱིས་ངར་སློང་ཐུབ། ང་ཚོས་ལག་པར་རྒྱག་རེས་བྱས་པས་མཚམས་འཇོག་མ་ཐུབ་པ་དང་། བརྒྱབ་གིན་བརྒྱབ་གིན་ཇི་བཙན་ཡིན།

དར་མ་ཚོས་ཀྱང་སྔ་གཞུག་ཏུ་ལུས་པོར་ཁྲུས་བརྒྱབ་པ་དང་། བུ་ཛིས་གཉིས་ཀྱིས་ཆེས་མཇུག་ཏུ་ཁྲུས་བརྒྱབ་པ་རེད། ཁོ་ཚོས་ཁ་རོག་ཏུ་མལ་ཁང་གི་སྒོ་བརྒྱབ་པ་རེད། དེ་བས་ཁྲུས་ཁང་གི་ཆུ་སྒྲ་དང་། ཡང་ན་ཁོ་ཚོའི་ཤུབ་སྐད་གང་ཡིན་རུང་ཚང་མ་མི་གོ། དར་མ་ཚོའི་ཁ་བརྡ་ཡང་ཞི་འཇགས་ཀྱི་སྐབས་སུ་སླེབ་ནས། ཤུབ་ཤུབ་ཀྱི་སྒྲ་ལས་མེད། མདོར་ན།

སྐབས་འདིར་ཁང་པའི་ནང་དུ་ཁུ་སིམ་མེར་ཡོད། དེའི་བར་དུ་ཞབས་ཕྱི་པ་ཐེངས་གཅིག་ལ་ཡོང་སྐྱོང་སྟེ། ཆུ་ཁོལ་བསྐོལ་ཡོང་བ་ཡིན་ལ། ད་དུང་ཅི་ཞིག་མཁོ་མིན་དྲིས་ནས་སྒོ་འཐེན་ཏེ་ཐུད་སོང་བ་རེད། དེ་ལྟར། ཁོ་ཚོ་དར་མ་ཚོས་ཚོག་ཚེ་ཕྱེད་ཀ་དེའི་ཐོག་ནས་ཁ་བརྡ་བྱེད་ཅིང་། ང་ཚོ་བྱིས་པ་ཚོས་ཚོག་ཚེའི་ཟུར་གཞོགས་འདི་ནས་རུས་སྦལ་དབྱུང་བ་ཡིན། ང་ཚོ་གསུམ་པོའི་མི་རེ་རེ་རུས་སྦལ་ཐེངས་འགར་བྱས་སྐྱོང་། ཏག་སེའི་གནས་བབ་ཅུང་ཛ་དྲག་ཏུ་གྱུར་ཞིང་ཞི་འཛམ་དུ་སོང་འདུག

ད་ལྟ། ངའི་ཨ་ཅེ་སླར་ཡང་སྔོམ་རྒྱུ་ལས་ཐར་འདུག ང་ཚོ་དང་བསྡུར་ན་མོ་"རུས་སྦལ"བྱེད་པའི་གོ་སྐབས་ཅུང་ཉུང་། བལྟས་ཚོད་ཀྱིས་དེ་འདྲ་ཞིག་ཡིན་ཡང་སྲིད་དེ། གང་ལྟར་མོས"རུས་སྦལ"བྱེད་མིན་ལ་དེ་འདྲའི་གཙིགས་མཐོང་མི་བྱེད་པས། ང་ཚོ་ལས་ཅུང་བདེ་སྟོད་ཡིན། མོས་མཇུག་མཐའི་ཏག་སེ་གཉིས་གཡུག་རྗེས་ཕར་སོང་ནས། ཟ་འཐུང་བྱེད་པ་ལས་མཇུག་འབྲས་ལ་སེམས་ཁུར་མི་བྱེད། དེར་བརྟེན། ང་དང་ཞི་ལུ་དེ་གཉིས་ཀྱིས་རྩོད་དགོས། ང་ཚོས་ཏག་སེ་དབྱུང་རེས་བྱས་མཐར། སྐབས་འདིར"རུས་སྦལ"ངའི་ལག་ཏུ་མེད་ན་ཁོའི་ལག་ཏུ་ཡོད་ངེས། དེ་བས་རེབ་འདིར་ངའི་ལས་དབང་བཟང་ནས་ནམ་ཡིན་ཡང་ཆ་འགྲིག་རེ་དབྱུང་ཐུབ་སོང་། བལྟས་ཚོད་ཀྱིས"རུས་སྦལ"ཁོའི་ལག་ཏུ་ཡོད་པ་འདྲ། འཕྲལ་དུ་དོན་དག་ལ་མཇུག་འབྲས་འབྱུང་དགོས། ངས་དབྱུང་བའི་སྐབས་སུ་བབས། ལག་ཏུ་ཏག་སེ་གཅིག་ལས་མེད། ཁོའི་ལག་ཏུ་ཏག་སེ་གཉིས་ཡོད། སུ"རུས་སྦལ"ཡིན་པ་དབྱུང་ཐེངས་འདི་ལ་རག་ལས། བུ་ཇི་གཉིས་ཀ་ཁྲུས་ཁང་ལས་སྒོར་ཐུད་པས་མལ་ཁང་གི་སྒོ་སླར་ཡང་ཕྱེས་སོང་། ཁོ་ཚོའི་

གོན་པ་གྲལ་དག་ཅིང་མགོ་སྐྲ་ཡང་སླས་ནས་སྐྲ་འཛེར་གྱིས་འཛེར་ཡོད། ལག་པ་ཟུང་བསྣོལ་ཏེ་ཕུས་མོའི་ཐོག་ཏུ་བཞག་ནས་ཅོག་འདུག་པར་བལྟས་ན་གཞོན་ནུ་མ་གཉིས་དང་འདྲ། ངོ་མདངས་ལ་དེ་བས་དམར་ཤ་རྒྱས་པ་མ་གཏོགས་ཁྲུས་མ་བྱས་གོང་དང་ཁྱད་པར་མེད།

ཞི་ལུ་གཉིས་ཀར་ན་ཚ་མང་། ཁོ་ནི་ཡ་མཚན་ཞིག་སྟེ་བྱ་དངོས་ཡོད་ཚད་ལ་ཚོར་ཤོག་འབྱུང་། ཐེངས་ཤིག་ལ། ཁོས་སྲང་མ་ཁམ་དུ་མ་ཟོས་མཐར་བཟི་ནས་ལུས་པོ་ཐུག་པ་ལྟར་སླི་མོར་གྱུར་བ་རེད། ཁོ་ནི་ཛ་སེ་ཛུས་སེ་ཆེ་བས་ངས་ཁོ་ཡིས་སྨྱོ་ཁྲོལ་བྱེད་པར་རློམ། ཡིན་ནའང་སྐབས་འདིར་ཁོ་གཟབ་ནན་ཞིག་ཏུ་གྱུར། ཁོ་ལྟ་བུ་མི་སྐྱིན་པོ་ཞིག་ལ་གང་ལྟར་ཀྱང་ཐར་ཐབས་ཤིག་ཡོད་ངེས། ཐེངས་འདིར་དཀའ་བར་གྱུར། གནས་ཚུལ་མིག་ལམ་དུ་ཡོད་ཅིང་རང་དབང་མེད་པས། ལས་དབང་གི་བཀོད་གཏོང་ལ་ཐུག་ཡོད། ཁོའི་ལག་པ་གཉིས་ཀྱིས་ཏག་སེ་གཉིས་དམ་པོར་བསྣམས་ཤིང་། གུས་གུས་དུད་དུད་ཀྱིས་དྲང་མོར་བསྡད་ནས་ངས་ཏག་སེ་དབྱུང་བ་ལ་སྒུག་འདུག ཁོས་བློ་རིག་སྒྲིམ་ནས་ཏག་སེ་ལ་བལྟ་ཞིང་ངོ་གནག་གང་ཐུབ་བྱས་ཏེ། ང་ལ་གཡོན་ཕྱོགས་ཀྱི་ཏག་སེ་དེ་ནི“རུས་སྦལ”ཡིན་ནམ་གཡས་ཀྱི་དེ་ཡིན་པ་ཤེས་དཀའ་བར་བྱེད། འདི་ནི་ང་མཚོན་ནའང་དཀའ་མོ་ཞིག་རེད། འདི་མིན་ན་གན་ཡིན་པ་ངེས་པར་དུ་ཐག་གཅོད་དགོས། དར་མ་ཚོས་སྐད་ངག་འཇམ་པོས་ཁ་བརྡ་བྱེད་བཞིན་ཡོད་པ་དང་། བུ་ཛི་གཉིས་ཀྱིས་ཧ་གོ་ཡོད་མེད་མི་ཤེས་མོད། རྣ་བ་ཅོར་ཅོར་བྱས་ནས་ཉན་བསྡད་ཡོད། ཨ་ཅེ་སྣང་བ་སྐྱིད་པོས་རྒྱབ་བཀྱག་ཐོག་ནས་བསྡད་འདུག མོའི་ཅོག་སྟངས་ཤིན་ཏུ་མི་མཛེས་ཏེ། ཁོག་སྟོད་ཧྲིལ་པོ་རྒྱབ་བཀྱག་ཐོག་ནས

ཉལ་ནས་ཨོང་ཤ་ཡིས་ཅོག་མེད་པར། རྐེད་པས་ཅོག་ཡོད་པ་འདྲ། ཡིན་ཡང་ཁོ་ལ་བཤད་མཁན་གཅིག་ཀྱང་མེད།

ངས་ལག་པ་བསྐྱིངས་ནས་ཚོད་བགམ་གྱིས་དེ་ལས་གཅིག་དབྱུང་རྩིས་བྱས། སྐབས་དེར། ཁོས་མགོ་དགྲེ་ནས་ང་ལ་བལྟས། ང་ལ་ལས་དར་རིག་སྐྱེན་བྱུང་ནས་ཏག་སེ་དེ་ཕྱུང་བ་ཡིན། ཡིན་ནའང་། ཁོས་ཏག་སེ་དམ་པོར་བསྡམས་པས་དབྱུང་མི་ཐུབ། ཡང་བསྐྱར་ཕྱུང་རུང་ཁོས་ད་དུང་མི་གློད། ཁོའི་མིག་གིས་ཐོག་མཐའ་བར་གསུམ་དུ་ཏག་སེ་དེ་ལ་བལྟས་ནས། གདོང་དུ་སྣང་མེད་ཁུར་མེད་ཀྱི་མདོག་སྟོན་ནའང་། ལག་པ་མི་གློད། ཁོའི་ཏག་སེ་སྡོམ་པའི་མཛུབ་མོ་ཡང་སྐྱ་པོར་གྱུར་འདུག ཚང་མ་རང་རང་གིས་ནས་ཁོམ་ལོང་མེད་པས། སྣང་ཚུལ་དེ་སུས་ཀྱང་མ་མཐོང་། ང་ཚོས་ཕན་ཚུན་སྤྲ་འཛེར་བྱས་ནས་ཡུན་རིང་ཞིག་འགོར་བས། མཐར་ཐུག་ཏུ་ཏག་སེ་དེས་མ་བཟོད་པར་རྐེད་པ་ནས་ཉིས་གཤགས་བྱས་ཏེ། ཕྱེད་ཀ་ཁོའི་ལག་ཏུ་ཡོད་པ་དང་། ཕྱེད་ཀ་ངའི་ལག་ཏུ་ཡོད། ངས་སྐད་བརྒྱབ་ནས་ངུས་པས་ཚང་མར་འཚྫོགས་བསླངས། དེ་ནས་ཚང་མ་རུབ་ཡོང་ནས་ཏག་སེ་ཕྱེད་ཀ་གཉིས་མཐོང་བ་དང་། ངས་གཤགས་པ་ཡིན་པར་འདོད་ནས་འཁྲོད་པ་དང་སྨྲག་སྣང་གིས་ངུས་པར་རློམ། དེ་བས་ཁོ་ཚོས་ཚང་མས“སྐྱོན་མེད། བྲེལ་བ་མ་ལངས་དང་། ཁྱོད་ལན་པ་མིན”ཞེས་ང་ལ་སེམས་གསོ་བྱས། ཁོ་ཚོས་དེ་ལྟར་བཤད་རུང་ངས་དེའི་ནང་གི་རྒྱུ་རྐྱེན་གསལ་པོར་བཤད་མ་ཐུབ། འཛད་མཐའ་མེད་པའི་མ་ཉེས་ཁ་གཡོགས་ཀྱིས་ང་ལ་དབུགས་འཚྱིན་རྫུབ་བྱེད་དཀའ་བར་བཟོས་པས། དེ་བས་སྐད་ཆེན་པོས་ངུ་བ་དང་རྡོག་ཐོས་གཞུ་བ། རྐེད་པ་སྦྲུགས་པ་ཡིན། དར་མ་ཚོ་ཡོང་ནས་ང་མནན་སོང་། འོན་

ཀྱང་ངའི་མིག་ཆུས་བཀང་བའི་ཟུར་མིག་ལས་ཟིང་ཡོང་འདིའི་ཁྲོད་དུ། ཞི་ལུ་དེས་ལག་ན་ལྡག་པའི"ཏུས་སྦྲལ"ཧག་སེ་དེ་མང་པོའི་ནང་དུ་བསྲེས་པ་མཐོང་། དེ་བས་གར་སོང་ཆ་མེད་དུ་གྱུར།

ཞག་མ་དེ་རྨི་ལམ་གྱི་ཁྲོད་ལས་ནམ་ལངས། སྐད་གསང་ནས་དུས་མཐར་ལྡན་འཛོམས་ལའང་མཐོ་རླབས་འཕྱུར། ཁྲུས་བརྒྱབ་པ་དང་ཚ་བ་མྱངས་པ། སྨྲ་རྗེ་བྱས་པ། བགད་པ་དང་ངུས་པ་བཅས་བྱས་པས་མཇུག་མཐའི་སྟོབས་ཤུགས་ཕྲན་ཙམ་ཡང་ཟློགས་འདུག དེར་བརྟེན། ང་འཕྲལ་དུ་གཉིད་ནས་རྒྱུན་འཁྱོངས་བྱེད་མ་ཐུབ། ཕྱིས་སུ། ཕོ་ཚོས་ཅི་ཞིག་རྗེ་བ་དང་དུས་ནམ་ཞིག་ལ་སླེབ་པ། ཡང་ཇི་ལྟར་ཕྱིར་ཁྲིམ་དུ་ལོག་པ་བཅས་གཅིག་ཀྱང་མ་ཤེས། ཧག་སེ་དེའི་སྐོར་ལ་གླེང་མཁན་གཅིག་ཀྱང་མེད་ལ། ང་ལ་ཡང་རྒྱུ་མཚན་གསེད་བཀྲོལ་བྱེད་པའི་གོ་སྐབས་མ་བྱུང་བས། ཐག་མ་ཚོད་པར་རང་དགར་བཞག དེ་དུས་འདི་ལྟ་བུའི་ལྡན་འཛོམས་ཉུང་མང་ཞིང་། ཚང་མ་ཤེས་མེད་ཚོར་མེད་དུ་མཇུག་ཟློགས་པ་རེད།

སྨྱི་སྤྱོད་ཁྲུས་ཁང་།

སྐབས་དེར། ངས་ཐོག་མཐའ་བར་གསུམ་དུ་ལུས་རྩལ་སློབ་གྲྭའི་སྤྱི་སྤྱོད་ཁྲུས་ཁང་དུ་ཁྲུས་ཤིག་བྱེད་ཐུབ་པའི་རེ་བ་བཅངས།

འདི་ནི་ཁྱུལ་རིམ་པའི་ལོ་ཆུང་ལས་ཞོར་ལུས་རྩལ་སློབ་གྲྭ་ཞིག་ཡིན་ལ། ཁྱུལ་ནང་ཁྱུལ་གྱི་སློབ་གྲྭ་སོ་སོའི་བདམས་ཐོན་དང་རྒྱུགས་ལེན་བྱས་པའི་སློབ་གྲྭ་ཆུང་འབྲིང་གི་སློབ་མ་ཚོས། སློབ་གསེང་གི་དུས་ཚོད་ནང་དུ་འདི་ཏུ་ལུས་རྩལ་སྦྱོང་བརྡར་བྱེད་དགོས། ལོ་ཆུང་ལུས་རྩལ་སློབ་གྲྭ་འདི་ལ་ལས་གཞི་གཉིས་ཡོད་དེ། ལྷང་ལི་དང་ལུས་སྦྱོང་ཡིན། དེར་བརྟེན། ལུས་སྦྱོང་ཁང་གཅིག་ཡོད་པ་དང་། ནང་དུ་སྦྲང་སྟན་བརྙིང་ཡོད་ཅིང་། གོང་ཕྱོགས་སུ་ཨ་ལོང་ཞིག་བསྣར་འདུག ད་དུང་རྐྱང་རྟང་དང་ཟུང་རྟང་། ཤིང་སྒ་བཅས་ཀྱང་ཡོད། ལུས་སྦྱོང་ཁང་གི་ཕྱི་ཏུ་གཡབ་སྟེང་བཀབ་ཡོད་པ་ནི་ལུས་རྩལ་ཐང་ཡིན། དེ་ཏུ་ལྷང་ལིའི་ཚ་སྒྲོམ་བཙེངས་ཡོད་པ་དང་། བྱེ་ཐང་དུ་དཀར་རག་གིས་རྟགས་ཐིག་བྲིས་ཡོད། ཉུབ་ཕྱོགས་རྣམ་པའི་ཁང་པ་འདི་ནི་བལྟས་ཡོང་ན་ལུས་སྦྱོང་གི་ཆེད་དུ་མིན་ལ། སློབ་གྲྭའི་ཆེད་དུ་ཧུས་འགོད་བཟོ་སྐྲུན་བྱས་པ་ཞིག་མིན་པ་འདྲ། དེ་ནི་ཐར་དམངས་སྤྱོད་སྤོད་ཁང་ཞིག་ཡིན་ཞིང་། ཕྱིས་སུ་གཞན་སྤྱོད་དུ་བསྒྱུར་བ་རེད། དེའི་ཁང་བདག་སུ་ཡིན་པ་དང་དེ་དུས་གང་དུ་ཡོད་པ་གཅིག་ཀྱང་མི་ཤེས། འདི་

新学期开始了

སློབ་གྲྭ་འདི་ནས་མཐར་ཕྱིན་པའི་སློབ་མར་སྤྱོབས་ཉམས་ལྡན་ཞིང་། ལྭ་བ་སྤྲུས་དག་ལ་བཞིན་རས་མཛེས་པས། འཚོ་བ་སྐྱིད་པ་ཤེས་ཐུབ།

ལྟར་བཟར་ཤ་གཙོད་པའི་རྒྱུ་མཚན་ནི་ལུས་སྦྱོང་ཁང་གི་ལྡེབས་རྒྱན་དང་གདུགས་མཐོངས། སྣ་དང་དྲ་མ། ཕྱོགས་བཞིའི་འཁྱོག་ཁྱམས་བཅས་ཚང་མ་ལས་འགྲུལ་ཚོམས་ཤོམ་ཆེན་གྱི་རྣམ་པ་ཞིག་མངོན་ཡོད་ལ། ལུས་རྩལ་ཐང་ཡང་སྔོན་ཆད་ཀྱི་མེ་ཏོག་ལྡུམ་ར་བདེ་སྙོམས་བྱས་ནས་ལས་པ་ཤེས་ཐུབ། ལུས་རྩལ་ཐང་གི་མཐའ་ཁའི་ཁང་པ་དེ་སྔོན་ཆད་ལྡུམ་རའི་བཟོ་པ་ཚོའི་ལག་ཆ་འཛོག་ས་ཡིན་ངེས་ཏེ། ད་ལྟ་ཟ་ཁང་དུ་བཅོས་ཡོད། ལག་མཐིལ་ཆེ་ཆུང་གི་ས་ཆ་རུ་ཤིང་གི་ཅོག་ཙེ་གཉིས་མ་གཏོགས་མི་ཤོང་ཞིང་། ས་སྲོས་སུ་སློབ་གྲྭ་གྲོལ་བའི་སློབ་མ་རྣམས་ཀྱིས་འདི་ནས་འཚང་ཁ་ཤིག་ཤིག་གིས་ཟ་མ་ཟོས་ཏེ། དགོང་མོའི་སྦྱོང་བརྡར་ལ་གྲ་སྒྲིག་བྱེད་པ་རེད། རྡོ་སྐས་ཁའི་ཁང་པ་ནི་སྔོན་ཆད་ལྭ་བ་དང་ཞྭ་མོ་འཛོག་ས་ཡིན་ལ། ད་ལྟ་ཡང་ལྭ་བ་དང་ཞྭ་མོ་ཕུད་ས་ཡིན་ཏེ། བྱིས་པ་ཚོའི་ལྭ་བ་བརྗེ་ས་རེད། དེ་ནས་ཡང་སྟེང་གི་ཉར་འཛོག་སྣམ་གྱི་གཤམ་དུ་འོང་བ་ན། རྔུལ་ཆུ་ཁྲིམ་ཁྲིམ་དུ་བཞུར་བའི་བྱིས་པ་འཚང་འདུག འཛོག་ས་ཡིས་མི་འདང་སྟེ། འཛིན་གྲྭ་སྔོན་མའི་ལྭ་བ་མ་བླངས་གོང་ལ་འཛིན་གྲྭ་རྗེས་མའི་ལྭ་བ་ནང་དུ་བཟུངས་ནས། བཞག་ནོར་བའམ་གོན་ནོར་བའི་དོན་དག་རྒྱུན་དུ་འབྱུང་ཞིང་། ཕོར་བའི་དོན་དག་ཀྱང་འབྱུང་སྲིད། སྐབས་འགར་ད་དུང་དངོས་པོ་ལྷག་མ་ཡོད་པའང་སྣོམས་མ་དགོས་པ་ཞིག་རེད། མདོར་ན་ཟིང་ཟིང་ཡོང་ཡོང་ཞིག་རེད། ཀུ་རྡོག་པོའི་ལྭ་བ་བརྗེ་ས་འདི་ནི་ཁྲུས་ཁང་ཡིན།

ཁྲུས་ཁང་གི་ལྡེབས་བཞི་ཚང་མ་སོ་ཕག་དཀར་རྩི་མ་ཡིན་ཞིང་དཀར་ལམ་ལམ་བྱེད། དོན་དངོས་སུ་དེ་གར་ཡང་འཚང་ཁ་ཆེ། གཏོར་མགོའི་འོག་ཏུ་བྱིས་པ་དམར་རྗེན་མང་པོ་རུབ་ནས། ཆུ་སྒྲ་དང་ཀེ་སྒྲ་འདྲེས་ནས

འུར་ཟིང་ཟིང་བྱེད། བྱིས་པ་འདི་དག་ལས་མང་ཆེ་ཤོས་ཤིག་གི་ལུས་པོ་ད་དུང་འཚར་ལོངས་བྱུང་མེད་ཅིང་། ཐང་ཁའི་རྙིབ་རུས་འབུར་ནས་ཡོད། ལྷག་པར་དུ་ལུས་སྦྱོང་འཛིན་གྲྭའི་སློབ་མ་ཚོ་གཟུགས་པོ་ཐུང་ཞིང་ཤ་རིད་པ་དང་། བུ་སྨུག་རེ་རེ་དང་གཉིས་སུ་མེད། ལྷང་ལི་འཛིན་གྲྭའི་སློབ་མ་རྣམས་གཟུགས་ཆེ་སྟོབས་ཆེན་ཡིན་པ་སྨོས་མ་དགོས་མོད། འོན་ཀྱང་"ཆེ་བ"དེ་འཚར་ལོང་འབྱུང་དབང་མ་བྱུང་བས། ཤ་སྐམ་པགས་སྐམ་ཞིག་ཏུ་གྱུར་ནས་འདབ་ཆགས་སྐྱུར་མོ་ཁྲང་རིང་དང་འདྲ། ལོ་རིམ་མཐོ་བའི་ཞི་མོ་རྣམས་དར་ལ་འབབ་ཉེ་བས་ཁོ་ཚོའི་ལུས་པོ་ཆ་སྙོམས་ཤིང་ཤ་རྩ་དགར། ཁོ་ཚོས་ང་རྒྱལ་གྱི་རྣམ་འགྱུར་བཟུང་ནས་ཞི་མོ་ཆུང་ཆུང་ཚོའི་དཀྱིལ་ནས་འགྲོ་དུས། ཞི་མོ་ཆུང་ཆུང་ཚོས་ཀྱང་རང་ཤུགས་ཀྱིས་ལམ་འབྱེད་པ་དང་། ཆེས་ནང་ཕྱོགས་ཀྱི་མི་གཅིག་ཁྲུས་ཁང་དུ་འགྲོ་བ་རེད། དེ་ནི་ཨ་ཅེ་ཚོའི་ཁྲུས་ཁང་ཡིན་པས་སུས་ཀྱང་བདག་འཛིན་བྱེད་མི་ཐུབ་སྟེ། མི་རབས་གཉིས་ཡིན་པ་ལྟར་བྱེད།

ཡིན་ཡང་ང་ནི་ཁོ་ཚོ་ཆེ་ཆུང་གཉིས་ཀྱི་བར་དུ་གནས་ཡོད། ངའི་ལུས་པོར་འགྱུར་ལྡོག་ཞིབ་ཕྲ་ཞིག་འབྱུང་བཞིན་པའི་སྐབས་ཡིན་ལ། བྱེ་བྲག་ཏུ་ཕྱོགས་གང་དག་ནས་འགྱུར་ལྡོག་བྱུང་ཡོད་པ་མི་ཤེས་པར། རང་ཉིད་ལ་ཁོ་ཚོའི་ཕྱོགས་གཉིས་ཀར་མི་འདྲ་བའི་ཚོར་བ་བྱུང་། ཞི་མོ་དེ་ཚོ་ནི་ངའི་མིག་ལམ་དུ་ཟོལ་མེད་ཏག་ཏག་ཡིན་པ་དང་། ང་ནི་ཟོལ་མེད་ལས་བརྒལ་ཡོད། ཞི་མོ་ཆེ་བ་དེ་ཚོའི་མིག་ལམ་དུ་ང་མི་ཐོགས། ཁོ་ཚོ་ཚང་མ་ལོག་རྟོག་ལས་ཐལ་ཡོད་པ་དང་ང་རང་ལ་ལོག་རྟོག་གི་སེམས་དང་ལྡན་པས། ཁོ་ཚོ་ཕྱོགས་གཉིས་ཀ་ཚང་མར་སྣང་དོགས་མེད། འགྱུར་ལྡོག་ནི་ཕྱོགས་འདི་ན་

གནས་ཏེ། ངས་རྟག་ཏུ་སེམས་ལ་མ་དྭངས་ཕོག་བཅུག་བྱས་ནས། རང་ཉིད་གཙང་མ་ཞིག་མིན་པར་སྙམ། ང་རང་ཕོ་ཆེའི་འཛེམ་བག་གཏན་ནས་མེད་པར་གཅེར་བུར་སྡོད་པ་དེར་ཡིད་སྨོན་འཆོར་བ་དང་། ཕྱོགས་བཞིའི་སོ་ཕག་དཀར་རྩི་མས་ཕོ་ཆེའི་ལུས་པོ་འབུར་དུ་བརྗོད་ཅིང་། ཁྲུས་ཁང་གི་ཉི་འོད་སློག་སྒྲོན་གྱིས་ཕོ་ཆེའི་ལུས་པོ་གསལ་བར་བྱས་ནས་གསང་བ་ཅི་ཡང་མེད་མོད། འོན་ཏེ་ངས་རང་གི་གསང་བ་སྦས་པ་ཡིན།

ངའི་གསང་བ་ནི་རང་གི་ལྭ་བའི་ནང་དུ་སྦས་ཡོད། དགུན་ཁར། ངས་ལྭ་བ་ཐོག་རྩེག་འོག་རྩེག་བྱས་ནས་གོན་པ་སྟེ། བར་ཚངས་ཅན་དང་རྩིད་འཐག་ལྭ་བ། བལ་འཐག་ལྭ་བ་གོན་ཞིང་། ཆེས་འོག་ཏུ་ཚེ་ལེན་གོན་ཡོད། དེའི་ནང་དུ་གཞན་ལ་སྟོན་མི་དྭང་བའི་ལུས་པོ་སྦས་ཡོད། ངས་རང་ཉིད་ཀྱིས་ཀྱང་རང་གི་ལུས་པོར་ལྟ་མི་ཕོད། དུས་རྒྱུན་དུ་མཚན་མོར་སློག་ཞི་བ་དང་ལྭ་བ་ཕུད་རྗེས། འཕྲལ་དུ་ཉལ་ཐུལ་ནང་དུ་འཛུལ་བ་ཡིན། ཅུང་ཙམ་ཞིག་ལ་ནར་འགྱངས་བྱུང་ནའང་བཟོད་བསྲན་མི་ཐུབ་པར་དེ་ལ་སྐྲོག་ལྟ་བྱེད་སྲིད། གསལ་པོར་བཤད་ན། དེ་ནི་ང་ལ་མཚོན་ན་བསླུ་བྲིད་ཅིག་ཡོད་དེ། བསླུ་བྲིད་དེས་མི་ལ་སྐྲག་སྣང་སྐྱེར། ཆོག་གི ད་ནི་ང་རང་ཉལ་ཐུལ་ནང་དུ་འཛུལ་ཟིན་པ་དང་། ཉལ་ཐུལ་མཐུག་པོས་ངའི་གསང་བ་བཏུམས་འདུག ངས་རང་གི་ལུས་དྲི་སྣོམ་པར་འཛེམ་ཞིང་། དྲི་མ་དེ་ལས་ཀྱང་གསང་བ་ཁ་ཤས་ཤོར་སྲིད། མུན་ནག་གི་ཉལ་ཐུལ་ནང་དུ། རང་གཅིག་པུས་གསང་བའི་ཁྲུར་རྐྱུགས་མྱངས་ན། མ་མཐའ་ཡང་བདེ་འཇགས་ཡིན་མོད། འོན་ཀྱང་གྲོགས་མེད་ཁེར་རྐྱང་ཞིག་ཡིན། ལུས་པོ་འདི་ཉི་མ་ཁ་དཀར་ངོ་དཀར་དུ་ཕུད་ཐུབ་ན་ཅི་མ་དྭང་སྙམ་བྱུང་། ཡིན་ཡང་ཉིན་

གཉིས་པར་སླེབ་ཚེ་སྔར་བཞིན་གཅིག་ཐོག་གཅིག་རྩེག་བྱས་ནས་གོན་པ་ཡིན་ཏེ། ཚོ་ལེན་དང་བལ་གོས། དེ་ནས་བར་ཚངས་བཅས་ཡིན་ལ། རང་ཉིད་ཟླུམ་པོ་ཞིག་ཏུ་གོན་ནས། ལུས་པོ་ནི་ཟླུམ་པོའི་ཁོག་གི་ཕྲ་ཞིང་ཆུང་བའི་ནང་སྙིང་ལྟར་ཡོད་མེད་མི་ཤེས་པར་གྱུར། འདིས་མི་ལ་བག་ཡངས་པའི་ཚོར་བ་ཞིག་སྟེར། ངས་རང་ཉིད་ནི་མི་གཞན་པ་དང་ཁྱད་པར་མེད་པར་འདོད་པས། རྣམ་འགྱུར་ཡང་སྣང་དོགས་མེད་པ་ཞིག་ཡིན།

ལོ་ཆུང་ལུས་རྩལ་སློབ་གྲྭའི་ལྷ་བཛྲེ་ཁང་གིས་མདོན་སུམ་ལྗང་ལ་འབུད་དུ་བཙུག་པ་རེད། ལྷ་བཛྲེ་ཁང་གི་ནང་དུ་དགུན་ཁར་ལྷ་བའི་ཁོག་ཏུ་བཏུམས་ཤིང་རླམ་པའི་ཚོལ་དྲི་ཡིས་ཁྱབ་འདུག བྱིས་པ་ཚོའི་གཙང་ལ་མི་གཙང་བའི་ལུས་དྲི་དེ་ཡང་བྱ་ཕྲུག་ཅིག་དང་འདྲ་བར་སྔོ་དྲི་བྲོ་ལ། བྱ་ཕྲུག་གི་དྲི་མ་ཡང་བྲོ། སྐྱེ་ལྷགས་ཀྱི་ཤུན་པ་མཁའ་དབུགས་ཀྱི་ཁྲིད་དུ་སིལ་སིལ་དུ་གཡེང་ནས། དུ་སླུག་འཐིབ་པ་དང་འདྲ། བྱིས་པ་ཚོས་ཕུ་རྒྱུག་འདེད་རེས་བྱས་ནས་ཕན་ཚུན་གྱི་ཐོག་ཏུ་འགྱེལ་བ་རེད། ངས་ཁོ་ཚོས་དེ་འདྲའི་སྣང་དག་མེད་པར་ཕན་ཚུན་ལ་རེག་འཕྲད་བྱེད་པར་ཡིད་སྨོན་བྱེད་དེ། རྒྱུ་མཚན་ནི་ངས་དེ་ལྟར་བྱེད་མི་ཐོད་ལ། རང་གི་ལུས་པོར་འགྱུར་ལྡོག་འབྱུང་བཞིན་ཡོད་པ་དང་། ནུ་མཐུད་དུ་བྱིས་པ་ཚོ་དང་གཅིག་འདྲ་བྱེད་མི་རུང་བས་སོ།། ཞི་མོ་ཆེ་བ་དེ་ཚོས་ང་ལ་མིག་གིས་ཀྱང་མི་བལྟ་བས། ངའི་གནས་བབ་ནི་འདི་འདྲའི་ཅི་བྱ་གཏོལ་མེད་ཅིག་ཡིན།

ལྷ་བཛྲེ་ཁང་གི་སྒོ་སྒྲུབས་ནས་ཁྲུས་ཁང་མཐོང་ལ། གཏོར་མགོ་རེའི་འོག་ཏུ་མི་ཁྱུ་གཅིག་རུབ་ནས། ཆར་བའི་ཁྲིད་ཀྱི་མེ་ཏོག་ལྟར་ཟེགས་མ་བརྡམས་ནས་བཞད་པ་དང་མཚུངས། ངས་རང་ཉིད་ལ་འཁྲམ་ཆུ་ལངས་

པར་དོགས་ནས་ཕོ་ཆོར་བལྟ་མི་ཕོད་ཅིང་། རང་ཉིད་ཕོ་ཆོའི་གྲས་སུ་ཚུད་ཐུབ་ན་ཅི་འདྲ་སྐྱམ་བྱུང་། ཡིན་ནའང་རང་ཉིད་དང་ཕོ་ཆོའི་བར་དུ་བཀག་རྒྱ་ཞིག་ཡོད་དེ། དེ་ནི་ཕོ་ཆོ་བྱིས་པ་དག་ཡིན་ལ། ང་ནི་རིམ་བཞིན་བྱིས་པའི་གཟུགས་རྣམ་དང་ཁ་བྲལ་བཞིན་ཡོད། མིག་སྔར། འདི་ནི་ངས་མ་གཏོགས་སུས་ཀྱང་མི་ཤེས་པས་ངས་གཟབ་ནན་གྱིས་གསང་བ་ཡིན། དེ་ལྟར་གསང་འདུང་རིམ་བཞིན་དང་འཕག་འཚག་རྒྱུག་བཞིན། ཀུན་གྱིས་ཤེས་པ་ལྟར་ང་ཡི་ཕྱི་ཁག་ལ་བཟོ་བཅོས་བརྒྱབ་པ་རེད།

དུས་ཡུན་འདིའི་ནང་དུ། དུས་རྒྱུན་དུ་མི་ཆ་མེད་ཚོས་ང་ལ་དོ་སྣང་བྱེད་དེ། ང་དང་ཕོ་ཆོའི་བར་དུ་འབྲེལ་བ་ཅི་ཡང་མེད་མོད། འོན་ཀྱང་ཕོ་ཚོས་རྒྱུན་པར་ང་ལ་ཐེ་གཏོགས་བྱས་ནས། ང་ལ་སུན་སྣང་ཆེན་པོ་བཟོས། ཐེངས་ཤིག་ལ། ང་ཨ་མའི་རྗེས་དེད་དེ་ཚོང་ཁང་དུ་རས་ཉོ་འདུ་སོང་། ཚོང་པ་ཞིག་གིས་རྟག་ཏུ་ང་ལ་ལྟ་བ་རེད། ཡ་མཚར་བ་ཞིག་ལ་ཁོས་དེ་ལྟར་ང་ལ་བལྟས་འདུང་ཨ་མ་ལ་མི་བདེ་བ་ཞིག་མ་བྱུང་བར། བློ་གཅིག་སེམས་གཅིག་གིས་རས་ཁྲ་འདེམས་པ་རེད། ཚོང་པ་དེ་ང་ཚོའི་རྗེས་དེད་ནས་ཡོང་བས། ང་རང་ཤུགས་སུ་སྐྲག་སོང་། སྐབས་འདིར་ཁོས་སྐད་ཆ་བཤད་མོད། འོན་ཀྱང་ང་ལ་བཤད་པ་མིན་པར་ཨ་མ་ལ་བཤད་པ་རེད། ཁོས"ཁྱོད་ཀྱིས་རང་གི་བྱིས་པ་ཁྲིད་ནས་ཁྲག་ལ་བཤེར་དུ་སོང་དང་། མོའི་ལག་པའི་ཁ་དོག་ལ་བལྟས་ན་ཁྲག་གི་ཞིབ་བུ་དཀོན་པའི་ནད་ཡོག་ཡོད་པ་འདྲ"ཟེར། ལག་པའི་ལྟག་རྒྱབ་ཏུ་ཕྱིད་རྨ་ལེབ་མོ་ལེབ་མོ་བྱུས་ནས་ཆགས་འདུག་པས། སྔར་གྱི་ཤ་མདོག་མེད་པར་གྱུར། ཨ་མས་ཁོ་ལ་ཕྱིད་རྨ་ཡིས་བཟོས་པའི་རྐྱེན་ཡིན་པ་གསལ་བཤད་བྱས། ཁོ་ཧ་ལས་པའི་ངང་ནས་བཤད་རྒྱུར། ཕྱིད་རྨ

འདི་འདྲ་ཚབས་ཆེན་ཞིག་ཡིན་ན། ངས་ཡང་བསྐྱར་གསལ་པོ་ཞིག་བལྟས་ནས་བརྟར་ཤ་ཡང་དག་གཙོད་དགོས་ཟེར། དེ་འཕྲལ་ངས་རང་གི་ལག་པ་སྒྲས་པ་ཡིན། མཇུག་མཐར་ཁོས་ཡང་བསྐྱར་དུ"ཁྲག་བཤེར་བྱེད་དུ་སོང་ན་འགྲིག"ཟེར། ཡང་ཐེངས་ཤིག་ལ། རས་ཚོང་ཁང་གཞན་པ་ཞིག་ཏུ་དེ་གའི་ཚོང་པ་ཡིས་བཤད་པའི་སྐྱོན་ཆ་ལྷག་ཏུ་གོ་ན་སྐྱི་གཡའ་བ་ཞིག་ཡིན། ཁོས་ངའི་སྒྲོག་རུས་གཉིས་ཀྱི་དཀྱིལ་གྱི་སྨད་ཁག་ཏུ་བསྟན་ནས། ང་ལ་བྱ་བྲང་གི་ནད་རྟགས་ཡོད་ཟེར། ངས་ཚོང་པ་བགྲེས་པོ་འདི་དག་གིས་ང་ལ་དམིགས་ནས་མི་གཏོང་བའི་རྒྱུ་མཚན་ཅི་ཡིན་པ་མི་ཤེས། ཁོ་ཚོ་ལ་ཕུན་སུམ་ཚོགས་པའི་འཚོ་བའི་ཉམས་མྱོང་གི་རང་རློམ་གྱིས་ཁེངས་ནས། ངའི་ཨ་མ་ལ་བུ་སྐྱོང་བའི་ཐབས་ཤེས་བདམས་བསམ་པ་རེད། ཁོ་ཚོ་ཕལ་ཆེར་མི་ཚེ་གང་པོར་རས་དང་རས་ཀྱི་སྐྱེ་མའི་དྲི་མས་ཁྱབ་པའི་ཚོང་ཁང་དུ་འཚོ་བ་རོལ་བ་ཡིན་པས། ཁོ་ཚོའི་ཆེས་ཆེ་བའི་འཛོན་ཐུས་ནི་རས་གཤགས་ཤེས་པ་དང་རས་རྫོག་རིལ་རྒྱག་ཤེས་པ་དེ་ཡིན། དེ་མིན་ད་དུང་རས་ཡིག་དང་སྣོར་མོ་མཉམ་དུ་བཙིར་སྦྱིད་ཅིག་གིས་བཙིར་ནས། བར་སྣང་གི་ལྷུགས་སྐྱུད་ཀྱི་ཐོག་ཏུ་བཀལ་ནས་རྩིས་གཉེར་པའི་ལག་ཏུ་བསྐུར་རྒྱུ་དེ་ཡིན། འདི་ནི་ཁོ་ཚོའི་ཡོད་ཚད་ཡིན་མོད། འོན་ཀྱང་ཁོ་ཚོས་མི་ཤེས་པ་གཅིག་ཀྱང་མེད་ཁུལ་བྱེད།

ཡིན་ནའང་། ཐེངས་ཤིག་ལ། ཚོང་པ་བགྲེས་པ་ཞིག་གིས་ང་དང་ངའི་ཨ་མའི་དཀའ་ཁག་ཆེན་པོ་སེལ། དེ་ནི་སྣ་འཛོམས་ཚོང་ཁང་འབྲིང་ཙམ་ཞིག་ཡིན་ལ། ངེད་ཚང་གི་སྲང་བར་གྱི་མདོ་རུ་ཡོད། ངའི་ཨ་མས་ང་ཁྲིད་ནས་དགུན་ཁའི་བར་ཚངས་ཉོ་རུ་སོང་། ང་འདྲའི་ལོ་ཚོད་མཉམ་པའི་

བྱིས་པ་ཚོ་ལས་གཟུགས་རིང་བའི་བྱིས་པ་ཞིག་ལ་བཟོས་གྲུབ་བྱུང་བའི་ལྭ་བ་ནི་འཚམ་པ་ཞིག་མིན། ཁོད་ཚོད་ཡིན་རུང་རིང་ཐུང་གིས་མི་འདང་། ཡང་ན་རིང་ཐུང་ཚོད་ཡིན་རུང་ཁོད་ཆེ་འདུག བལ་གྱི་བར་ཚངས་ལྷ་བུའི་དགུན་ལྭ་ཡང་ཚད་བཅལ་ནས་བཟོ་བ་མིན་པས། ཐེངས་འདིར་ཚོང་པ་དེས་ང་ཚོ་ལ་གྲོས་གཞི་ཡག་པོ་ཞིག་བཏོན། ཁོས་ངའི་ཨ་མ་ལ་བཤད་ཀྱུར།

“སྐྱེས་པའི་ལུས་སྦྱོང་ཀང་སྣམ་གྱི་འདོམ་གྱི་ཁ་ཕྱེ་མེད་པས། ཁྱོད་ཀྱི་བྱིས་པ་ཁྲིད་དེ་ལུས་རྩལ་མཁོ་ཆས་ཚོང་ཁང་དུ་སོང་ནས། སྐྱེས་པའི་ལུས་སྦྱོང་ཀང་སྣམ་ཉོས་ཏེ་བར་ཚངས་ཀང་སྣམ་བྱས་ཆོག”ཟེར། དེ་ནས་ངའི་ཨ་མས་ང་རང་ཁྲིད་དེ་སྲང་མདོའི་ལུས་རྩལ་མཁོ་ཆས་ཚོང་ཁང་དུ་སོང་བས། འོས་འཚམ་གྱི་ཀང་སྣམ་སྔོན་པོ་ཞིག་ཉོ་ཐུབ་སོང་། ཡིན་ཡང་ང་རང་དགའ་པོ་མ་བྱུང་། རྒྱུ་མཚན་ནི་ཚོང་པ་བགྲེས་པོ་དེའི་སྐད་ཆའི་ཤུགས་སུ་ང་ནི་ཞི་མོ་ཞིག་ལ་མི་རིག་ཅེས་པ་དེ་ཡོད་པ་དང་། ངས་ཀྱང་སྐྱེས་པའི་ལྭ་བའི་ཁྲོད་ནས་ལྭ་བ་ཉོ་དགོས་པས། སེམས་ཁྲེལ་ཆེན་པོས་ཁེངས།

ཐ་ན་སྲང་ལམ་དུའང་ང་ལ་ལྟ་མཁན་མང་ཞིང་། ཁོ་ཚོ་ཚང་མ་མིག་ཤུགས་རྣོ་ངར་ཅན་ཡིན་ཞིང་། ངའི་ངོ་ཤེས་པ་དང་གསང་བ་དེ་དག་ཤེས་པ་ནང་བཞིན། ཉམས་མྱོང་ཕུན་སུམ་ཚོགས་པའི་མིག་དབང་ལས་ཐར་དཀའ་བར་གྱུར། དེའི་ཕྱིར། ང་ནི་ཞི་མོ་ཆུང་ཆུང་ཚོ་དང་འགྲོགས་མི་རུང་ལ། ཞི་མོ་ཆེ་བ་ཚོས་ང་མི་འདོད། དར་མ་ཚོས་ང་རང་སྐྲག་སྣང་དུ་བསྐུར་བ་ཡིན་ཏེ། ཁོ་ཚོས་ངའི་གསང་བ་ལ་བགྲད་འདུག དེ་བས་ང་ཁེར་རྐྱང་དུ་མི་སྡོད་ག་མེད་བྱུང་ཞིང་། ངའི་གཟུགས་བྱད་དང་སྤྱོད་ལམ་ཁྱད་མཚར་ཅན་དུ་བཏང་། ཐེངས་ཤིག་ལ། ང་དང་ངའི་ལོ་ཆུང་ལུས་རྩལ་སློབ་གྲྭའི་

སློབ་གྲོགས་གཉིས་མཉམ་དུ་སྲང་ལམ་དུ་འགྲོ་སྐབས། རྣམ་པའི་སྟེང་ནས་མ་མཐའ་ཡང་ང་ལ་འགྲོ་རོགས་རེ་གཉིས་ཤིག་ཡོད་པར་ངོ་མ་བཀའ་དྲིན་ཆེ་སོང་འདོད། ངས་བསམ་ན་ཕོ་ཆོས་ངའི་ཁ་ངོ་ལ་བལྟས་ནས་ང་ལ་དཀའ་ལས་བཟོ་མི་འདོད་པས་རེད། ཡིན་ནའང་འདི་ནི་ཕྱི་ཚུགས་ཙམ་ཡིན་ལ། ནང་སེམས་སུ་ང་དང་ཕོ་ཆོའི་བར་དུ་བར་ཐག་ལི་དབར་ཁྲི་ཕྲག་ཡོད་ངེས། ཉིན་དེར་ང་ཚོ་མཉམ་དུ་སློབ་གྲྭའི་ལམ་བུ་བརྒྱུད་ཅིང་། འདུ་འཛོམ་ཆེ་བའི་ལམ་ཆེན་ཞིག་ནས་ལམ་ཆུང་ཞིག་ཏུ་གོམ་ཁ་བསྒྱུར་བ་དང་། ལམ་ཆུང་དེ་རུའང་འདུ་འཛོམ་ཆེ་མོད་ལམ་ཆེན་ལྟ་བུ་ཞིག་མིན། འདི་གར་ཡོད་པ་ནི་སྡོད་དམངས་ཡིན་ལ་ལུས་སུ་བཟའ་བཏུང་གི་དྲི་མས་ཁྱབ་ཡོད། ང་ཚོ་ཕོ་ཚོའི་གསེང་ནས་སོང་བ་དང་འཕྲལ་དུ་ང་ཚོའི་རྗེས་འབྲངས་མཁན་དེ་མཐོང་། གཟབ་ནན་གྱིས་བཤད་ན་ངས་མཐོང་བ་ཡིན། ཕོ་ཆོས་ཤེས་མེད་ཚོར་མེད་དུ་ཁ་བརྡ་བྱེད་བཞིན་འགྲོ་བ་རེད། ངས་རྗེས་འབྲངས་མཁན་དེ་མཐོང་ཞིང་། ཕོ་ནི་ལམ་ཆེན་དུ་འགྲོ་སྐབས་སུ་ང་ཚོའི་རྗེས་སུ་འབྲངས་ཡོད་པ་དང་། སྐྱེས་པ་བགྲེས་པོ་ཞིག་རེད། ང་ཚོའི་ལོ་ཚོད་འདིར་བགྲེས་པོ་ཞེས་པ་ནི་ལོ་སོ་ལྔ་ནས་ཞེ་ལྔའི་བར་གྱི་མི་ལ་ཟེར། དེའི་གཟུགས་ཐུང་ཞིང་ལུས་སུ་བཀྲུས་ནས་མདོག་ཡལ་བའི་ལས་གོས་གོན་ཡོད། ལག་ཏུ་ཀོ་བ་བཅོས་མའི་ཁུག་མ་རྙིང་བ་ཞིག་ཐོགས་འདུག ལོ་ཚོད་འདིར་གང་ནས་བལྟས་ཀྱང་རྙིང་བ་ཞིག་འདུག ཕོ་ལམ་ཆེན་ནས་ལམ་ཆུང་བརྒྱུད་དེ་ང་ཚོའི་རྗེས་སུ་འབྲངས་ཤིང་། བར་ཐག་ལ་གོམ་པ་ལྔ་དྲུག་ཙམ་ལས་མེད་པས། རྗེས་འདེད་དེ་སྦ་གསང་བྱེད་མི་འདོད་པ་འདྲ། དེར་མཐུད་ནས་ངས་ཧ་ལས་པའི་ངང་ཕོས་རྗེས་སྙེག་པ་ནི་ང་ཚོའི་ཁྲིད་ཀྱི་མི་གཅིག་ཡིན་པ་

རྟོགས། དེ་ནི་ང་རེད། ཕོའི་མིག་གིས་ལྟ་བ་ནི་ང་ཡིན་པ་མ་ཟད་ཡ་མཚར་གྱི་འཛུམ་མདངས་ཤིག་ཤར་འདུག ངས་གོམ་ཁ་རྗེ་མགྱོགས་སུ་བཏང་བས་འགྲོ་རོགས་གཉིས་ཀྱི་གོམ་ཁ་ཡང་རྗེ་མགྱོགས་སུ་བཏང་བ་རེད། ང་ཚོ་ཚང་མ་ལོ་ཆུང་ལུས་རྩལ་སློབ་གྲྭའི་སྦྱོང་བརྡར་སློབ་མ་ཡིན་པས། ལུས་པོའི་སྟུས་ཚད་ཅུང་བཟང་། ཡིན་ནའང་རྗེས་འབྲངས་པ་དེའི་གོམ་ཁ་ཡང་རྗེ་མགྱོགས་སུ་སོང་བར་བརྟེན། ང་ཚོའི་བར་ཐག་རྗེ་ཉེ་རུ་སོང་ཞིང་ཁྲིམ་ལ་ཐོན་རག་ཏུ་བདའ་བའི་ཚུལ་མངོན། ང་རང་འཚུབ་ཆ་ལངས་ཤིང་དྲུ་ངག་ཤོར་ལ་ཁད་བྱུས་པས། འགྲོ་རོགས་ཚོས་ང་སྐྲག་འདུག་པ་ཤེས་སོང་། ཕོ་ཚོས་ང་ལ་ཅི་ཡིན་འདྲི་ཕོམ་མ་བྱུང་གོང་ལ་རྗེས་འབྲངས་པ་དེ་ང་ཚོ་དང་དཔུང་མཉམ་དུ་ཡོད་པ་དང་། ཕོའི་ངོ་ཡི་འཛུམ་མདངས་ལྷག་ཏུ་གསལ་བར་གྱུར། ཕོས་ངའི་ངོ་ལ་ལྟ་ཞིང་། ངོ་མ་ང་ལ་དམིགས་ནས་ཡོང་བ་རེད། ཕོས"ཁྱོད་ཀྱི་འདི་ན་ཅི་ཞིག་སྐྱེས་འདུག་གམ"ཞེས་བཤད་ཞོར་དུ། ལག་པས་རང་གི་ངོ་ནས་གནས་ས་བསྟན་པ་རེད། ངས་ཀྱང་ཕོའི་ལག་པའི་གནས་ས་ལྟར་འགྲམ་པར་རེག་ཙམ་བྱས་པ་ན། དེ་གར་ཀྱ་ཅིའི་ནང་སྙིང་ཞིག་འབྱར་འདུག དེ་ནི་ད་ཅི་ཤིང་འབྲས་མེན་པའོ་ཟ་སྐབས་འབྱར་སོང་བ་རེད། དེ་དུས་ཕོའི་བློ་དོགས་སངས་ནས་ང་ཚོ་དང་ཁ་བྲལ་སོང་། རོགས་པ་ཚོའང་ཁ་ཕྱིར་འཕོར་ནས་ད་ཅིའི་དོན་དེ་མ་བྱུང་བ་ནང་བཞིན་མུ་མཐུད་དུ་འགྲོ་བ་ཡིན་མོད། འོན་ཀྱང་ང་རང་ཤིན་ཏུ་སྐྲག་སོང་། ངས་ཕོ་ཚོ་དོན་དག་དེ་འདྲ་དང་འབྲེད་ཡོད་མེད་མི་ཤེས་ལ། ཕོ་ཚོས་ཅི་ཡང་མ་བྱུང་ཁྲུལ་བྱེད་པ་ལས་འབྲེད་ཡོད་ཀྱང་སྲིད། ཕོ་ཚོའི་ལ་རྒྱ་སྲུང་ཆེད། བྱིས་པ་ཚོས་འདི་ལྟར་སྦྲ་གསང་གང་ཐུབ་བྱེད་པ་རེད།

དོན་དག་ཡ་མཚར་མང་པོ་ཞིག་ལ་འཕྲད་ཕྱིར། ང་ནི་རང་ཉིད་ལ་སྐྲག་སྣང་སྐྱེས་པ་དང་། རང་ཉིད་ཕྱོགས་གང་ཞིག་ཏུ་འགྲིག་མེད་ཕོ་ཐག་རེད། དེ་མིན་ན་འགྲེལ་བཤད་ཇི་ལྟར་རྒྱག་དགོས་སྙམ། མི་རྣམས་ཀྱིས་ངའི་ངོ་དང་ལུས་སྟེང་ནས་འགྲིག་མེད་ས་ཞིག་མཐོང་ཡོད་པ་མངོན་པར་གསལ། དེ་བས་ངས་རང་ཉིད་ཀྱི་ཁེར་རྐྱང་གི་རྣམ་པ་དང་། ཕྱི་བྲལ་ཁེར་སྡོད་བྱེད་པའི་གནས་བབ་བསྒྱུར་རྒྱུའི་སེམས་ཐག་བཅད། ང་ལ་གྲོགས་པོ་ཡོད་ནའང་རང་གི་སེམས་སུ་ཐུར་བཞིན་ཕྱི་བྲལ་ཁེར་སྡོད་བྱེད་པ་ཞིག་རེད། ཇི་ལྟར་བསྒྱུར་དགོས་ཞེ་ན། སྤྱི་སྤྱོད་ཁྲུས་ཁང་དུ་ཁྲུས་བྱེད་རྒྱུ་དེ་ཐབས་ཤེས་ཤིག་རེད།

ང་རང་ཆུའི་ཟེགས་མ་ཐོར་འཕྲོ་བྱེད་པའི་ཕྱུ་དེ་རུ་ཚུད་ནས། ལྷུག་པར་བཞད་པའི་ཤ་མདོག་མེ་ཏོག་ཁྲོད་ཀྱི་འདབ་མ་ཞིག་དང་། ཞུབ་ཤོད་སྐད་གསེང་གི་ཁྲོད་དུ་འང་ངའི་སྐད་སྒྲ་ཡོད་ན་འདོད་ཅིང་། ངོ་ཚ་འཛེམ་མེད་ཀྱིས་གཅེར་བུར་ཕན་ཚུན་ཕྲད་ཐུབ་ན་ཅི་མ་རུང་སྙམ། ངའི་ལུས་པོ་སྤྲ་གསང་མེད་པའི་ཁྲོད་ནས་ཚང་མ་དང་ཉེ་བར་བཅར་ཏེ། ཚང་མ་དང་གཅིག་མཐུན་དུ་གྱུར་པས། གསང་བའི་འགྱུར་ལྡོག་དེ་གར་སོང་ཆ་མེད་དུ་གྱུར་ཞིང་། ང་ལ་སེམས་ཁྲེལ་མེད་པས་རང་ཉིད་དགའ་ལྷང་ལྷང་དུ་སོང་། ཡིན་ནའང་། ཇི་ལྟར་བྱས་ན་ད་གཟོད་སྤྱི་སྤྱོད་ཁྲུས་ཁང་དུ་འཁྲུད་བྱེད་ཐུབ་ཅེ་ན། ང་དེ་ལས་བརྒལ་མི་ཐུབ། ཐེངས་རེ་རེར་ལྦ་བ་བཙེ་ཁང་དུ་ལྦ་བ་ཕུད་ནས་ཚེ་ལེན་དུ་ཐོན་ཚེ། འཕྲལ་དུ་ལུས་སྦྱོང་ཕྱི་ལྦ་གོན་པ་དང་། ཡང་ན་ལུས་སྦྱོང་ལྦ་བ་ཕུད་ཚེ་འཕྲལ་དུ་བལ་གོས་སམ་བྲང་ཁེབས་གོན་པ་ཡིན། དེ་མ་ཐག་ཏུ་ངའི་ལུས་པོ་སླར་ཡང་སྡོང་རས་ལྟར་དམ་པོར་བསྡམས

སོང་། བློ་ཕམ་ཡིད་ཆད་ཀྱིས་འཚང་ཁ་ཤིག་ཤིག་གི་ཁྲོད་ནས་ཕྱིར་བུད། ངོ་མས་བཤད་ན་དྲི་མ་དེ་སྣོམ་དཀའ་བ་ཞིག་རེད། འདི་འདྲའི་སྣང་དག་མེད་པའི་རྩྭ་རྫོབ་ཀྱང་ཟློལ་མེད་ཅིག་རེད། ང་ལྷ་བ་བཟེ་ཁང་ལས་བུད་ཚེ་དྭངས་བསིལ་གྱི་སེར་བུ་བརྫུབས་ནས་ཕྲད་པ་དྭངས་མོ་ཞིག་ཏུ་གྱུར་མོད། འོན་ཀྱང་དྭངས་མོ་དེའང་སྐྱིད་སྣང་ཞིག་ཏུ་འགྱུར་མ་ཐུབ། ང་རང་རྩྭ་རྫོབ་དང་བྱ་རྒྱུག་གི་དྲི་མས་ཁྱབ་ཏུང་རང་ཉིད་ཀྱིས་སྣོམ་མི་ཐུབ་པའི་མཁའ་དབུགས་དེའི་ཁྲོད་དུ་ཞུགས་ན་འདོད། དེ་གར་བློ་བདེ་དང་བདེ་འཇགས་ཀྱི་ཚོར་སྣང་ཞིག་མཆིས།

རང་གིས་ཐོག་མར་ཐུན་མོང་གི་ཟ་ཁང་དུ་ཟ་མ་ཟ་བར་ཡོང་བས་སུ་འཇུག་དགོས་སྙམ། བརྟན་ཆེ་ཞིང་སྟུམ་མང་ལ། ཉིན་མོའང་སློག་སྒྲོན་འགེར་དགོས་པའི་ཨར་འདམ་གྱི་ཁང་པ་དེའི་ནང་དུ། འཚང་ཁ་ཤིག་ཤིག་གིས་ཅོག་ཙེ་གཅིག་གི་མཐའ་བསྐོར་ནས་དཀར་ཡོལ་ལས་ཟ་མ་ཟ་དགོས། དེ་ལ་ཤ་རྗེན་མི་ཚུང་གཅེར་བུར་འཚང་བའི་བདེ་སྣང་ཞིག་ཡོད་དེ། ཐུན་མོང་གི་འཚོ་བ་རོལ་སྟངས་ཤིག་གོ། དེར་བརྟེན། ངས་རང་གི་གྲོགས་པོ་ཞིག་ལ་ཟ་ཁང་དུ་ཞུགས་པའི་སྐྲུབ་རེམ་ཞུ་བ་ཡིན། ངས་བལྟས་ཡོང་ན། གྲོགས་པོ་འདི་ཕོ་ཚོ་སུ་ཞིག་ལས་ཀྱང་ང་ལ་ཞེ་ལོག་མི་བྱེད། འདི་ནི་ཚོར་ལོག་ཅིག་ཡིན་ཡང་སྲིད་དེ། ངས་ཕོ་ནི་ང་ལ་གང་འདོད་ཅིག་ཡིན་པའི་ཚོར་བ་བྱུང་། སྐབས་འགར་མོས་ངའི་ཕྲག་པ་ནས་འགུག་པ་ཡིན་ལ། དེ་ཡང་ང་ཚོ་ཚང་མ་གཟུགས་པོ་ཆེ་བའི་རྐྱེན་གྱིས་ཡིན་སྲིད། རང་རང་གི་སློབ་གྲྭའི་ནང་དུ་ཡོད་ཚེ་ང་དང་ལོ་ཚོད་མཉམ་པའི་མི་ལས་ངའི་ཕྲག་པར་སླེབ་ཐུབ་པའི་མི་ཤིན་ཏུ་ཉུང་། སློབ་གྲྭའི་ནང་གི་འཚོ་བ་ནི་གཟབ་ནན་

ཞིག་ཡིན་པ་དང་། སློབ་གྲོགས་ཀྱི་བར་དུ་འང་འཚེར་སྣང་ཆེ། ང་ཚོ་མཉམ་དུ་སྡོད་པ་ནི་སློབ་ཐུན་ཡར་འཚོགས་མར་གྲོལ་གྱི་ཆེད་དུ་ཡིན་པ་དང་། རིག་གནས་སློབ་གསོ་དང་ལེན་བྱེད་ཆེད་ཡིན། དེའི་ཕྱིར། དེ་གར་ང་ཚོ་ཚང་མ་ཕྱི་ཐུམ་ཅན་ཡིན། ཡིན་ནའང་ལུས་རྩལ་སློབ་གྲྭ་རུ་མང་ཆེ་ཤོས་ཤིག་ལ་གཅེར་བུའི་འཚོ་བ་རོལ་བ་ཡིན། ང་ཚོ་ལུས་སྦྱོང་འཛིན་གྲྭ་དང་ཡང་ན་ལྷང་ལེ་འཛིན་གྲྭ་གང་ཡིན་རུང་། ཚང་མས་རྣམ་པ་མི་མཐུན་པའི་སྒོ་ནས་ཤ་གནད་དང་རུས་ཀྱང་། ཤ་རྒྱུས་བཅས་སྦྱོང་བརྡར་བྱས་ནས། ལྟེམ་གཉིས་དང་སྟོབས་ཤུགས། ཚོད་འཛིན་ཚད་མཐོར་འདེགས་བྱེད་པ་ཡིན། ང་ཚོས་འདི་ནས་ལུས་པོ་ཕྱི་ཐུམ་ལས་ཕྱིར་ཕྱུང་ཡོད།

སྐར་ཡང་ཐུན་མོང་གི་ཟ་ཁང་དུ་ཟ་མ་ཟ་བར་སོང་ན། ངས་གྲོགས་པོ་དེ་ལ་ཟ་ཁང་དུ་ཞུགས་པའི་རེ་འདུན་བཏོན་པར་མོས་ཁས་ལེན་བྱས་སོང་། ངས་ཨ་མའི་ལག་ནས་བླངས་པའི་སྒོར་གཅིག་དང་ཟས་ཡིག་རྒྱ་མ་གང་དེ་མོའི་ལག་ཏུ་བཞག མོས་ཤིན་ཏུ་ཧ་མས་པའི་ངང་རྩིས་ཤིག་བརྒྱབ་སྟེ་བཤད་རྒྱུར། “གཙོ་ཟས་རྒྱ་མ་གང་དང་། སྒོར་ཟུར་བརྒྱད་དང་སྐར་མ་བརྒྱད་ཀྱི་ཚལ་བྱང་ཉོ་དགོས་ཟེར། ” ང་རང་སྒོར་གཅིག་དེ་འཕྲུལ་མར་སྒོར་ཟུར་བརྒྱད་དང་སྐར་མ་བརྒྱད་ལས་མེད་པའི་རྒྱུ་མཚན་ཅི་ཡིན་པར་མགོ་འཁོར་སོང་། མོས་ང་ལ་འགྲེལ་བཤད་ཡུན་རིང་ཞིག་ལ་བརྒྱབ། མོས་བཤད་རྒྱུར་འབྲས་ཡིན་རུང་ཟས་ཡིག་དགོས་པ་མ་ཟད་ད་དུང་སྒོར་མོའང་དགོས་ཟེར། མོས་ཐ་ན་བུད་ཤིང་གི་རིན་ཡང་རྩིས་བརྒྱབ་ཡོད། ངའི་བློད་པ་ནི་སྒོར་མོ་གཅིག་དེས་སྒོར་ཟུར་བརྒྱད་དང་སྐར་མ་བརྒྱད་ཀྱི་ཚལ་བྱང་མ་གཏོགས་ཉོ་མི་ཐུབ་པའི་གནད་དོན་དེར་འཁོར་འདུག མཇུག་མཐར་

ལོ་རེའི་རྒྱལ་ཁབ་དབུ་བརྙེས་པའི་མཚན་མོར། ངེད་ཤ་ཉེ་ཁྱིམ་ཚང་དུ་མ་ཞང་པོ་ཚང་དུ་འཛོམས་ནས། ཆོན་ཁྲ་ཤོག་སྣག་ལ་སྒྲུག་པ་ཡིན། ང་ཚོ་ཉེ་འཁྱམས་སུ་འཚང་ཁ་བརྒྱབ་ནས། ཁ་ཆོན་ཁྲ་ཤོག་སྣག་རྒྱག་སའི་མི་དམངས་ཐང་ཆེན་དུ་འཁོར། དུས་ཆོད་ཐོན་པ་ན་ཐོག་ཁང་གི་ཡང་སྟེང་དུ་ཆོན་ཁྲ་ཤོག་སྣག་ཁྲ་ཆིལ་ལེར་ཐོར་ཡོང་བ་རེད།

མོའི་འགྲེལ་བཤད་རྒྱག་ཐབས་ནི“ཁྱོད་ཀྱིས་དེའི་ཁར་སྐོར་ཟུར་གཅིག་དང་སྐར་མ་གཉིས་བསྣན་ན། སྐོར་གཅིག་དེ་ཕྱར་བཞིན་སྐོར་གཅིག་ཡིན”ཟེར། ང་ཚོ་ལོ་ཆུང་ལུས་རྩལ་སློབ་གྲྭ་ནས་སྦྱོང་བ་བྱས་ཏེ། མི་རྣམས་ཀྱིས་བཤད་པ་ནང་བཞིན། རྐང་རྐ་ལག་རྒྱས་རུང་ཀླད་པ་སྟབས་བདེ་ཡིན། མགོ་འཐོམས་པའི་རྩེས་ཐོ་འདི་ཁྱེར་ནས་ང་ཚོ་མཉམ་དུ་ལོ་ཆུང་ལུས་རྩལ་སློབ་གྲྭའི་ཟ་ཁང་དུ་ཐོན་པ་དང་། ཟ་ཁང་གིས་ང་ཚོར་བཤད་རྒྱུར། ཟ་ཁང་དུ་ཞུགས་འདོད་པའི་མི་ཤིན་ཏུ་མང་བས། ཁ་སང་དེ་རིང་འདིར་བཀས་བཅད་གསར་བ་ཞིག་ཡོད་དེ་ཁྲིད་སྟོང་དགེ་རྒན་གྱིས་མིང་མཆན་འགོད་དགོས་ཟེར། དེར་བརྟེན་ང་ཚོ་སོང་ནས་ཁྲིད་སྟོང་དགེ་རྒན་བཙལ་བ་ཡིན།

ཁྲིད་སྟོང་དགེ་རྒན་ནི་སྐྱེས་མ་དར་མ་ཞིག་ཡིན་ལ། རྒྱང་སྒྲིབ་མིག་ཤེལ་གོན་ཡོད་ཅིང་གཟུགས་མི་རིང་། བལྟས་ཚོད་ཀྱིས་ལྷང་ལི་ཁྲིད་སྟོང་བྱེད་པའི་དགེ་རྒན་ཞིག་དང་མི་རིག་པར། སྐྱེ་མོ་རྩུབ་པོ་ནག་པོ་དང་སྐྲ་སྐམ་པོ་མདངས་མེད་ལས་མ་གཏོགས། དགེ་རྒན་དཀྱུས་མ་ཞིག་དང་འདྲ། མོས་ང་དང་ལོ་ཆུང་ལུས་རྩལ་སློབ་གྲྭའི་བར་ཐག་དང་ཕ་མ་གཉིས་ལས་བྱེད་པ་ཡིན་མིན། ཁྱིམ་དུ་ཟ་མ་ལས་མཁན་ཡོད་མེད་སོགས་དྲིས་བྱུང་། མཇུག་མཐར་ང་ཟ་ཁང་དུ་ཞུགས་པའི་ཚད་ལོངས་མེད་པ་དང་། ཁྱིམ་ནས་ཟ་མ་ལེགས་པོར་ཟོས་རྗེས་སྦྱོང་བརྡར་དུ་ཡོང་བའི་སྙོམ་ཚིག་བསྒྲགས། བལྟས་བལྟས་རིག་རིག་ལ་དོན་དག་མི་འགྲུབ། གློ་བུར་དུ་ངའི་གྲོགས་པོ་དེས་དགེ་རྒན་གྱི་བཤད་མཚམས་བཅད་ནས། “ཡིན་ནའང་མོས་དེ་རིང་ཇི་ལྟར་བྱ། མོས་ད་དུང་ཟ་མ་ཟོས་མེད”ཅེས་བཤད། ཁྲིད་སྟོང་དགེ་རྒན་གྱིས“དེ་རིང་ངས་མགྲོན་བྱེད”ཟེར། དེར་བརྟེན་ངེད་གསུམ་མཉམ་དུ་ཟ་ཁང་དུ་སོང་

བ་དང་། ཅོག་ཙེ་ཞིག་གི་ཟུར་ནས་ཅོག ཟས་ཕུན་འདི་ངོ་མ་ང་ལ་ཟ་རིན་ཡོད་པ་ཞིག་རེད། འབྲས་སྐམ་ཞིང་སྤྲ་ལ་དཀར་ཡོལ་གྱི་ཁ་ཡངས་པས་ཁ་ནང་དུ་འབྲས་འདེད་དཀའ། ཨུ་ཚུགས་ཀྱིས་དེད་ཅིང་མེད་དཀའ་བ་ཞིག་རེད། ངས་ཕུར་མ་བཟུང་ནས་ཚོད་མ་ལེན་མི་ཐོད་དེ། སྙེར་མའི་ནང་གི་ཚོད་མ་ཉུང་ནས་ཟ་རན་མེད་པས། ངས་སྙེར་མའི་ཁ་ནས་ཚལ་ལོ་རེ་གཉིས་ཤིག་མ་གཏོགས་མ་ཟོས། ཁྲིད་སྟོང་དགེ་རྒན་གྱིས་ང་ལ་སྙེར་མའི་ནང་གི་སྒོ་ང་གཅིག་ཁོ་ན་དེ་ཟོ་ཟེར་མོད། འོན་ཀྱང་ངས་དེ་ཟ་མ་ཕུབ་ལ། མོས་ཀྱང་རྒྱུན་འཁྱོངས་མ་བྱས།

ཟ་ཁང་དུ་ཟ་མ་ཟ་རྒྱུ་དེ་མ་འགྲུབ་པར། དོན་དག་སླར་ཡང་སྤྱི་སྤྱོད་ཁྲུས་ཁང་དུ་ལོག་ཙང་། ངས་དོན་དག་གཅིག་འགྲུབ་དགོས་འདོད། ལོ་ཆུང་ལུས་རྩལ་སློབ་གྲྭའི་ལུས་པོའི་འཚོ་བ་དེས་དངོས་གནས་མི་ལ་ཐེང་ཆ་སྐྱོང་བ་ཞིག་རེད། ངས་ད་དུང་ངའི་གྲོགས་པོར་བརྟེན་དགོས། ཉིན་ཞིག་ལ་མོས་ང་ལ་བྲིས་པ་དེ་ཚོ་དང་མཉམ་དུ་ཁྲུས་བྱས་ན་བྱ་ཚང་ཞིག་ལྟར་འཛེར་སྣྲ་ཆེ་ཟེར། དེའི་འགྲོར། མོས“གཟའ་ཕུར་བུའི་དགོང་མོར། ལོ་རིམ་མཐོན་པོའི་ལྷང་ལེ་འཛིན་གྲྭ་གཅིག་ལ་མ་གཏོགས་སྤྱོང་བརྡར་མེད་པས། ང་ཚོ་ཡོང་ནས་ཁྲུས་བྱས་ན་ཅི་འདྲ་རེད”ཅེས་གྲོས་གཞི་བཏོན། ཁོ་མོས་ངས་སྤྱི་སྤྱོད་ཁྲུས་ཁང་དུ་གཏན་ནས་ཁྲུས་མི་བྱེད་པར་ཡིད་འཇོག་བྱས་མེད་པས། ད་ཅིའི་གྲོས་གཞི་དེ་བཏོན་པ་རེད། དེར་བརྟེན་འདོད་མི་འདོད་གང་ཡིན་ཙང་། ངས་མགོ་ལྦུག་ལྡེམ་ནས་འཐད་པའི་ཚུལ་སྟོན་དགོས་བྱུང་། ཁྲུས་བྱེད་པའི་གོ་སྐབས་ནི་འདི་འདྲའི་སླ་མོར་ཐོབ་པ་ཡིད་ལ་ཡང་མ་དྲན། དོན་དག་མ་གཞི་ནས་མ་གྲོས་རང་གྲུབ་ཅིག་ཡིན་ཡང་

སྲིད་དེ། ངས་མ་འགྱངས་པར་གསང་གནས་བརྟོལ་ནས། རང་གི་ལུས་པོ་གསལ་སྟོན་བྱེད་དགོས།

གཟའ་ཕུར་བུའི་མཚན་མོར། ངེད་གཉིས་མཉམ་དུ་ལོ་ཆུང་ལུས་རྩལ་སློབ་གྲྭར་སོང་བ་དང་། ལོ་ཆུང་ལུས་རྩལ་སློབ་གྲྭ་ཤིན་ཏུ་ཞི་འཇགས་ཡིན་ལ། ཞི་འཇགས་དེའང་གཟབ་ནན་ཞིག་ཏུ་སྣང་། ང་ཚོ་དུས་ཚོད་འདིའི་ནང་དུ་སློབ་གྲྭ་འདིར་ཡོང་མ་མྱོང་། ང་ཚོ་སླེབ་པའི་དུས་སུ་འདི་གར་རྟག་ཏུ་བྱིས་པ་མང་པོ་འཚོགས་ཤིང་། ལྷ་བའི་སྐམ་གྱི་སྟེང་དུ་མགོ་པོས་འཚང་ཁ་ཤིག་ཤིག་བྱེད་པ་དང་། དུས་མཉམ་དུ་རང་ཉིད་ཀྱི་ཨང་རྟགས་འབོད་བཞིན་ཡོད། ཚོལ་དྲི་བྲོ་བའི་ལྷ་བ་རེ་རེ་དང་རྐང་རྡུལ་བྲོ་བའི་འཁྲིག་ལྷམ་རེ་རེ་མགོ་ཐོག་ནས་བརྒྱུད་སྤྲོད་བྱེད། སྐབས་འདིར་མི་མེད་མོད། འོན་ཀྱང་སྒྲོག་སྒྲོན་སྤར་བཞིན་དཀར་གསལ་ལེར་ཡོད། ལུས་སྦྱོང་ཁང་དང་གར་སྟེགས་བརྒྱུད་ནས་སོང་བ་ན། ལྷང་ལི་རྩེ་བའི་སྦྲ་གྲུག་ཡོང་། ཁྲིད་སྦྱོང་དགེ་རྒན་ཡང་དེ་གར་ཡོད་ལ། ཁྲིད་སྦྱོང་དགེ་རྒན་སྐྱེས་པ་ཞིག་གིས་བཀའ་བརྡ་གཏོང་བཞིན་ཡོད། ང་ཚོ་འཛམ་ཐིང་ཐིང་གི་ཚོམས་ཆེན་བརྒྱུད་ནས་སོང་བ་ན། ལྷ་བ་འཛོག་སྐམ་གྱི་སྟེང་དུ་སྟོང་སེང་ངེ་ཡོད་པ་དང་། ཆེད་དུ་ལུས་སྦྱོང་ལྷ་བ་བསྡུ་བའི་ཀད་པོ་དེའང་གར་སོང་ཆ་མེད་ཅིག་ཡིན། ང་ཚོ་ཐད་ཀར་དུ་ལྷ་བ་བཞེ་ཁང་དུ་སོང་བ་དང་། གོས་སྒམ་གྱི་སྒོ་ལ་ལ་ཕྱེ་ཞིང་ལ་ལ་གཏན་ཡོད། བྱིས་པ་ཚོའི་རྟུག་དྲིའི་ཚབ་ཏུ་ཨར་འདམ་དང་ཤིང་ཆའི་དྲི་མས་ཁྱབ་ཡོད། ང་ཚོར་འཚྲོག་རེས་བྱེད་མཁན་མེད་པས། གང་འདོད་དུ་གོས་སྒམ་རེ་བདམས། ངའི་གྲོགས་པོ་དེས་འཕྲལ་དུ་ལྷ་བ་ཕུད་པ་དང་། ངས་ད་དུང་རྐང་ཐུང་ཞིག་དང་ཚེ་ལེན་

གཅིག་གོན་ཡོད་ལ། ལུས་སུ་དེ་མུར་འཁྱག་འབུར་ལངས་ཤིང་སོ་འདར་རྒྱག རོགས་པ་དེ་ཁྲུས་ཁང་དུ་འཛུལ་ནས་གཏོར་མགོ་བསྐོར་བ་ན། འཕྲལ་དུ་ཚ་དྲོད་ལམ་ལམ་དུ་གྱུར་ནས་རྡུལ་ཆུ་འཛག་ཡོང་། ཡིན་ནའང་། གཏོར་མགོ་ཏུ་ཆུ་མེད། ཁོ་འདར་སིག་རྒྱག་ཞོར་དུ་གཏོར་མགོ་གཞན་ཞིག་གི་ཁ་ཕྱེ། དེ་ནས་ཡང་གཞན་ཞིག་གི་ཁ་ཕྱེ། ཚང་མའི་ནང་དུ་ཆུ་མེད། ཁོ་སེམས་འཚབ་པ་དང་གྲང་བའི་དབང་གིས་གཅེར་བུར་ཕར་ཚུར་རྒྱུག ཁོ་ཡོངས་སུ་མི་འདྲ་ཞིང་ལྭ་བའི་ཁོག་གི་མི་དེ་དང་མི་འདྲ་ལ། ང་དང་མཉམ་དུ་འགྲོ་འོང་བྱེད་པའི་མི་དེ་དང་གཏན་ནས་མི་འདྲ། ངའི་སེམས་སུ་ཞེན་ལོག་ཅིག་སྐྱེས་པ་དང་འཁྱོད་སེམས་ཀྱང་སྐྱེས། དེ་རིང་ངོ་མ་ཡོང་སྟབས་མི་འགྲིག་འདོད། ཡིན་ནའང་། ངས་བཟོད་སེམས་མེད་པར་ཁོ་ལ་ཡིད་སྨོན་འཚོར། མོའི་ཞེ་དྲང་དང་འཛེམ་མེད་ལ་ཡིད་སྨོན་བྱས། དེ་ནི་ཁོ་ལ་གསང་བ་མེད་པའི་རྐྱེན་གྱིས་ཡིན་ཡང་སྲིད། ང་ལ་གསང་བ་ཡོད་པ་ཨེ་ཡིན་ཞེ་ན། ང་ནི་ཁོ་མོ་ནང་བཞིན་གཅེར་བུར་འབུད་མི་ཐུབ་པས། ང་ལ་ཕལ་ཆེར་གསང་བ་ཡོད་པ་འདྲ། ཡོད་ན་གསང་བ་དེ་ཅི་ཞིག་ཡིན་ནམ། ངས་མི་ཤེས་ཤིང་རྒྱུས་མི་ལོན་ལ། ངས་རང་གི་ལུས་པོར་རྒྱུས་ལོན་བྱེད་མི་ཐུབ། གློ་བུར་དུ། མོས་དགའ་འབོད་བསྒྲགས་བྱུང་ལ། གཏོར་མགོ་ཞིག་གི་ནང་ནས་ཆུ་ཟེགས་ཐོར་ཡོང་། འདི་ནི་ཆུ་ཆད་པའི་ཡར་སྔོན་གྱི་ལྷག་མ་ཙམ་ཡིན་སྲིད་དེ། གནོན་ཤུགས་མེད་ཅིང་ཆུ་ཆུང་ལ། ཐིགས་པ་ཙམ་ཞིག་ཡིན། མོ་གཏོར་མགོའི་འོག་ནས་ལངས་ཏེ་ང་འབོད་བཞིན་འདུག

ངས་ལྭ་བ་གོན་ནས་ཕར་སོང་ཞིང་གཏོར་མགོའི་འོག་ཏུ་ཐོན་མ་ཐག གཏོར་མགོའི་ཆུའི་ཟེགས་མའི་མཚམས་ཆད། ངའི་ལུས་ཐོག་ཏུ་ཆུའི་ཐིགས་

པ་འགའ་ཤིགས་ནས་ལྭ་བ་རློན་པར་བཏང་། མོས་མགོ་པོ་དཀྲི་ནས་སྡོང་པོ་སྒྲུལ་བ་བཞིན་ཆུ་སྒྲུག་སྒྲུལ་བ་ན། ཆུ་ཤིགས་འགའ་ཤིགས་ཡོང་། མོའི་སྐྲ་ཡོངས་སུ་བརླན་ནས་མགོ་རུ་འབུར་ཡོད་པ་དང་ཐོད་པའི་སྨུ་ཁྲུད་ཀྱང་གསལ་པོར་མཐོང་ཐུབ་པས། བལྟས་ཚོད་ཀྱིས་སྤྲེའུ་ཞིག་དང་གཉིས་སུ་མེད། ངས་མོར་བལྟ་མི་ཕོད་དེ། བལྟས་ན་མོའི་གསང་བ་ཤེས་པར་དོགས། ང་ཚོ་ཚང་མ་གསང་བ་ཡོད་པའི་ལོ་ཚོད་ལ་སླེབ་འདུག ཡ་མཚར་བ་ཞིག་ལ་ཁོ་ནི་རང་གི་གསང་བ་ལ་ཤེས་ཚོར་ཅི་ཡང་མེད། མོས་ཆུ་སྒྲུག་རེ་རེ་བྱས་ནས་སྒྲུལ་བཞིན་པའི་སྐང་དེར་ཞི་མོ་ཆེ་བ་སྐོར་ཞིག་ཡོང་ནས། མོའི་སྒྲུལ་མཚམས་བཅད་དེ། དེ་ལྟར་སྒྲུལ་ན་ཆུ་སྒྲུག་ཆག་འགྲོ་ཟེར། ཁོ་ཚོའི་སྐྲ་རློན་ཅག་ཅག་དང་ངོ་རུ་དམར་མདངས་ཤེག་ཆགས་ནས། ད་སོ་མ་ཁྲུས་བྱས་པའི་དག་གཙང་དང་དྲོད་ཞད་ཅིག་མངོན་འདུག དེས་ལོ་ཆུང་ལུས་རྩལ་སློབ་གྲྭ་རུ་ད་དུང་ཁྲུས་ཁང་གཞན་ཞིག་ཡོད་པ་མཚོན་ཞིང་། དེ་ནི་ཁྲིད་སྐྱོང་དགེ་རྒན་ཚོའི་ཆེད་སྤྱོད་ཁྲུས་ཁང་ཡིན་ཡང་སྲིད་དེ། ཁོ་ཚོ་རྗེས་འབྲངས་ནས་ཁྲུས་བྱེད་དུ་སོང་བ་ཡིན་ཤས་ཆེ།

ལེགས་འགྲུབ་མ་བྱུང་བའི་འཁྲུད་ཐེངས་འདི་ཡོད་པས། ངའི་བསམ་ཚུལ་ལ་འགྱུར་ལྡོག་འབྱུང་མི་སྲིད་དེ། སྤྱི་སྤྱོད་ཁྲུས་ཁང་དེ་མཇུག་མཐར་ང་ཡི་བཀལ་མི་ཐུབ་པའི་སྡོམ་ཁུལ་ཞིག་ཏུ་གྱུར། མ་འགྱངས་པའི་རྗེས་སུ། སྐྱོང་བརྡར་གྱི་གྲུབ་འབྲས་མི་ལེགས་པའི་རྐྱེན་གྱིས་ང་རང་ལོ་ཆུང་ལུས་རྩལ་སློབ་གྲྭ་ལས་ཕུད་པས། ང་སླར་ཡང་སྣ་རྐྱང་གི་མཁྲིགས་འཛིན་ཅན་གྱི་འཚོ་བར་ཞུགས། སྐབས་འགར་ལོ་ཆུང་ལུས་རྩལ་སློབ་གྲྭའི་སྒོ་ཁ་རུ་བརྒྱུད་དུས། རྨང་གཞི་རྗེ་དང་ལྡེབས་ངོས་རྩིང་པོ་ཡིན་པ། རྫིག་ཉམས་དོད་པོའི་ཨ་

ལུགས་པའི་བཟོ་བཀོད་འདིའི་ནང་དུ། དོན་དམ་པར་ཚ་སྲེག་ཟིང་སློང་གི་ལུས་པོའི་ཚོར་བའི་འཚོ་བ་རིགས་ཤིག་བསྐྱངས་ཡོད་པར་ཡ་མཚར་སྐྱེས་སྲིད། ང་རང་དེ་ལས་ཐར་སོང་བས་རང་ཉིད་ཀྱི་ལུས་པོའི་ཆེད་དུ་སྐྱེངས་མི་དགོས་ཤིང་། ངོ་སྐྱེངས་པ་ལས་མནར་གཅོད་མྱོང་མི་དགོས།

སོ་འགའི་རྗེས་སུ། ང་ཚོ་སློབ་འབྲིང་སློབ་མ་ཞིག་ཏུ་གྱུར་ནས། གཞི་རིམ་དུ་ངལ་རྩོལ་ལ་སོང་། ཞིང་པའི་ས་ཁང་གི་ཐང་དུ་ང་ཚོ་མི་གཉིས་རེ་ཆ་རེ་བྱས་ཏེ། ཉལ་ཁྲུལ་གཅིག་ཐང་དུ་འདིང་བ་དང་ཉལ་ཁྲུལ་གཅིག་ཐོག་ཏུ་བཀབ་ནས། རྣམ་བརྒྱབ་སྟེ་ཉལ་བ་ཡིན། ང་ཚོ་ཞག་མ་རེ་རེར་ཕན་ཚུན་ལ་འཐམ་ནས་ཉལ་བ་ཡིན་པས། དགའ་རོགས་ཆ་རེ་དང་ཀུན་ནས་མཚུངས། དུས་ནམ་ཞིག་ནས་མགོ་བརྩམས་པ་མི་ཤེས་པར། ང་ཚོའི་ལུས་པོའི་གསང་བ་མེད་པར་གྱུར། དེ་ཡང་གར་སོང་ཆ་མེད་ཅིག་མིན་པར་འབྲས་བུ་སྨིན་ནས་སར་ལྷུང་བ་ནང་བཞིན། ང་ཚོ་དང་ཁ་བྲལ་བ་རེད།

目　录

CONTENTS

校际明星	1
刻纸英雄	4
阿尔及利亚少女	7
离　异	10
男生们	14
女生们	18
积　木	26
冰	40
冬天的聚会	43
公共浴室	54

校际明星

那时候，在我们小学里，有一个合唱团，在区里甚至市里，都获得过名次。每当学校举行庆典活动，他们便登场演出。男女团员，一色白衬衣，男生蓝裤子，女生花裙子，底下一律白袜白球鞋，站在阶梯站台上，唱着四部合唱与轮唱。参加合唱团是极大的光荣，无疑地，合唱团是我们的明星。

在这些明星里面，还有一个最大的明星——男生领唱。他比我们高几个年级，大约是四或者五年级。他是那种最典型的男童音，小公鸡似的，尖，高，嘹亮。长相也是典型的清俊少年，中等个头略高，偏瘦，长脸颊，高鼻梁。穿着很整齐，干净的衬衣扣着袖口，下摆束进西装短裤，齐膝的长筒袜，褐色系带童皮鞋。当他站在梯级合唱队的围屏之下，从容地唱出一个激昂的高音起句时，那情景真是激动人心！

他吸引着大家的目光，而他似乎完全不自觉，行止与一般男生无甚两样。下课时和大家一起玩，玩累了，再一并奔跑回教室。因为小学校是就近入学，大家都住在一个街区，所以平时也见他与父母走在街上，或者自己手里托着样大人嘱咐买的什么东西，往回走。他显然生性安静，除去唱歌，其他方面均很平平，这大约也是使他安于平凡的原因。但是，这却更增添了他的魅力。

他一定不会知道，人们是如何注意他的一举一动。有一回，我们中间的一个女生激动地说道，前天她看见他了！她是受母亲嘱托，去药房买漂白粉，见他也在药房里，低头看柜台里的药品，一时无法决断究竟要买哪一种。又有一回，我跟随也是合唱团成员的姐姐参加春游。那一日，天气很热，我们上半天就喝干了水壶里的水，只得买棒冰解渴，不料越解越渴。到了临回家时，我已渴得唇干舌燥，而此时，大多同学的水壶亦都干了。可是，只有他，还有着大半壶的水。在此，也可看出他是一个比较有自约力的孩子。还记得，那是一个蓝色的塑料水壶，小口，大肚，旋着白色的瓶盖，斜背在肩上，与另一侧斜背的书包交叉而过。一日玩下来，他依然仪表端正，食饮有余，毫不显出焦渴与疲惫。我和姐姐早就窥视着他的水壶，心下打着鼓，要不要上去问他讨一口水喝。最终我们还是放弃了这个念头。即便是如我姐姐，一个合唱团的成员，亦是对他抱着敬畏的心情。

然而，不期然地，我们学校又冒出另一个明星，整件事情都有些不可思议。电影院里隆重推出一部儿童影片，根据著名儿童文学作家张天翼的小说编剧的,《宝葫芦的秘密》。其中一个角色，竟是由我们学校的一个男生扮演。这是个配角，前后总共有一到两句台词。但即便这样，我们还是想不通。这个男生长得不怎么样，学习不怎么样，还很顽皮，并且和校园里一切表演艺术不沾边。可他竟然在一部全国知名的影片中担任了角色。我们全校组织观看了这部电影，欣赏了他的表演，然后，人们问他："你身上穿的格子衬衣是谁的？"他头也不抬地回答道："阿飞的！"你看，他就是这样粗鲁地对待我们这些追星族的热情。

刻纸英雄

我们的小学校里，有一个时期，兴起了刻纸的风气。男生女生，到了课余时间，一律伏到课桌上，用刀片刻着纸。刻纸，先是需要一个纸样，也就是一幅完成的刻纸。先将纸样铺平，上面覆一张纸，也铺平，然后将铅笔放平，横着，轻轻地皴。一定要注意均匀、细致，等到铅笔将整张纸皴满，那纸样的图案便呈现出来。这一道工序很需要耐心，倘有一笔不到之处，图案就缺损了，无法落刀。我们中间有特别擅长覆样的同学，但一般都很傲慢，只替他们的好朋友代劳。等纸样覆好，刻纸便正式开始。

刻纸通常用的纸，是一种有颜色的薄纸，原本用于写告示，有红、蓝、黄几种。颜色比较暗，由于纸质稀疏粗糙，正面的颜色会洇到背面来。这种纸比较薄脆，容易破，可是好下刀。倘若是家境好的同学，有时候他们会买蜡光纸。色泽鲜亮，纸面光滑，颜色种类也多。蜡光纸不容易破，可是因纸质厚密，刻刀更需下力，周转就不灵活了。又有一种白纸，薄而不脆，张幅很大，很适合刻纸，大约是造纸厂或者印刷厂的原料用纸，所以不是能够买到的。拥有这种纸的同学很少，也很光荣，他们宝贝地藏着，偶尔地，馈赠给他们的知己几张。

刀呢，通常使用四分钱一片的铅笔刀，一分长两分宽，背上嵌着铁皮做刀把。这种刀很锋利，两头都是锐利的直角，可用于刻纸中的“挖”和“掏”，但也容易割破手。有那么极少数的同学，拥有着真正的刻刀，长把，把处细下来，往下渐渐阔开，刀刃再又窄出去，形成一个斜角。但事实上，这是木刻刀，刀刃比较厚，并不适合刻纸。最最合适的，却是剃刀的刀片，但相当危险。因为它是两面刃，且又极薄，一旦破裂，任何一面都可伤手。只有最精到的行家，才可能使用它。

男女生，刻纸的趣味是不一样的。女生中间，流行的多是花卉、动物、小人儿，张幅比较小，刀法又比较简略。应当承认，当时，在我们小学校，女生在刻纸方面，没有表现出特异的才能，但是，她们另辟蹊径，由刻纸派生出另一种艺术，就是将一幅刻纸覆在白纸上，然后，挤一点儿水彩颜料进茶杯，稀释，用牙刷蘸了颜色水，手指压过刷毛，颜料便喷洒在纸上，将刻纸揭开，便是一幅“点彩画”。而我至今无法明白，男生们是从什么地方觅来那些气象恢宏的图样。那多是取自“三国”的战争场面，其中的人物，他们统统能叫出名字。这些人物造型，接近香烟牌的风格，面目呆板，而忠奸勇儒，显见其神。重要的是人物的披挂。盔甲、兵器、令旗、战马、马上的鞍具、坐骑，特别繁复冗重。线条密密地铺陈开来，极尽华丽。这样一幅刻纸，需要几天甚至数周才能完成。

在他们中间，有一个刻纸大王，他就是操纵那最危险的刀具——剃刀片。他的刻纸，是作为纸样，在男生之中流传。他的名声也流传着。这是一个少言寡语的男生，甚至也不太顽皮。在刻纸风潮中，他埋首于刀纸，成了领军人物。

由于刻刀将课桌毁坏得十分严重，并且有些同学开始在课堂上刻纸，学校特此举行了一场讨论：“刻纸好还是不好？”讨论的结果是，应当适度地刻纸。于是，刻纸的狂热渐渐平息，兴趣转移开去。那位刻纸大王，也放下了刻刀。有一日，有人见他蹲在弄底，用一支粉笔在平整的切成大方格的水泥地面上画图。从最里第一格画起，渐渐往外画去。题材依然是“三国”，尺寸却要比刻纸大上数十倍。因为没有纸样的规定，画得很自由，战马并驾齐驱，兵将挥剑疾行，布局却保持了匀整平衡。他很快画满了所有的格子，扔下粉笔头，拍拍手上的灰，转身进门去了。

阿尔及利亚少女

我们的小学校，经常被派到接待外宾的任务。这些任务，是由一批固定的小学生担任的。他们漂亮、活泼、家境良好，有体面的穿着。在接到任务的这一天，他们打扮得格外光鲜，下午第二堂课就不上了，由负责老师带往少年宫。那是一幢殖民风格的大宅子，一位在上海滩发迹的犹太人的财产，后来被国家没收了。在那里，他们将给外国来宾献花，然后挽着来宾的手，各处参观，观看演出，最后将外国来宾送上汽车。有那么一两次，报纸上登出了他们的照片，他们很乖地依偎在外宾的身边，笑着。

还有一种接待任务，是比较大型的，那就是站在少年宫庭院的甬道两边，挥手欢迎，或者欢送外宾。这样，就需要比较大量的小学生，挑选的标准也宽松许多。往往是一个班级的大半人数，是接待中的群众角色。在他们的欢呼声中，那些主角们便迎上前去，一对一地拉起外宾的手。

我属于群众演员，立在甬道边挥手。外宾有时候也会停住脚步，立在某一个形容可爱的孩子跟前，摸摸他的头。这个人也不会是我。因为我的身高要超出同年龄孩子，看上去，我已经是一个大孩子了。有一回，欢迎外宾，大约统计不准确，人多了，队伍就比较拥簇。已经到了最后时刻，一个女老师来整顿队伍。由于着急，她很粗暴地将我一推，推进人群后面，说：“你高，总归看得见！”不知道是指我“看得见”外宾，还是外宾“看得见”我。总之，我一个人站到了队伍的外面。

这一年的暑假，幸运却落到我身上。由于一个同学临时生病，我补了他的缺，去参加一项接待任务。这一次接待的性质，正好界于那两种之间，是大型的，又是一对一的，我们每个人都可以分配到一个外宾。那是一个大型访问团，成员都是孩子，来自阿尔及利亚的一个烈士子弟学校。

下午，我们到少年宫集合，再出发去北火车站，在站台上一字排开，等待火车进站。老师要求我们，等客人们下到站台，就要一窝蜂拥上去，搀住他们的手，领他们到站外的大客车上。经过激动不安的等待，火车终于来了。一团白烟，方才扑面而来，火车已经铿锵过去。孩子们下了车，我们一拥而上。

我对准一个女学生奔过去，她甚至比我还高，又比我壮得多。看上去，她已经是个少女。我热情过度地去争夺她的手提箱，她很轻巧地换了一只手，用另一只手搀住了我的手。我们几乎是第一对结上对子的，很骄傲地走过乱哄哄的人群，不时回过头，互相看一眼，微笑一下。中途还走过一段弯路，走到相邻另一条站台上，然后又绕回来。最后，我将她送上了站外的大客车。她依在车窗口，我则在底下热烈长久地挥手。因我们是比较早到达的，所以车停了很久。可我一点儿也不嫌时间长，一分钟都没停止挥手。有一次，她向我招手，招我过去，我们一个上一个下地握了阵手。我再回到队伍里来时，人们都羡慕地看我。

晚上，我们一起在儿童剧院看描写反法西斯战争中的孩子的话剧《第三颗手榴弹》，我们和他们分为两拨，坐在剧场。我完全看不见她，但只要晓得她也在场，便兴奋无比。

离异

小孩子的时间都是放大的，所以，在我们五年级的时候，看刚进校的新生，觉得他们实在是太幼稚了。在我们这所校舍十分紧张的小学里，教室都是一室多用。我们班级的一间，在中午散学后，就做了一年级生的饭厅。总共有二十来名学生，中午家中无人，就在学校吃饭，由一名卫生老师，到里弄办的食堂打来饭菜，分给他们。所谓卫生老师，就是学校医务室的一名医务员，粗通保健常识，主要用来应付学生紧急发生的事故，其实也要兼做一些杂活。这名老师年届中年，戴副眼镜，显然不是个干活利落的人，每每忙得汗流满面，眼镜落到鼻尖上，头发黏在腮上。尤其是分菜，眼睛没有准头，总是一碗多一碗少，再将多的舀给少的，少的又成多的了。终于分停当，她便袖手坐在讲台边上，监督小孩子们吃饭。小孩子们一律低了头，努力地划饭、咀嚼，可怜他们连筷子都捏不牢呢，饭菜也不一定对他们的口味，但他们总能在规定的时间内，将他们的定量吃下去，最终完成任务。

我们下了课后，总不急着回家，而是拥在窗户口，看小孩子吃饭。然后，慢慢地，我们便潜进去帮着分菜分饭。那位老师对我们的擅自插手，睁一只眼闭一只眼，当然，她不好派我们工，但我们的帮助很是有用，解决了她的困难。有一次，她主动从小孩子们的伙食中，取出一块面包让我们几个分食，表达对我们的感谢。于是，再渐渐地，我们得寸进尺地，开始给小孩子们喂饭。他们和我们显然要比和老师亲近，因为我们没有老师的威仪，他们喊我们“大姐姐”，很依赖地望着我们，我们给这一个喂饭时，那一个还流露出妒意。所以，我们很忙乎，往往耽误了自己回家吃饭。

我们喂饭最多的是一名女生。她个子挺高，比同龄的男孩子，几乎高出一头，皮肤特别白皙，长脸，尖下巴，短发，她显得有些大，属于那种从小就有淑女风范的女生。她吃饭最慢，而且勉强，就好像没有什么食欲似的，总也不能将她的那份吃完。给她喂饭也很困难，倒不是说她不听话，相反，她很合作，一勺饭送过去，她极力张大了嘴含进去，然后开始咀嚼。她咀嚼的过程很长，中途几次下咽都难以完成，最后几乎是直着脖子将这一口东西吞下去，看了也叫人不忍。有几次我们没了耐心，放下她，照顾另一些孩子，这时候我们看见她的眼光，她用企求的目光看着我们，我们才知道她格外地需要我们。

在这漫长的喂饭过程中，我们会问她一些问题，她显然是想留住我们，生怕我们丢弃她，就很积极地回答我们。她说话的声音尖而细，就像唱歌的人用的假声，并且很急骤，有一点儿类似聋子听不见自己声音的说话，无法调节音高与频率。以此来看，她大约是很少开口说话，与人打交道的。本来都是一些无关紧要的闲话，和一个小孩子，能有什么话题呢？可是不承想，事情竟变得严肃了。好像是问到她的妈妈，她的回答忽然令人费解起来，似乎是，妈妈走了。走呢，也不是一般的走，中间还夹杂着一些内容：她夜里被吵醒，有一具烟灰缸敲碎了另一件什么东西；还有一日，一名什么亲戚上门；再有，谁的哭泣。最终，有一日，她从幼儿园回家，那时，她在幼儿园的大班，路上，父亲对她说，妈妈走了。她说着这些的时候，嘴里始终含了一口饭，她几乎是带了一种急切的心情，尖着声音快快地说。当我们劝她慢些说时，或者咽下饭再说，她并不听，依然径直地说下去。然后，就有很细的泪珠沿了她秀气挺直的鼻梁，缓缓地流下来。饭已经全冷了，时间也不允许了，老师过来收走了碗碟，我们为她担心，下午要饿怎么办？她说不要紧，她有饼干，说着就从书包里掏出一个铝制饭盒，给我们看。饭盒上箍了牛皮筋，里边整齐地放了苏打饼干，满满一盒。她说是她父亲替她放的，我们看见了一双父亲的细心的手。她盖好饭盒，重新箍好，放回书包，走出了教室。那位老师对我们说："你们不要问她太多，她的妈妈和爸爸离婚了。""为什么呢？"我们问。老师嗫嚅了几句，到底也没说出什么来，只是又叮嘱一句："不要再问了。"

过了几日，是一个周末，下午没课，吃过午饭，家长们便将孩子接走了。于是，我们看见了她的父亲，一个也是苍白的、斯文的、忧郁的男人，没有一点儿笑容，但却是温柔地将女儿抱到自行车后架上坐好，然后自己从前边跨过横梁，坐上车垫，骑走了。

男生们

那时候，我们学校里的男生们，长得形形色色。他们就像那种小草鸡，毛刚长硬，却还没有长齐整，油脂又分泌不足，看上去便毛杂和枯，而且瘦，但精神抖擞，绷紧着，似乎浑身长着触角，一遇情况，立时，毛乍起来。挺难看的，还不好惹，但是有性格。

其中有一类，是瘦小的个子，后脑勺很陡地突起着，头有些尖，眼睛较小，却有着鹰隼的锐亮。这一类长相的男生，都很凶狠。他们走起路来，上身前倾，伸着脖子，蹙着眉，细瘦却结实的胳膊微微摇摆。打起架来，出手很有力，落点面积小，却有重量。他们通常不大爱说话，不太引人注目，学习成绩中等，却令人不敢小视，令人感觉到某种威胁。

在那个年代，男生们都热衷室外的活动，所以，他们一律黑和瘦。记忆中，特别白皙的男生，我们班上大约只有一个，他就成了宠儿，经常被老师选中去少年宫给外宾献花、讲故事、表演相声。而与他搭档的那个，又是黑的了，且戴着一副近视眼镜，表情持重。像他这样学究气的男生照理是不大适合说相声的，但因为他语言流畅又风趣，所以就成了班级范围内的相声明星。那个白的是圆圆的脸，眉眼很细，比这一个会发嚎。相形之下，这一个黑的反有了点儿行话里“阴嚎”的意思，挺般配。

这一类白皙型孩子，多半是家中的宠儿，他们的乳名不是宝宝就是囡囡，或者咪咪。男生们会起哄般地大叫其乳名，羞辱他们。为了雪耻，他们有时会表现得更加野蛮，在校园里狂奔、打人、吐唾沫，满头大汗，衣衫破碎。可到底实力欠缺，在男生堆里，只能做个小卒，成不了中坚。我们班上有一个咪咪，倒不白，黄皮肤，圆脸上有一双重睑很深、睫毛很长的眼睛，就像女生的眼睛。嘴呢，也像女生，下颌中间有一个浅涡，显得很甜。他是家中独子，上面几个姐姐，一同来宝贝他。甚至，家人还拜托了邻人中与他同班的女生，照顾他的学校生活。在这般宠爱底下，他多少有些低能，说话都有障碍，行动孤僻，同任何人不打拢。有一次，我到他住的弄堂找人玩，竟见他和姐姐们一起跳皮筋。跳皮筋是女生的游戏，男生是绝不可染指的。高年级时，有一日，学校组织去郊县劳动，劳动过后，大家又到附近的垃圾山上玩。垃圾山其实是一家钢铁厂的废料场，铁屑、铁砂、废钢、钢渣，堆积起连绵起伏的山脉。这是城市孩子所接触的自然。在垃圾山上爬上爬下，我们很快就成了一身黑的黑人。天也黑了，老师为把我们召集起来，嘶哑了嗓子。在 1965 或者 1966 年上半年，虽然没有开始“文化大革命”，可老师们的权威性已在削减。最后，点名，还是少了一人，便是那咪咪。大家先是漫山遍野地喊，然后去到派出所，借电话打到上海，请值班老师去他家看看，他会不会回家了，这虽然是不可能的事，可是万一呢？过了半小时，回电来了，他真的到了家。他与同学失散，自己回去了。这一路车船跋涉，他怎么过来的？所以，在他几乎弱智的外表下，其实藏有着潜能。而且他身上还藏有着钱，他富有远见的母亲早做好了安排。

男生里有一个人物值得一提。这是一名留级生，因肾病休学两年，然后到我们班就读。那年代，小学生里得肾病的不少。不管出于何种原因，留级生总归不光彩，到新班级第一天，都会遭到耻笑，然后眼泪哗哗地入座，从此，与比他们几乎矮一肩的小孩子共坐一堂。这一名男生的到场，情形却有些出人意料。他出自山东籍贯血源的身量，使他看上去像个大人，照理是加倍的难堪，但很异样的，他有一种特别沉着的气质，使大家都怔着，等反应过来，他已走到座位坐定，耻笑的时机便过去了。他学习一般，可他是努力的，而且他正直，从不欺负弱小。他也不像一般留级生那样或是卑微，或是暴戾，他渐渐在男生中树起了威信。有一日课外活动，男生们争不到打气筒给小足球充气，他竟然用嘴衔着充气孔吹气。眼见得他的脸越涨越红，小足球一点一点鼓起，男生们乱叫着给他加油，在他魁伟的身体底下，这些小男生就像蚂蚱一样。在场的女生们则格外地沉默。终于足球充满了气，男生们欢呼着，拥了他冲出去，留下女生们在教室。此时，男女生的界限已逐渐分明，青春期悄悄来临。

女生们

女生里，多是那类小模小样、伶俐乖巧的受宠。她们在形象上，更显得天真。事实上，她们也要比个头大的敏捷灵活。入校不久，我们班上就有这样的一对女生，被合唱团老师选中。她们都是小巧的个子，圆脸，头发编成光洁的小辫，穿着鲜艳的衣裙，着实可爱。显然，老师有意要排一组二重唱。上音乐课，老师无心教大家唱歌，而专门替她俩练。其中的一个，嗓音真的很好，是那种甜脆的童声。另一个，却被老师挑剔了，说她高音发颤，有时音又不准，等等。终于有一天，这位老师不耐烦了，叫她不要再唱，单给那一个练。老师对她不客气的态度，使大家都有些难过。因为像她这样娇嫩的女生，不该受这样粗暴的对待。

开始的时候，她真是样样好，学习好，纪律好，还有唱歌好。三八妇女节，让同学们扎纸花献给女老师，她的花出

女生里，多是那类小模小样、伶俐乖巧的受宠。她们在形象上，更显得天真。事实上，她们也要比个头大的敏捷灵活。

手便满堂生辉。那是用玻璃糖纸扎成的大花朵，系在夹竹桃枝条上。肥绿的叶衬托着剔透的花，可是瑰丽！明知道不会是她独立而为，一定得了妈妈或者姐姐的帮助，可同学们依然心悦诚服，谁让我们没有巧手的妈妈、姐姐呢？她是我们中间的天之骄子。在音乐老师那里的受挫，就好像是命运的预示，预示她开始走下坡路。到二、三年级，她的学习就从一线退了下来，有几门课，甚至只能居中。还有几次，在课堂上，因为回答不了老师的提问而受窘。与此同时，她也显现出另一种素质，就是坚韧。无论遭到怎样的打击，她从来都不放弃努力。有几次，我与她一起做作业，看她在规定作业之外，还要将新学的课文完全背诵下来。这才了解到，在她还算优异的成绩底下，是什么样的代价。她实在天资一般，脑子可说还有些笨，可她用功、要强、好胜。无论受宠还是受挫，都没有使她变得尖刻或者怪僻。她不过稍稍有些容易生气，还有些多病。除此，一切都正常。

我们小学的最后一个学期，“文化大革命”开始了，小学生虽然不参加运动，撑持了几日，最终是停课散学。在这之前，她已因肝病休养在家，此时，却传来她患的原是肝癌。在60年代中期，还不大听说过癌症，关于此症的说法，相当恐怖。那段日子，我几乎日日往她家跑，将我的儿童小说书，一叠一叠送去给她看。她的家非常逼仄，一铺大床占去三分之二房间，顶上是阁楼。我们就并排坐在床沿，面对着敞开的房门，门外是弄堂。那时的弄堂还不顶嘈杂，但也有人过往。我们静静地坐着，真切地感受到生活在被什么改变着。我们很要好，我眼中十分优越的她，从来没有冷落过我，从来没有因为我身高超过同龄人使得游戏的条件不平等而拒绝我参加。她总是带着我这个高出人一头，行动笨拙，因而自惭自卑的同学玩，由着别人喊：长子和矮子！

最后，她在我们下乡劳动的时候，病情恶化去世。那晚，我们中间的一个，做梦梦见了她，梦见她来到学校，与大家话别。小孩子真是梦准呢！她就是在那一日走的。据说，数年后，我们这一批人，无一幸免面临插队落户，她的母亲，不知出于欣慰还是什么地说了一句："我们霞萍要在，要和你们一样去下乡了。"少年夭折是令人痛惜不已的事情，而在我们班上，竟然还有一名女生早夭。由于这一点，我们这个班级，被老师牢牢地记忆着。

这也是一个小巧的女生，她不像前一个那么拔尖、这样争先。但不是她不能，而是不顶要。她其实挺骄人的，聪明，家境好，轻松对付所有功课，中上即止，课外还在学习钢琴。她口齿伶俐，多少有点儿刻薄，因太聪明了。她长一张阔嘴，有点儿像青蛙，因为活泼而显得格外生动。她们家所住的公寓，有一半是照相馆的暗房，走廊里便飘逸了显

看社里的大肥猪
八岁冈冈画

我们大多数人只看见过猪肉，没看见过猪，想到有一口猪在我们学校里，便很激动。

影水、定影水酸溜溜的气味，几个腰系围裙、臂戴袖套的男人在门内漫出来的暗红光里进出。这个照相馆的店堂就在弄外繁华的街面上，有一日，橱窗里摆出她与邻居小女友的合影，是照相馆的摄影师替她们照的。她们俩互挽着颈，站在一个高处，大约是楼顶平台，身后是一片天空。她们张开嘴纵情地大笑，快乐极了。她的去世很突然，猝不及防。下午她还向另一位女生出谜猜：一双手翻一翻，另一双手再翻一翻。她答应下午公布谜底就回了家，可下午她高烧昏迷，当晚在医院去世，诊断为急性脑膜炎。

这都是美好的孩子，上天不舍得让她们在人间逗留太久，早早将她们收回去了。

积　木

那时候，儿童玩具中，积木是一个大项。所谓的积木就是大小形状各异的立体木块，每一个立体块的六面中的一面，漆成鲜亮的颜色，其余几面均是白木的本色，以着色的面为正面，拼在盒子里，正好是一座房子的图案。这座房子，有简单的，亦有复杂的，罗马柱、花窗、拱顶、栏杆，那就是宫殿的形状了。无论大小繁简，积木盒子里都附有图纸，展示数种样式，指导拼搭积木。但是小朋友们很少会遵循指点，各人心中自有一套，这就是儿童想象力的自由性质了。一般自家玩的积木是这样，幼儿园里，还另有一种落地的大积木，在小孩子看来，体积可谓巨大，是在地板上堆垒拼搭。有一回，在老师带领下，全体动手，搭了一座房子——一周矮墙，开一面门，两根门柱顶上横一拱顶，门里有一张方桌、四把椅子，推举四名表现最好的小朋友进去用餐。我自觉不是最好，平素也默默无闻，却被选中做其中一名。坐在小房子的雅座，隔墙投来羡妒的眼光，那是大餐桌边的小朋友，照例是边吃边受教训，让他们向我们学习。

每一副积木，都免不了残缺的命运，很难保持完整。小孩子又大都是完美主义者，不能抱残守缺，而是一损俱损，总归全盘放弃，任抛任撒。每每在床底、橱底、沙发底，扫帚伸进一划，划出来一块或两块布了蛛网灰尘的积木，已经想不起它归属哪一副积木了。这些残留的不同格式的积木，全放入一个小铁皮桶，装满一桶又一桶，兜底倾下，小山似一座。小孩子都贪多，也就能玩半天。还是受新积木的诱惑，盒子里呈现出的完整图案，部件数量的丰裕，不同长宽比例的立方体，刺激着贪欲的心。而新奇材质与花样的积木源源不断地产出，比如，花窗不是用彩笔勾出窗棂，再描上几挂葡萄，而是真的镂空了；巴洛克式的立柱原先也是平面地描画，其时是旋成花瓶状，蛋糕样的重叠的底座，通体漆白；阳台的栅栏，是用细木条插进榫眼；有一副积木还包含四个小花盆，拇指大小且有边有沿的小花盆用一种不抛光的漆法，漆成瓦红的颜色，上面的盆栽用绿色的塑料做成草叶状。事实上，积木的发展进步是朝着具象的方向，这些具象的积木在拼搭中其实很受限制，它们只能在固定的位置，不可一物多用，某种程度地减损了想象力，于是，很快，它们失去了新鲜劲，落入失散的命运，七零八落地归进小铁皮桶的积木堆里，消除了阶级差异，也清除了具象的差异，融入抽象。

我姐姐有一副基本保持完好的积木，我说“基本保持完好”，是因为它也有那么一点儿缺损，接下去就会谈到。现在分析，之所以能基本完好，一半是因为这是一副豪华的积木，它件数特别多，体积也较大，立方体的形状并没什么离奇，但长、宽、厚的比例略有不同，于是面貌大异。它有两只葫芦状的顶缀，那葫芦肚腹浑圆，坐放稳定，但一点儿不妨碍它的精致，葫芦腰、葫芦尖，轮廓都很清晰。然而，事实上，不久它就遗失了一只，剩下单独的一只。但我姐姐并没有因此而采取放弃的态度，她依然坚持维护这副积木，这就要涉及另一半原因了，那就是她已经长到较为理性的年龄，有了一定的自制力，并且懂得惜物了。同时，她的想象力也在发展，这表现在她用这副积木创造出一个不同寻常的节目，就是演剧。情形是这样的，将积木的盒子反扣在桌面上，做成一个舞台。舞台正面两侧，各立一根台柱，再说一次，这副积木的体积要比一般的大。每一根台柱由三块积木搭成，底座的一块是钢蓝色，长宽比例接近黄金分割的立方块，上面竖一根长积木，再搭一块正方体，然后用一块手帕搭在台柱做幕布，用什么来固定幕布呢？宝葫芦，我们这么称呼葫芦形的顶缀。遗憾的是，少了一个宝葫芦，上天入地搜寻而不得，另一头只能用我的小花盆将就。幕布后面，积木搭成满堂布景。演出的剧目，最重点的是《灰姑娘》，这就又要涉及另一个游戏——玻璃糖纸人。将一张玻璃糖纸捋平，折成细裥，压平，成小小的一束，在三分之二的地方打一个结。这个结很关键，手巧不巧，做出来的姑娘窈窕不窈窕，就看这个结。打好结，短的一头撕成三片，中间是头，两边是手臂；长的一头拉开撑起，成直酒杯状，于是，一个穿了鲸鱼骨撑曳地长裙的西洋美人立起来了，《灰姑娘》里的女主角就由她来担任。那么王子呢？说到王子，不得不再引出一段伤心事。我姐姐曾经亲手做了个小布娃娃，紫花布缝成人形的布口袋，饱饱地塞进棉花，难得这手指头长短的小人儿竟十分匀称，它就是王子。玻璃糖纸的纤纤淑女中间，王子他胖鼓鼓的，而且站不住，必须用手扶着，一松手就倒在地上。当我姐姐的手忙着调度其他角色的时候，他就仰天躺着等待他的情节。不久，王子也丢失了。王子的丢失挺蹊跷，就好像在众人的眼皮底下不见了，也是上天入地搜寻，踪影全消。从此，王子就只能由一块扁平的积木做替身，可是也没有影响演剧和观剧的热情。常常是，我姐姐在这边搭台，我就到那边去吆喝，喊来邻家的小孩子，坐成一排，眼巴巴等着揭开幕布，开演。

积木这种玩具在我姐姐手下，演绎出了新意，其实暗示着我姐姐开始从儿童走向少女，她的趣味悄然发生变化。而我，与姐姐成长的方式不同，如她这样的嬗变似乎一直没有降临到我身上，我的成长在一个长久的时间里，坚持以数量的累积进行。就是说量变的过程很长，而质变姗姗来迟。这么说吧，我的口味始终在积木上，不过是从小盒进到大盒，少的到多的，简单的到复杂的。随了不断增添又不断缺损，我的散装积木越来越多，从铁皮桶移到篮子里，最终全部倾倒在一个大纸箱，就像量变的证明。也许我就是这么一种成长缓慢的人性，需要有超出常规的共同性的积累才可有飞跃。在我的童年玩具里看不到有趣味的长进，事实上，我已经过了需要玩具的年龄，可我依然还需要，依然没有长性，今天当作宝，明天就是草。直到那一副积木出现在我们街角文具店的橱窗里，事情方才呈现改观的征兆。

这一副积木不是在玩具商店的橱窗，而是在文具店，这就使它的身份变得可疑，很可能，它并不是真正的玩具，而是带有教学用途的模具，类似航模。这一副积木是本木的颜色，没有上漆，这也接近航模。而且它的规模之大，远远超过了儿童玩具。它几乎铺陈了一面橱窗，结构成一座完整的建筑——中苏人民友好大厦。中苏人民友好大厦是这个城市的新建筑，诞生在共和国初创，与国际共产主义运动先驱苏联友好时期，于是，它体现了俄罗斯的建筑风格，那是与欧洲文化同宗同源。要说这城市里不乏欧式建筑，那是在殖民地时代留下的，无论沿江一带各类古典主义还是新古典主义连成的巨型屏障，或者散落市区里面，维多利亚风味的小楼，还有法国式的浪漫旖情花园，再有天主教堂、基督教礼拜堂、东正教堂，甚至于犹太教堂，几可称为万国建筑博览会——这一幢大厦依然有着它的特殊性，不止出自文化艺术的意义，更来源于国家、体制、政治一系列概念，它象征着权力。它占地很广，楼体稳重，宽大的回廊以罗马柱支撑，将东西两翼及副楼偏厦一统联成整体，主楼之上的楼层，每一层收进一圈，形成塔状，最高的塔尖直插天空，顶上是一颗鲜红的五角星，到夜晚时分，便放射光芒。我敢说，在这城市任何一隅，都可看见夜幕前的红星。在工农政权的朴素风尚下，这一座新建筑，很奇异地持有着异域情调，这和它所示好的那个国度——苏联有关。在它对面，就是一座典型的新政权风格的建筑——延安饭店。那种四方四型，横平竖直，简单而堂皇，散发出新朝开元的轩朗气象，又多少有些缺乏格调，因是方才破除旧世界，新世界尚未建起，正处于草创阶段。

其时，这副积木，以无数倍缩小的体积，比例精确，无一细节遗漏，呈现在这面橱窗里。由于它的本木颜色，就好像是那建筑的一个胚子，可唯其如此，才显其庄严，它以色彩的肃穆感抵消了体量的不足。那一列列罗马柱，稳定牢靠地承负着楼体的压力——它尽管体量不足，可仍然给人真切的重力感，同样地，那层层收小的楼塔有效地将这重力感举起来，升上去，最后，轻盈直入高端。它甚至比真实的中苏人民友好大厦更雄伟，因为纵观全局。我站在橱窗前，看着它，我不知道这只是一个布置和展览，还是说它真的是供出售，可能为人买下，因而拥有。

这个文具店就在我们家所住的街上，甚至不是同一条街的马路对面，放了学，我往我们家的相反方向走上几十米，就到了它跟前，看一会儿，再回家。有几次，正上着课，我忽然想到：它还在不在？会不会被某一个幸运的小孩买下带走？虽然它不顶像玩具，可我还是以为买下带走它的人一定是小孩。或者橱窗换了布置，于是，这一副积木被撤下来。一等放学，我就急煎煎地跑到文具店橱窗前，它还在！没有人买走它。但是，很可能文具店里远不止这一副，而是有好几副。这么想，一点儿安慰不了人，只会使心情焦虑，因为想到可能已经有人拥有它，同时，它正在一副一副地少下去，最后，倾售一空。最好是，它不供出售，不归任何人，就放在橱窗里，大家看看。可是，就在这时，我看见了它的售价，这价格虽在我意料中，却还是让心往下一沉。我无法与我妈妈说，我要它，这实在太奢侈，奢侈到不真实的地步。

星期六的晚上，爸爸妈妈带我们去看第四场电影。第四场电影是供那些真正懂得欣赏电影的观众观看，晚上八点钟，大多数人已经就寝或准备就寝，而电影院里刚刚开映，它带有夜生活的余韵 。我照例因为允许晚睡而亢奋不已，然后在灯光黑下来，片头音乐响起的时候入眠，一觉睡到电影结束。蒙眬中睁开眼睛，眼前晃动着无数人脸。奇怪的是，这些人脸并不显得比我清醒，也像是方才从睡眠中醒来，神色恍惚，行动迟缓。走出电影院，头脑清明起来，大街上寥无人影，路灯寂寂地照着柏油路面，店铺都关门了，橱窗被铁丝篱墙网着，这种铁丝篱墙的图案很像是十字相交处被一只小手握住，握成一个小拳头。过一条横街，走过街角的文具店。在一列列小拳头拉起的网格里面，静静地立着那一座缩小了的中苏人民友好大厦，它并不是缩小，而是在远焦距里。从夜间马路折过来一些光，投向它，通过廊柱，延进塔楼的内部。它原来是深邃的，深进橱窗的背景，那里应该是又一条林荫大道。这座巨型建筑，占据了一整个街区。

我想，是我的好朋友得了生日礼物这件事鼓动了我，让我终于向妈妈开口索讨礼物。我的好朋友，同班同学，在她生日这一天，得到一套木器家具，这套家具可供布置一个中产阶级家庭讲究的卧房和客厅：双人大床、床头柜、五斗橱、大衣橱、梳妆台、餐桌、六把椅子、碗橱，一应俱全，所有的橱门都可推拉，抽屉也可推拉，大衣橱上镶着穿衣镜，梳妆台上也镶着镜子，碗橱上镶的是纱门。家具的风格是欧洲古典的洛可可式，白漆面，卷边，涡形脚，弯曲的轮廓线。也是缩小无数倍的，一张床大约和火柴盒一般大小，以此类推，你大概就可以知道它们的尺寸以及精致程度了。对于一个孩子既不是 10 岁，也不是 15 岁，只是 12 岁的普通生日，这一件礼物无疑是奢侈了。老实说，这副玩具家具也不像是供小孩玩的，它更像是闺阁中人对未来家庭的向往，它实在太逼真了。可是，像我们这样，十一二岁的人，什么才是我们的玩具呢？我们也总得玩点儿什么吧！这类玩具，其实从某方面暗喻着成长的性质，那就是从想象世界走向现实世界。不论怎么说，这件礼物在奢侈程度上激励了我，也许，几个月以后的我的生日，我也有权利得到稍微过分一些的款待。

我向母亲开口了，并且我邀请母亲同我一起前去参观。母亲的反应出乎我的意料，她很冷静，没有指责我有非分之想，然后是我极力声明我的喜爱以及我拥有礼物的理由，再回顾历来所遭受的不公平，指责他们总是重视姐姐，不重视我，继而是哭泣，哭泣过后是怄气，不吃饭或者少吃饭。在此过程中，母亲将逐步认识到一个事实，那就是我非得把这副积木搞到手。可是事情没有按常规开头，也就不能按常规向下走，它将怎样结束呢？我母亲说，她也已经注意到这副积木了，她同样也很喜爱，真是巧夺天工啊！她合作的态度不知怎么并没给我希望，反而令人不安，但这副积木如此不同寻常，围绕它发生的一切也一定不同寻常。我母亲接着说，其实她也考虑要送我一副，只是要在一个特别的时刻。生日？我提醒她，她却摇摇头，说，等你考上中学，考上上海中学！上海中学是这城市录取分数线第一位的中学，全市排列第一。这时候，我开始怀疑母亲是否真的看见过那副积木，她所以这么说，只是为了鞭策我。我姐姐，那个用积木搭台演出《灰姑娘》的人，中考失利，无奈就读于一所区级中学。事情过去一年多，母亲还不能认命服输，她要将姐姐丢掉的分在我身上找回来。

应该说，母亲慷慨地应允了我，只是附带了条件，这条件令我不堪重负。接下来的日子，我还是经常光顾那副积木，它盘踞在那面橱窗里，与我隔了橱窗玻璃，犹如天人两隔。它对我逐渐减退了魅力，它不再是单纯地触动一个孩子的欲望，而是带着一种勒索，扼杀着孩子的向往。本来这向往也不定能实现，现在倒是可能实现了，但需要付出努力，这努力很具体，具体到阻断幻想。渐渐地，我对它的热情淡漠下来，我疏于光顾它了。它离我越来越远，终远成渺茫。同时，生活中涌起着更加令人激动的情绪，一个颠覆性的变化降临，那就是“文化大革命”。大、中、小学校一应停课停考，母亲委我的重任自行解除，至于积木，自然按下不提。在此大时代之下，一副积木算得上什么呢？它声色全无，不知何时消失，我再也没有看见它。

我再没有看见它，有时候，它会在我脑海里浮起，然后湮灭，就像海市蜃楼。它只是一个玩具，一个儿童与少年之间的年龄阶段的，似是而非的玩具。它对于儿童过于奢侈了，对于少年人来说，又有些幼稚，它就像专门针对这么一个尴尬的年龄段。于我，且是一个休止符样的标志，它结束了我对积木这一样儿童玩具的单调的兴趣，也结束了我的童年，之后是始料未及的严肃的成长日子。生活，尤其是大时代里的生活，是如何躁动不安，如许多的大事小事，它们就像流沙，推涌过来，推涌过去，掩埋着许多印象，有时候，露出一角，有时候，完全看不见，还有时候，看是看见了，心里却满是狐疑，难道真有过这样的情形吗？印象变得模糊起来，完全可能这只是一种想象，对逝去的生活的想象，由于人生的种种困难，夸张了以往岁月的色彩。在那倏忽而去的一瞬，它栩栩如生，它显得如此立体，回廊深邃地贯通楼体。只有我，看见它，隔了越来越漫长的日子，我与它遥遥相望。

有一次，我生病住院，同屋的病友是一位建筑工程师，在她年轻的时候，跟随苏联专家，参加了中苏人民友好大厦的设计。作为一名新手，她只能描一些壁上的花饰什么的图纸，但毕竟亲历其中。她时常与我回忆这段往事，带着幸福的表情。于是我也记起我的往事，关于中苏人民友好大厦的积木，她入神又茫然地听我描述，显然从来不知道有它的存在。像她这样一个专业工作者，过着象牙塔的生活，世俗社会于她是另外的世界。她终身和楼体啊、结构啊、钢筋啊、混凝土啊打交道，事关国计民生，建筑于她是严肃的事情，那种模型积木怎么能入她的眼！模拟越像越可能被她视作轻薄。就这样，似乎除了我，没有人看见过它，我的记忆没有旁证，不免堕入虚空。可是，不期然间，它却出现了。

一日午后，同事们聊天，不知由何话题牵引，其中一名说起他少年时候，曾获有一份礼物，是一位曾受惠于他们家的亲戚，远道而来赠送给他，是什么呢？就是它，中苏人民友好大厦的积木。这真是有些像诗词中写的：众里寻他千百度，蓦然回首，那人却在，灯火阑珊处。这位同事至少共事十七八年，平素里也有许多交道和谈话，却从没谈及此话题。许多言语就像没有河床的漫流的水，任意蜿蜒，辐射四面八方，而在深处，却潜藏着既定方向，经过曲折、不确定、充满变数的流程，不知在哪一个契机，抵达目的地。我向他打听这副积木的颜色、体积、价格，以及他获赠的年代，都与我的记忆相符。这位同事为强调他的话属实，说积木至今还在，当我要求看上一看的时候，他则变了口径，说在他母亲处，他母亲将它锁在橱柜里。他说他从来没有痛快地玩过，那时候，每到节假日，母亲才拿出来让他玩一玩，随后又收进去，一直到现在还锁在橱柜里。这话让人半信半疑，但也从另一方面，证实了它的宝贵。不管怎么样，总归有了旁证，证明这城市曾经有过这样一副积木，至少有一个小孩子得到过它。所有的伴随它而来的激动、喜悦，以及大人的勒索、最后的淡漠和疏离，全都发生过，发生在另一个小孩子即将长成少年人的关隘里。

一大堆的问题涌上来，我问这位同事，那些廊柱、栅栏、阳台，是否用榫揳起来的？他回答不是，没有榫和楔，就是搭起来。那么，我又提出新的问题，它们如何能够稳定？于是他说出了关于这积木的一个秘密，类似于隐私的性质。他说，你知道，所有的楼体都是相对完整的一条或者一座，只需将楼体与楼体搭起来就成了，但因为建筑的规模大，并且无一省略，所以积木的部件有近百件之多，等全部拆卸装箱，是宽、高、厚各三十公分的一方。这令我大为惊讶，原来，这座模型是以半成品组合，犹如现今的预制件板块，严格地谈，它已经离开了积木的本意，是一件摆设。它的神秘性不由得在减退。我停了一会儿，提出最后一个问题，关于那颗红星，永远不熄灭地照耀着这城市的夜晚。我登上楼梯，站在三楼过道的窗口，就看见它神秘地向我眨眼睛。这颗星，在积木里是什么颜色，又是用什么材料做成？答案是，整座建筑全是木头，在木头的塔尖，顶着的是一颗金色木头的五角星。就此，关于这副积木的所有秘密，我一网打尽。我在想象中将它搭起来，一座微型的、逼真的大厦，如此完整无缺、结构稳定，向记忆的隧道深处退去，退去，一径退去。戛然而止的童年，忽续接上尾音，渐弱，渐弱，于无声处。

事实上，这座建筑早已称不上宏伟，前后左右，高楼林立，它简直成一个洼地。高架道路横在它的半腰，车辆飞驶，那塔上的红星从车窗前掠过，就像流萤，而灯光交互，如群星错乱，倾盆而下。早在苏东解体、国际冷战结束的多年之前，与苏联交恶的时候，就已更名，叫作“上海展览中心”。

冰

从前，一般家庭都没有冰箱，而小孩子又都喜欢吃冰。棒冰是四分钱一根，我们常常把争取来吃雪糕的八分钱，分作两半，吃两根棒冰。夏季，我们这条街上，与弄口隔几家店面的熟食店，此时兼卖冰西瓜。大正午的，我们顶着一头的蝉鸣，拿一个搪瓷碗，走去买冰西瓜。冰西瓜切成一瓤一瓤，放在案上，不知是如何保持它的低温的。盛在碗里，再匆匆往回赶，赶到家，坐定，咬一口，真是沁凉入骨啊！那时候的夏天似乎还没有现在溽热。我们那条街呢，又被悬铃木遮了天，浓荫满地。

邻家，是一户资产者。所谓资产者，在50年代初，亦就是吃定息生活而已。但他们的生活，与一般市民相比，依然是奢华的。他们家有冰箱。他家孙辈的女孩子，与我们差不多年岁。暑假里有一日，她让我们候在后弄，然后跑回家。过了一时，只见她飞快地冲出门来，手里捧一叠湿毛巾，到我们面前，将毛巾展开，忽地扑在我们脸上。那个凉啊！大暑天的，都要打起抖来，实在舒服。

我家的老保姆，有一段时期，转到另一广东人家帮佣。但她喜欢我，还是常回来看我，带我去她新东家家里玩。她的新东家是一位沪上老住户，家境殷实。这家有三个女孩，在我年龄上下，我们就成了玩伴。她们家也有冰箱。可是，不知为什么，她们并不去冰箱里冰西瓜、做棒冰，或者用冰毛巾捂脸。她们坐在冰箱前边的餐桌上吃饭，对那冰箱视而不见，显得格外矜持。

后来，我的一位表姐，分配在一个冷库工作。这样的冷库，在我们那条街上也有一个。在两幅巨型广告牌之间，有一扇大铁门。时常地，铁门敞开，门口坐两个男人，在大暑天里，穿了蓝色的棉大衣，还袖着手，说说笑笑。这样子十分奇怪，又令人神往。我表姐就是在这样的一个冷库里做会计工作。她颇为显摆地告诉我们，在那里，冰水、冰块，是可随意取食的，甚至，竟然，她用冰水泡泡饭吃。宝贵的冰就这样被她无情地挥霍着，既叫人痛惜，又叫人嫉妒。

而我们曾经有一次品尝过冰呢！那是更早些时候，50年代末期或者60年代初期，我母亲与一位老作家罗洪先生在上海作家协会共事，由什么话题扯到了冰箱，大约是说家中两个女儿特别贪馋冷饮。一个夏天的傍晚，正准备吃晚饭，忽然间，罗洪先生来了。至今还记得她穿一件素色旗袍，腋下夹一个皮包，怀里抱一卷毛巾毯，乘一架三轮车，来到我家。她疾步走进房间，将毛巾卷放在桌上，打开，里面裹着一个铁盒，铁盒里是冰块。她让妈妈拿一只大碗过来，将铁盒如何地一撬、一拔，冰块哗啷啷地倾进碗中，满满的一碗。她连坐都不肯坐，说让孩子们吃冰吧，转身出了房间，乘上方才送她来的三轮车，走了。我们来不及目送她在弄堂拐角处消失的背影，赶紧奔回家，扑向那碗冰。吃冰的气氛就是这样紧张。

这些冰块呈正方形略带梯状，它们非常坚硬，简直无从下嘴。我们的牙齿在冰凉光滑的冰面上，滑来滑去。最后，是用刀把它们击碎，拌着切碎的西瓜，还有，泡在果子露里，再有，绿豆汤，甚至和着棒冰，冰上加冰地吃。有那样枣核大小的，便含在嘴里，一边吃饼干、糖果，使进口的一切都变成冰镇的。这碗冰块被我们吃出百般花样，而且它们并不那么容易融化，足够等待我们一个节目接一个节目地享用。后来，那位在冷库工作的表姐告诉我们，我们平时吃的棒冰是机制冰，剖开来，可见一丝一丝、木纹一样的组成。而冰箱里直接出来的，则是原始的冰，就像石头，事实上，比石头更加坚硬，质地紧密。

冬天的聚会

那时候，冬天里，洗澡是件大事情。地处长江以南，按规定不供暖。可是，气温虽然大都在零度以上，却因湿度大而感觉寒冷。许多北方人来到这里，都患上感冒和手足冻疮。比较起来，倒是这地方的人更耐寒一些。人们在阴冷的气候里，安度冬天。不过，洗澡真是件大事情。

我们家有一门特别要好的朋友。两家的父母原先是一个野战军的战友，后来又一起在军区工作。他们这四个人，互为入党介绍人，在差不多的时间里结婚，又先后陆续生下他家一个、我家两个，三个活宝。再后来，他们四人中间的三个，也是先后陆续从军区转业到现在的城市。又很巧地，我们这里的妈妈和他们那里的妈妈在同一个机关里共事。所以，我们这三个就又在同一个机关幼儿园里生活和学习。他家的男孩与我家的姐姐年龄比较接近，在同一个班级，意趣也比较相投，擅长各类游戏。他俩在一起玩得热火朝天，剩下我在一边干着急。就这样，我们成了通家之好。

方才说的，我们两家四个大人中间的三个，来到了现在的城市，那剩下的一个是谁呢？是他家的爸爸。就他一个人还留在军区，冬天的聚会就要从他这里讲起。他其实经常回家，有时探亲，有时出公差，和我们大家团聚在一起，干什么都缺不了他似的。这一年的冬天，他家的爸爸又来了。这一次来，他在军区的招待所里订了一个房间。说是招待所，其实是宾馆，有着中央系统的供暖设备，温暖如春。客房呢，带洗澡间。于是，我们两家的大人、孩子，还有保姆，便一起去这房间里洗澡。补充一句，由于我们来往甚密，于是，两家保姆也成了好朋友。时常是，大人和大人一起，孩子和孩子一起，保姆和保姆一起。就这样。

我们去洗澡是在一天晚上。全家的换洗衣服、毛巾，还有零食和我们的玩具，装成好几个包。然后我们要了两辆三轮车，往招待所去了。对，那时候，有三轮车。三轮车，以及三轮车夫，并不给人文学作品中贫寒和劳苦的印象。他们将三轮车收拾得干干净净，坐垫上包着蓝布罩子。油布的车篷上了蜡，散发着酸叽叽的刺鼻的气味。这气味也不顶难闻，它有一种凛冽的爽洁的意思，一会儿便适应了。车座下的踏板是没有上漆的白松木，宽条，拼接处结实地钉着钉子。车胎可能是补的，可补得合缝、服帖，气充得鼓鼓的。车轴上了油，十分润滑，有一点儿轧轧声，也是悦耳的。车夫的棉背心也可能打了补丁，却被一双巧手补得细细密密。那通常是一双苏北女人的手，特别勤于洗刷缝缀。车夫们，其实也不是想象中那样年迈体衰的，只不过，他们的装束有些旧和闭塞，带着他们所来自的家乡的风范：对襟棉袄，缅裆棉裤，棉花絮得特别厚，又用线行上道。裤腰上系着宽宽的布裤带，平平地围上几道，也为了撑腰好借力。裤腿上呢，系着布条，为防止车链子磨破裤管。这样一来，他们在这个新奇摩登的城市里，就显得老了。他们正在壮年，你看他们一脚踩在脚踏，另一脚轻轻点地，点着，点着，脚往前梁上一跨，就坐上了车垫。下来时，也一样。他们并不放慢速度，相反，还加快了，然后一跃而下，乘着惯性，随着车子奔跑到终点。这几步跑得呀，真是矫健！他们脚上的手纳布鞋底，在柏油马路上一开一合，上面的盘龙花便一显一隐。

马路的路面，在路灯的映照下十分光滑，不过不是镜面那样的光滑，而是布着细细的柏油颗粒，好像起着绒头，将光吸进去，所以很柔和。不知是不是因为地球形状的缘故，当然，更可能是为了雨天防止积水的缘故，路面呈现出弧度。在灯光下，看得最清，因为光顺着受光面的弧度，均匀地稀薄下来。行道树虽然落了叶，可因为悬铃木树干比较浑圆的形状，以及树干上图案式的花斑，所以并不显得肃杀，而是简洁和视野开阔。冬天的马路，人也比较少，但并不因此寥落，反是安宁得很。我们这两辆三轮车驶过马路，三轮车上载得满满的。前面是爸爸和妈妈，带着一部分包裹。后面是保姆带着我们和另一部分包裹。保姆抱着我，姐姐抱着她的娃娃。一看就知道这是一个家庭出行。路灯照耀着，大人和孩子的脸上都罩着暖色调的光和影，偏黄，对比柔和。风，自然有些料峭，可江南的风，究竟又能料峭到哪里去呢？倒是使空气干爽了，驱走了一部分的潮气。不过，我们孩子的表情，多少是严肃的，脸绷着。夜间出行，总使我们感到不太寻常。车夫稍稍压下的双肩，由于用力，一耸一耸地起伏，到拐弯的时候，便直起上身，伸出一只手臂示意着，慢慢地拐过去。这姿势有一种优雅。我们驶过了一些马路，在一座大院跟前停住了。

这是一座方形的建筑，样式有些接近北京的人民大会堂。它显然是在1949年以后造的，和这座城市的殖民风格的建筑，还有那种生活气息浓厚的民居很不一致。在这些姿态旖旎的旧建筑中间，它显得格外严肃，难免有一些乏味，但也包含有一种北地风范，“质”的风范。它的院子大而且平坦，使得周围的路灯照耀不到中间，就变得暗了。这也是有一股威势的。我们这一伙儿携儿带女、大包裹小行李的人，在这里蹒行，看上去多么啰唆和拖拉呀！

我们终于走过院子，走进大厅。大厅也是广阔的，却很明亮，而且非常暖和。周围都是军人，穿着军装，各个精神。不像我们，穿得那样臃肿，身后还跟着一个梳髻、穿斜襟棉袄的苏北女人——我们的保姆。人们都在说话，同时大声地笑。可是声音在高大的穹顶底下消散了。而到了新环境里的我们，又都有些发傻，回不过神儿来。人们就好像是在一部没有放映好的电影里，只有动作，没有声音。但画面却是如此清晰，人们的表情相当鲜明。他们笑起来，眼角处的褶子，还有嘴角一弯一弯荡开的笑纹，都丝丝可辨。有一个军人，走过我们，在我头顶上胡噜了一下。转眼间，我们已经进了电梯。然后，在走廊中间的一扇门前停下了。

门开了，我们看见了我们熟悉的人。顿时，一切就都有了声音，活了起来。我们从方才一路陌生的窘境中摆脱出来，恢复了知觉，甚至比平时还要活跃。大人们也很兴奋，七嘴八舌的，顾不上管我们。那两个保姆呢，她们会心地不出声地笑，互递眼色，一边却忘不了她们的职责，替我们脱衣服。房间里更热，简直成了一个蒸笼。因为内外冷暖相差，便积起雾状的水汽。人看上去，都有些模糊。我们很快就被脱得只剩一件衬里绒衫，可底下却还保守地穿着棉裤。这就使我们的样子十分奇怪，就像一只钻出蛹子一半的蛾子。可这已经够解放我们的了，我们身手矫健极了。我们捂了许多日子的身体上，散发出一种酸乳的腥甜的气味。小孩子的体味其实比大人更重，他们的分泌系统还没有受损伤，所以很卖力地工作着，分泌出旺盛的腺液。同时，他们又被捂得特别严实。那气味呀，简直翻江倒海。

这是一个套房，但并不大，我们就在外间活动。为了谈话方便，大人们将两张书桌在房间中央，拼成一个大桌子，放上吃的东西、喝的东西、玩的东西。地上铺着地毯，所以，我们孩子又在地上摆开一摊。我们在地毯上打滚、爬行、追逐、上蹿下跳。我姐姐和他家的男孩，由于是同班，就有了许多共同语言。他们甚至不用语言，也能互相了解，沆瀣一气。他们一对一地，具有暗示性地笑，很快就笑得倒抽气。而我被他们排除在外，心情就变得激愤起来。于是，在他们笑得最热烈的时候，我便哭了起来。这样，就招来了大人们。他们一致认为是那两个大的不好，分别斥责了他们，使他们转笑为哭，以泪还泪。如此这般，我们三个一人哭了一场，势态均衡，这才归于平静。

两个阿姨在洗澡间里擦洗澡缸，同时叽叽哝哝，不晓得有多少知心话。我们几个则伏在窗台，看外边的夜景。不远处的中苏友好大厦顶上的那一颗红星，在夜空里发亮。大厦的轮廓就像童话里的宫殿，宽阔的底座上，一排罗马廊柱。第二层，收进去一周，壁上环着拱形的巨窗。再上去一层，再收小一周，逐渐形成巍峨的塔状。大厦底下，有喷泉，虽然在平常的日子里不开，但喷泉周围宽大的大理石护栏，看上去就已经相当华丽。有了这座宫殿，四周都变得不平常了，有一股伟大而神奇的气息笼罩在上空。街道上，静静地驶过车辆，在方才说过的有弧度的街面上，灯光聚集的带子里行驶，车身发亮。我们感受到静谧的气氛，也因为刚才都哭过，心底格外地安宁。这一刻，大人们没注意到我们，他们热烈地谈着他们的。这时候，他们要比我们吵闹得多，也挺放肆的。

楼下院子里有时会进来一辆车，缓缓停在大厅门前。其余大多没有动静。院子门口那两个持枪的哨兵，好像两座雕像，一动不动。有几辆自行车从前边的马路上骑过，骑车人压低了身体，一副猛蹬车的样子，这表示外面起着大风，天气相当寒冷。而我们三个，热得涨红了脸蛋，汗把头发都漉湿了，一绺一绺黏在脑门上。大人们终于想起我们来了。于是，一个接着一个，被捉进去洗澡。每一个人被捉的时候，都尖声叫着，同时，疯狂地笑着。我们家的这个阿姨，是个对孩子有办法的女人，她一下子就逮住一个，三下五除二地剥去衣服，摁在澡缸里。她做什么都干净利落，且不动声色，很得我们父母的欢心。可我们都怕她，只有在父母跟前，晓得她不敢拿我们怎么样，才敢同她混闹一闹。她的名字叫葛素英，长了一张鹅蛋脸，照理说是妩媚的，可她却不，而是有些凶相。她的男人有时从乡下上来看她，她也不给一个笑脸，尽是骂他，尤其在他吃饭的时候骂他。葛素英和我们一同吃，却不让他上桌，而是让他在灶间里吃。这个嗜赌的男人，坐一张小板凳，捧一个大碗，头埋在碗里，耳边是女人毒辣的骂声，他匆匆地咽着。他住了几天，葛素英就骂了几天。最后，要走了，葛素英从贴身衣袋里摸出手绢包，打开，数出几张钱递给他。这时候，她的眼泪流下来了，可是，一点儿没有使她变得软弱。现在，澡缸里的蒸汽熏着她，她的脸也红了，用刨花水抿得又光又紧的头发起了毛，松下几丝散发，贴在脸颊上。而且她笑着对付我们，这到底使她温柔了一点儿。

我们终于一个一个地洗了出来，好像剥了一层皮。经过肥皂水的浸泡、用力的揉搓和清水冲洗，全身发红。而我们的喉咙，也都因为尖叫和狂笑，变得嘶哑了。洗干净的我们，被大人揿在椅子上，再不许下地了。他们让出桌子的一角给我们，让我们玩些文雅的游戏。于是，我们便打牌。

这副扑克牌是事先就准备好的，是一副旧牌。纸牌的边上，都起了毛，但一张也不缺损。我们只会打一种牌——“抽乌龟”。这副牌，在我们手里抽来抽去，不知道抽了有几百遍，就是这么抽毛的。抽乌龟的玩法是这样的，先要剔去大怪和小怪，这两张不成对的牌，再在桌底下抽走一张牌，倒压着，谁也不许看。如此，牌里就有了一张落单的牌，这就是“乌龟”。然后，发牌，各自理牌，成双的牌都扔掉，只剩单的。这样，游戏就开始了。打牌的人依时针方向，从对方的牌中抽牌。抽到的牌倘若能与手中的某张牌对上，便扔掉，反之，则留下。周而复始，最终就剩下那张落单的牌。握有此牌的人，就做了“乌龟”。这是一种完全凭运气来决定胜负的游戏，可正因为此，就很刺激。我们一打上手，就打个没够，而且越打越认真。

大人们也先后洗了澡，两个保姆再接着洗。她们很神秘地把卧室通向外屋的门关上。于是，无论洗澡间里的水声，还是她们的私语声，全都听不见了。大人们的谈话也进入一个比较平静的阶段，轻声细语的。总之，这时候，房间里很静。中间来过一次服务员，送来开水，还问需不需要什么别的，然后轻轻带上门走了。就这样，他们大人在那半张桌上说话，我们小孩子在这半张桌上抽乌龟。我们三个，每人都做过几轮“乌龟”。牌局渐渐有些紧张，便也沉默了。

现在，我姐姐又脱手了。比较起来，她当“乌龟”更少一些。也可能只是看起来这样，她比较不那么在乎当不当“乌龟”，就显得比我们轻松。她甩出最后一对牌，就走开去，又吃又喝，不再关心结局。于是，就剩我和男孩较着劲。我们一来一去抽着牌，这时候，“乌龟”不是在他手上，就是在我手上。可是，这一回，我的运气很好，抽到的总是成双成对的牌。看起来，“乌龟”很可能在他手上。很快，事情就要见分晓了。轮到我抽牌了，我手上只剩了一张牌，他呢，有两张牌。谁做“乌龟”，就看这一抽了！两位保姆已经出了浴室，卧室的门重又打开。她们穿戴整齐，洗好的头发重又紧紧地盘了髻，双手相交地放在膝上，坐着，就像两个淑女。除了脸色更加红润，就和洗澡以前没什么两样。

这个男孩是个多病的家伙，他奇怪地对一切事物过敏。有一回，他吃了几口酒酿，竟也醉倒了，身体软得像面条。而我宁可相信这是他在装疯，因为他也是很会来事的。可是这时候，他变得严肃了。像他这样一个机敏的人，总是有办法化险为夷。这一次，却难说了。事情就在眼前，也不由他做主，只能听凭命运的摆布。他的两只手握着这两张牌，毕恭毕敬地端坐着，等着我抽牌。他全神贯注地看着牌，尽可能做到面无表情，让我很难猜测到左边的这张是“乌龟”，还是右边的那张是。这对我也是一个困难的时刻，非此即彼，我必须做出决定。大人们在柔声细语地说话，保姆们竖起耳朵听着，也不管听得懂还是听不懂。姐姐悠闲地坐在椅子上。她的坐姿很不好，上半身完全瘫在椅面上，好像不是用屁股坐，而是用腰坐。可是没有人去管教她。

我的手伸向他，试探地摸着其中的一张。这时候，他抬起眼睛看了我一眼。简直是神至心灵，我捏住那张牌就抽。可是，却抽不动，他双手紧紧地握住牌。我再抽，他还不放。他的眼睛始终看着牌，脸上做出若无其事的表情，可就是不松手。他握牌的手指关节微微地发白。谁也没有看见这一幕，都在忙自己的事。我们相持了很久，这张牌终于经不住了，拦腰断成两截，一截在他手里，一截在我手里。我哇的一声大哭起来，惊动了大人。他们围拢过来，看见的是两截断牌，便以为我是因为犯过失才内疚和害怕地大哭。他们纷纷安慰我："没关系，不要紧，不怪你。"他们说着诸如此类的话，而我又怎么能说得清个中原委？无尽的冤屈哽得我气也喘不上来，只有更大声地哭，踢腿，蹬脚。几个大人上来一起按我。而我竟还能透过泪眼，注意到就在这一片混乱之中，男孩将手中剩下的那张"乌龟"混入牌中，一下子无影无踪。

这一个晚上，是在睡眠中结束的。在一场大哭之后，聚会达到高潮。洗澡，受热，疯玩，笑和哭，耗尽了最后一点儿力气。于是，我立即睡熟了，终于没能坚持到底。后来，他们又玩了些什么，玩到什么时候，又是如何回家，一概不知。至于那张牌，因为没有人提起，我便也没有机会辩解，事情不了了之。那时候，有很多次这样的聚会，都在不知不觉中结束了。

公共浴室

那时候，我一直渴望在体校的公共浴室里洗个澡。

这是一所区级的少年业余体校，区内各学校经过挑选与考试的中小学生，课余时间在这里进行体育训练。这所少年体校有两个项目：篮球和体操。于是，就有一个体操房，铺满垫子，上方垂下吊环，安装着单杠、双杠、鞍马。体操房外，隔了露台，则是操场，立着篮球架，沙地上用白粉画了线。这幢西式房子看来既不是为体育训练，也不是为学校设计建造，它原先完全可能是一座民宅，后来才改为他用。它的主人是谁，其时又在哪里，就不得而知了。所以这么判断，是因为体操房的壁饰、穹顶、门窗、四周的回廊，都显现出一个豪华客厅的格式，而操场，也像是将原先的花园推平改造的。操场边的耳房，过去一定是搁置园丁的工具，现在做了食堂。巴掌大的地方，只放得下两张白木方桌，傍晚时候，就挤着放了学的孩子，埋头从搪瓷盆子往嘴里划饭，准备参加晚上的训练。楼梯口的房间，过去大约是衣帽间，现在也是衣帽间，是孩子们更衣的地方。在到顶的储物箱底下，壅塞着汗气腾腾的孩子。储物箱是不够用的，前班人的衣物还未取出，后班人的衣物便推进去了，放错或者穿错的事情经常发生，丢失的事情也会发生，当然，也有多出东西的情形，总之是混乱的。在这逼仄的更衣室里面，就是浴室。

浴室里四壁瓷砖，显得宽敞明亮，事实上呢，也是逼仄的。莲蓬头底下，簇拥着精赤着身体的小孩子，水声夹着尖叫，简直炸开了锅。这些小孩子，大多是没发育的身子，胸前的肋骨就像搓衣板。尤其是体操班的那些，身材更为短小干瘦，一个个鸡雏似的。篮球班的当然身量骨架要大，可是因为这“大”，更来不及长，于是就更显嶙峋，也像一种禽类——鹭鸶。高年级班的女生，已趋成熟，她们身体匀称，肌肤丰盈，神情傲慢地穿过小女孩们，而小女孩们也自动让开一条路，让她们经过，走入靠里的两间单人浴室。没有哪个小孩子会去占领单间，那是属于大孩子们的，她们看上去就像两代人。

而我，处在她们和她们之间。我的身体正起着一些微妙的变化，具体的我也说不上来是哪些变化，我就是觉得和她们两边都不一样。那些小女孩们，在我看来是天真的，我已经不天真；大女生呢，她们又怎么瞧得上我？她们两边都是坦然，因为都是无邪，而我却有邪。变化就是在这里，我总是心怀鬼胎，觉着自己不洁。我非常羡慕她们，能够如此肆无忌惮地全裸着身体，她们的身体在四壁瓷砖的衬托，还有顶上日光灯的照耀下，纤毫毕见，没有一点儿秘密。而我，藏着秘密。

我的秘密藏在我的衣服里面。冬季里，层层叠叠的衣服：棉袄、毛线衣——一件粗毛线、一件细毛线，最后是衬衣，里面藏着不可示人的秘密的身体。我自己都不敢看自己的身体，总是在晚上，关了灯脱衣服、换衣服，然后哧溜一下钻进被窝。好像略微拖延一下，我就会忍不住地去窥探它。就是说，它对我其实是有诱惑的，这诱惑令人害怕。好了，现在我钻进了被窝，厚厚的被窝包裹起了我的机密。我甚至害怕嗅到身体的气味，这气味也会泄漏一些秘密的。在黑暗的被窝里，一个人悄然受着秘密的咬噬，至少是安全了，可是很孤独。多么想走到光天化日之下，公开这身体。然而，等第二天来临，还是一件一件将它裹起来，衬衣，毛衣——细毛线、粗毛线，再是棉袄，将自己穿成一个圆球，身体是圆球里面细小的芯子，就像没有了似的，这使人感到轻松。我觉得我和其他人没什么区别，就可以态度坦然。

少体校的更衣室却将现实推到眼前。更衣室壅塞着冬

新学期开始了

从这所学校出来的学生，气质亦很不凡，衣着洋派，眉目清朗，显见得生活优渥。

天捂在衣服里，发了酵的体味。小孩子又清洁又不清洁的体味，也是像小鸡雏似的，带着青草味，又带着鸡屎味。皮肤的微屑飞扬在空气里，看上去就像氤氲似的。小孩子推搡着，这个倒在那个身上，那个压在这个身上。我也羡慕她们那么坦然地互相触碰，因为我不敢，我的身体在变化，我不能够继续与小孩子为伍。那些大女生呢，她们看也不会看我一眼。我的处境就是这么不尴不尬。

从更衣室的一扇门可以看见浴室，每一个莲蓬头底下挤着一簇人，湿淋淋的，像一丛雨中花，宝石花那样肉质的花，开在热气弥漫之中。我都不敢看她们，怕自己会眼馋地流出眼泪，我多么想进入她们，成为她们中的一员。可是，我与她们之间却有着隔障，那就是，她们还是孩子，而我，渐渐在离开孩子的形貌。目前，这还只有我知道，我紧紧地藏着它。这个秘密虽然被我藏得这么紧，依然慢慢地却很用力地挣破出来，以天知道的方式，修改着我的外部。

这一个时期里，我总是会引起陌生人的注目，我和他们一点儿不相干，可他们却常常来干涉我，让我大感惊惧。有一次，我随母亲到布店买布，一个店员老是看我，奇怪的是，他这样的逼视，并没有让母亲感到不安，她一心一意挑选着花布。而那店员干脆就随我们而来，我不由退缩了。就在这当儿，他说话了，但不是对我，而是对我母亲。他说：

你要带你的孩子去验血，她手上的颜色很像是血小板缺少症。他指着我的手背，手背上是冻疮留下的疤痕，成片成片，几乎覆盖了整个手——手指和手背，使两只手完全失去了原有的肤色。母亲向他解释说是冻疮造成的缘故，他惊叹道：难道有这么严重的冻疮！他还想再看一眼，以便做出判断，而我将手藏了起来。最后，他又说了一遍：还是去验验血好。又有一次，也是在布店，不过是在另一家，那里的店员指出的毛病更加耸人听闻。他指着我两根锁骨中间下方的位置，说我有鸡胸的症状。我不知道这些店员，一律是老年的男性，为什么都要对我盯住不放？他们都是那种富有生活经验的自得的表情，想要辅导我妈妈育儿方法。他们几乎一辈子在这充满了布屑和布的浆水气味的店堂里生活，他们最大的本事不过是在对折的布上齐缝剪一个小口，然后两手一张，“唰”一声扯下一段布，折起来，形成一卷，围上一张牛皮纸，拦腰系一根纸绳，拈着纸绳的手，很花哨地一起一落，将布卷凌空打个旋，扎住了。还有就是将票据和钱夹在一个铁夹上，铁夹呢，挂在空中的铁丝上，然后举手一送，“哗”一下，铁夹捎着票据和钱，滑到账台上方。这就是他们的全部天地，可他们却显得天上地下无所不知。

不过，有一回，一个老店员却给我还有母亲解决了大问题。那是一个中型的百货店，就在我家的弄堂口，我妈妈带我去买冬天的棉毛裤。像我这样比同龄人早抽条儿的孩子，现成的衣裤总归是不合适的。宽度正好，长度就不够；长度正好，宽度就套得下两个我。而棉毛衫裤这类东西，又不可能量身定做。这一回，那内衣柜台的店员向我们提出一个很好的建议。他对妈妈说：带你的孩子去体育用品商店，买男式的运动裤做棉毛裤，男式运动裤的门襟是不开缝的。我妈妈欣然带我前往弄堂对面的体育用品商店，果然买到了合身的暖和的裤子。可是我却并不高兴，因为老店员的建议暗示我不像一个女孩子，我只能到男性的衣裤中找尺码，这让我心事重重。

就连大街上都有人对我指指点点，他们全都是火眼金睛，又好像我已经有了记认，那些秘密的记认，它们躲不过有经验的眼睛。所以，我既不能与小女孩为伍，大女生且看不上我，成年人呢，则使我害怕，他们窥得破我的秘密。我只能够独自一人，这使我的形貌举止更加古怪。有一回，我和我少体校的同伴走在马路上，谢天谢地，我总算，至少在形式上，还有一两个伴儿。我想她们只是出于面子关系，不愿太给我难堪，才邀我一同进出。但这是在表面，内心里，我与她们相距十万八千里。这一天，我们一起走在去往少体校的路上，从热闹的大马路弯进一条小马路。小马路上依然是热闹的，嘈杂的热闹，不像大马路那么华丽，这里走着的显然是居家的住户，身上携着柴米油盐的气息。我们穿行在他们中间，很快就发现了那个尾随者，严格地说，是我发现，她们后知后觉，兀自走路和说话。我发现了那个尾随者，他从大马路上开始，就跟在我们身后，也是老年的男性，在我们那个年龄，老年是指35到45岁之间。他矮墩的个子，穿一身洗旧的蓝制服，手里提一个也是陈旧的黑色人造革包。这个年纪，无论怎么看，都是陈旧的。他随我们从大马路弯进小马路，相隔五六步的距离，一点儿不掩饰他的跟踪。紧接着，我惊恐地发现，他跟的其实只是我们中的一个，那就是我。他眼睛看着的就是我，而且很奇怪地，带着微笑。我加快脚步，那两个同伴自然也加快了，我们都是少体校的训练生，有一定的运动素质。可是，那跟踪者也加快，于是，缩短了与我们的距离。他好像要找上门的样子。我已慌了手脚，几乎哽咽起来，同伴们终于发现了我的失常。不待她们向我发问，跟踪者已经走到与我们平齐，脸上的微笑更显著了。他看着我的脸——他果然是冲着我来的，他说：你这里长了个什么？他用手在他自己的腮上比划了一下。我照了他的手势触了一下腮，那里有一片瓜子仁，是方才吃果仁面包粘到脸上的。他这才释然，离开我们走了。同伴们也回过身，继续走路，仿佛这一幕没有发生过一样，我可吓得不轻。我不知道，她们有没有遇到过类似的事情，说不定也有过，只是她们装得没事人的样子。小孩子就是这样讳莫如深，为了保护她们的尊严。

遇到这许多古怪的事，让我对自己更加害怕，我一定是什么地方不对头了，否则怎么解释——人们显然从我的身上、脸上发现了什么！我下决心要改变自己孤独的面貌，走出离群索居的处境。虽然我也有同伴，可我的心，依然离群索居。怎么改变呢？在公共浴室洗一个澡是个办法。

我渴望融入水珠飞溅中的那一群，成为盛开的肉色花朵中的一瓣，那夸张造作的叫嚷声里也有我的声音，肆无忌惮地相互触碰身体。我的身体在敞开中与大家的接近，接近，直至完全一致，没什么不同，那隐秘的变化就此消散，无影无踪。我将再无负担，无忧无虑。可是，怎么才能在公共浴室洗澡？我跨不出这一步。每一次，在更衣室，我只能将衣服脱到衬衫这一层，然后赶紧套上运动衣；或者脱下运动衣，赶紧套上毛线衣和罩衫。转眼间，我的身体又成了芯子，密不透风。我沮丧地从拥挤的身体丛里退出去，说实话，那气味真的很够呛。如此坦然地浑浊，也是天真的。我走出更衣室，清冽的空气扑面而来，头脑是清醒的，清醒得不快乐。我愿意混入那浑浊的，带了鸡屎味却并不自知的空气里，那里有一种安心和安全。

我想，我还是先争取在公共食堂吃饭。那潮湿的、油腻的，白天也要开灯的水泥地小屋里，人叠人地挨在白木桌边，从搪瓷碗里划饭吃，有着一种虽然不完全裸露却也是肉感的挤簇的快乐，这也是一种集体生活。于是，我向我的同伴之一请教加入伙食团的手续。在我看来，这一个同伴比那一个更不嫌弃我，可能这全是出于某种错觉，我觉得她对我比较随便。偶尔地，她会勾住我的肩膀，这也是因为我们都是大个子，要是在各自的学校里，很少有同龄人能够到我的肩膀。学校里的生活是严谨的，同学之间也比较矜持，我们在一起就是上课下课，接受文明教化。所以在那里，我们都是套中人。而在少体校，我们过着一种多少是肉体的生活。我们，无论体操班还是篮球班，都在以不同的方式训练着肌肉、骨骼、韧带，提高弹性、力度、控制。我们在这里，身体从套子里钻出来。

再说回在公共食堂吃饭，我请求这位同伴带我入伙食团，她欣然答应。我将向妈妈要来的一块钱和一斤粮票交给她，她很熟练地一计算，说：买一斤饭票和八角八分菜票。我很纳闷，我的一块钱怎么转眼间就成了八角八分？她向我解释了许久，就算是白饭，不仅要粮票，还要钱，她甚至将柴火钱都算进来了。我的脑子却只在一点上，就是，为什么一块钱只能换成八角八分菜票？最终她的解决办法是：你再加上一角二分钱，那么一块钱就还是一块钱。我们这些人在

每年国庆之夜，我们几家亲戚便聚集到舅舅家，等待着焰火。我们簇拥在阳台上，正好面向作为烟花燃放点的人民广场，时间一到，在一片楼顶上边，火树银花便绽放开来。

少体校里练的，真像人们说的，四肢发达，头脑简单。带着这笔糊涂账，我们一同来到少体校的食堂，食堂回答我们，因为要求入伙的人太多，新近规定需要有教练的签名。于是我们又去找教练，教练，一个中年女性，戴近视眼镜，个头并不高，看上去不像是个篮球教练，而是一般的教师，只是从粗糙的黑皮肤和干枯的头发，可见出户外活动的痕迹。她问了我家离少体校的距离，父母是否双职工，家中有无人烧饭，等等情形，最后的结论是我不够入伙食团的资格，应该在家里吃好饭再来训练。眼看着事情泡了汤，忽然间我的同伴插言道：可是，她今天怎么办？她今天还没吃饭呢！教练说，今天我请你吃！于是我们三个人一起走进食堂，在白木桌的一角坐下。这顿饭真够我吃的！籼米饭又干又硬，搪瓷碗的边是倾斜的，很难把饭划进嘴里，一旦划进嘴里，又咽不下去了。我不敢伸筷子搛菜，在我看来，盘子里的菜少得不可思议，我只能从盘边上拖几片菜叶。教练让我吃盘子里唯一的一只酱油蛋，我没敢碰它，她也没有坚持。

吃食堂不成了，事情还是回到公共浴室，我总得做成一件。这少体校的肉体的生活啊，真的让人骚动不安。我的同伴——我还是得靠她，她有一日对我说，和那些小孩子一起洗澡实在太吵了，就像鸭棚；然后，她提议，星期四的晚上，只有一个高年级篮球班训练，我们来洗澡，好不好？我发现她并没有注意到我从来不在公共浴室洗澡，所以才很自然地向我发出邀请，于是，勿管情愿不情愿，我都只有点头了。没承想，洗澡的机会这么轻易地来临了。也许，事情本来就是这样，自然而然，我很快就会突破禁区，从此，敞开我的身体。

星期四的晚上，我们俩走进了少体校，少体校里很安静，安静得有些肃穆。我们从来没有在这个日子来过这里，我们来到的时候，这里总是壅塞着小孩子，领衣柜前人头攒动，同时喊着自己的号码，一身身汗臭的球衣和一双双脚臭的球鞋从人头上传递过来。而此时，没有人，灯却照样亮着。越过体操房和露台，传来篮球撞击篮板的“砰砰”声，落在沙地上略为喑哑的声音，还有教练，一个男教练的吆喝口令声。我们经过冷清的前厅，领衣柜台的灯下空着，那专负责收取运动衣的老伯伯不知道去哪里了，我们直接进了更衣室。储物箱的门或开或关，看得见那些推拉的手是多么粗鲁没有耐心，箱内空空如也。代替小孩子的鸡屎味的是一股水泥和木头的凉森气。我们任意选择了储物箱，没有人和我们争抢。我的同伴迅速脱了衣服，而我还留着一条短裤和一件衬衣，身上顿时起了鸡皮疙瘩，牙齿打着战。同伴她奔进浴室，旋开了莲蓬头，转眼间，就将热气蒸腾，暖意洋洋，出一头一身的大汗。可是，莲蓬头没有水。她哆嗦着又去旋下一个莲蓬头，再下一个莲蓬头，都没有水。她裸着身子，奔来跑去，因为急切，也因为冷。她完全不像了，不像那个裹在衣服里，与我同出同进的人。心里不由生出一种嫌恶，还有悔意，今天真不该来的。可是，我忍不住要羡慕她，羡慕她的坦然、不怕羞，这可能就是因为她没什么不可示人的秘密。我有吗？我好像是有的，因为我不能像她那么公然敞开。那就是有，又是什么呢？不知道。我不了解，不了解我的身体。忽然，她欢叫了一声，有一个莲蓬头洒下了细细的水珠。这完全可能是停水之前，储留在水管里的一截热水。因为缺乏压力，流量很小，竟一直那么洒下来，在半空中便不见了。她站在莲蓬头下，招手要我过去。

我穿着衣服走去，就这么走到莲蓬头底下，就在这一刻，莲蓬头又止住了洒水。我身上已经洒到几滴水，衣服半湿。她呢，仰着头摇一棵树一样摇着水管，又摇下来一些水珠，就像一阵梧桐雨。她的头发全湿了，贴在头皮上，显现出头颅的轮廓，看上去很像一只猴子，小猴子。我甚至不敢看她，好像会看去她的秘密，我们都是有秘密的年龄。奇怪的是，她对自己的秘密全无自知。她摇了这一杆水管，再去摇下一杆，每一杆都被她摇下一阵子水珠。正摇得兴起，进来几个大女生，她们喝住了她，让她住手，说她要把水管摇坏的。她们头发湿淋淋，脸上红扑扑的，透出洗过澡的洁净暖和的颜色。这说明，在少体校里，还另有一个洗澡的地方，也许是教练们专用的，而她们也可以跟着享用。

有了这一次未完成的洗澡，我再也不动念头，公共浴室最终成为我不可逾越的禁区。之后不久，因为训练成绩欠佳，我被淘汰出少体校，我又回到单纯的套中人的生活。有时走过少体校门前，我会惊异在这石头基座、拉毛墙面、堂而皇之的欧式建筑里，其实是藏着一种烘热骚动的肉感的生活。而我已逃离出来，不必再为自己的身体害臊，又为这害臊折磨。

几年以后，我们成为中学生，下乡劳动。在农人屋舍的泥地上，我们两个一对，两个一对，将所有人的被子一条铺，一条盖，然后挤在一个被窝里。我们每晚相拥而睡，就像一对甜蜜的恋人。不知从什么时候开始，我的身体的秘密消失了，不是烟消云散，而是瓜熟蒂落，离开了我，就像果子离开了树。

图书在版编目（CIP）数据

女生们：藏汉对照 / 王安忆著；李文才译．-- 西宁：青海人民出版社，2019.11
（我们小时候）
ISBN 978-7-225-05921-1

Ⅰ．①女… Ⅱ．①王… ②李… Ⅲ．①散文集—中国—当代—藏、汉 Ⅳ．① I267

中国版本图书馆 CIP 数据核字（2019）第 249008 号

我们小时候

女生们（藏汉对照）

王安忆　著

李文才　译

出 版 人　樊原成
出版发行　青海人民出版社有限责任公司
西宁市五四西路 71 号　邮政编码：810023　电话：（0971）6143426（总编室）
发行热线　（0971）6143516 / 6137730
网　　址　http://www.qhrmcbs.com
印　　刷　陕西龙山海天艺术印务有限公司
经　　销　新华书店
开　　本　850mm × 1168 mm　1/32
印　　张　5.5
字　　数　100 千
版　　次　2020 年 3 月第 1 版　2020 年 3 月第 1 次印刷
书　　号　ISBN 978-7-225-05921-1
定　　价　34.00 元